文春文庫

アキレウスの背中

長浦 京

文藝春秋

目次

一章　ブラックメール　7
二章　チームの条件　66
三章　伴走者　126
四章　リミット　185
五章　SUB《サブ》2　254
六章　目覚め　300
七章　マイ・ディア　373

アキレウスの背中

一章　ブラックメール

1

悠宇《ゆう》は透明なビニール傘の下から空へと手を伸ばした。

昨夜から続いていた雨は上がったようだ。ただ、曇ったままで太陽は見えず、吐く息が白く染まってゆく。

午前九時。

ベージュのコートにダークグレーのパンツスーツ姿の悠宇は傘をたたむと、身を隠す場所を探した。路肩に自動販売機と中華料理店の大きな自立看板を見つけ、どちらにするか考える。自販機のほうを選んで、その陰に入った。

これから窃盗容疑者である複数の中国人の逮捕任務がはじまる。該当者の居場所を予告なく訪問する、いわゆる柄取《がらと》りだが、もうそんな呼び方をするのは一部のベテランだけだ。

目の前の細い一方通行を十五メートルほど進んだ先、十階建てマンションの五階にある一室に五人の容疑者がいることは確定している。悠宇の所属する警視庁捜査三課七係と所轄《しょかつ》担当課の合同チームが任務に当たり、直接部屋を訪れる捜査員は十名。それ以外に悠宇のように三十名以上がマンション周辺に展開していた。大人数だが、相手は手慣れた中国人窃盗組織だけに、複数の退路を用意していたり抵抗用の凶器を隠している可能性もある。

一月末の朝はやはり寒い。天気予報ではこの時間の気温は五度といっていたが、それより冷えている気がする。スーツの下に使い捨てカイロを何個も貼ってきたけれど、あまり効果を感じない。

『おい』

右耳に入れたイヤホンから男の声が聞こえた。

『返事しろ』

上司の間明《まぎら》係長だ。

「何ですか」

マイクを通じて応える。

『今どこだ？　所定位置に着いてないそうじゃないか』

「より適切な位置に移動したんです」

『またあれか、例の省エネ。いや手抜きか』

「効率と確実性を追求した選択といってください。別地点に動くことは所轄の担当者にもお伝えしてあります。タブレットの画面でも私の居場所は把握できているはずです」

『直前になって急に場所変えると言い出されても困るって、俺にクレームが来たぞ。なあ、ホシはそっちに逃げそうか？』

悠宇の周りで容疑者をホシと呼ぶのも、もうこの人くらいだ。

「昨日の配置確認の会議の際は取り上げられませんでしたが、可能性はあると思います。周囲はほぼマンションで、塀を越えて入り込めるような一軒家の庭もありません。逃げるなら連中の住んでいるマンションの上階か、一階まで降りてこの一方通行の道を進むしかないはずです」

『だったら昨日のうちにいえよ』

「事前に提案したけれど却下されたんです」

『おまえの言い方が悪かったんだろう、今回も』

「今回も、ってどういう意味ですか？　それに昨日の会議でも、ポジション取りに関しては各自の裁量で行うといっていましたよね。どこで警戒しようと自由なはずです」

『建前ではな。実際は空気読んで、もっと所轄側に配慮してくれよ』

間明の声が呆れている。

『とにかく、ひとりでだいじょうぶなのか』

「わかりません。心配だったら来てくださいよ。どうせ後方支援とかいって、ワゴンの車内で暖を取ってるだけでしょ」

『ジジイに骨折らせやがって。人使い荒いな』

「来るなら早くしてください。もうはじまりますよ」

九時十分。捜査員がインターホンを鳴らす時間だ。

悠宇は軽く息を吐き、自分を落ち着かせた。

何度経験していても、やはりこの瞬間は緊張する。こうして待機はしているものの、容疑者が抵抗も逃亡もすることなく、素直に捜査員の指示に従い連行されてくれればいいと願っている。

しかし――

正面のマンションの五階、該当部屋のベランダの手すりを乗り越える姿が見えた。

「容疑者ベランダに出ました。下降を画策しています」

悠宇は動きに注目しつつ、イヤホンのマイクを通して他の捜査員に報告する。

容疑者はふたり。雨どいを伝って上階へ登るのではなく降りてくる。ひとりが灰色のパーカーを着た男。もうひとりは黒のジャンパーを着た男。どちらも裸足で、雨どいにしがみつき、ずるずると下に滑ってゆくが、三階付近で雨どいが壁から外れて壊れ、一瞬宙ぶらりんになった。直後、自ら手を放し、ふたりともマンション敷地内の生垣へと落下した。

五階の部屋のベランダから捜査員がふたりを指さし、「動くな」と叫んでいる。だが、生垣の中からまず灰色パーカーの男が立ち上がり、生垣外側を囲んでいるフェンスを越えて、悠宇の予想通り一方通行の道に出た。裸足のままこちらに向かって逃走してくる。黒のジャンパーを着た男もフェンスを越え、灰色から十メートルほど遅れてこちらへと走ってくる。

――容疑者二名か。

ひとりならどうにかなるが、ふたりだと少し手に余る。しかし、どちらも取り逃すわけにはいかない。

悠宇は自販機の陰でビニール傘片手に対応を考えながら待つ。

そして迫ってきた灰色の男がすぐ横を通過しようとした瞬間、陰から飛び出し、足の間にビニール傘を突っ込んだ。

男は大きくバランスを崩し、驚き慌てて悠宇を横目で見る。そのまま飛ぶように頭からアスファルトの路面に倒れ、二回転した。

仰向けになった灰色の男は朦朧《もうろう》としながらも立ち上がろうとする。悠宇は素早く駆け寄ると、意識が混濁して抵抗できない男の腕を取った。うしろに腕を回し、両手首に手錠をかける。

灰色の男がまたもバランスを崩し、道路に倒れ込んでゆく。

その様子を見ていた黒のジャンパーの男が立ち止まった。

彼は振り向き、背後を見たが、すでに一方通行の道の向こうからはトレンチコートをなびかせた間明を先頭に捜査員たちが迫りつつあった。

「指示に従い、抵抗しないでください」

悠宇は日本語で警告する。

「滾开《グゥンカイ》」

黒の男が中国語で返す。消え失せろといっている。

「保证你的身体的安全《バオヂェンニデシェンティデアンチュエン》」

悠宇も中国語で身の安全を保証しますと伝えた。

「闭嘴《ビーズウイ》　他妈的《ターマーデ》！」

黙れ、アバズレ——黒の男は吐き捨てるとズボンのポケットに右手を突っ込んだ。

悠宇は折れ曲がったビニール傘を剣のように構える。

が、黒の男がポケットに入れた手を取り出した直後、握った折りたたみナイフの刃を伸ばす前に、追いついた捜査員たちがその腕や腰、足に飛びついた。

押し潰される黒の男。その手から折りたたみナイフが路上に転がり落ちる。制服警官も駆けつけ、男を囲み身柄を確保する。

悠宇が手錠をかけた灰色の男も、すでに捜査員たちに取り囲まれていた。

「無事ですか？　怪我は？」

捜査員たちが悠宇に確認する。

「だいじょうぶです。ありがとうございます」

そう返す悠宇に、「さすが」「見事です」と何人かの捜査員たちが上気しつつ声をかけてきた。恐縮しながら彼らの顔を見ると、やはり皆三十代以下だ。逆にそれ以上の世代の連中の目は冷ややかだった。ベテランには悠宇の行動が点数稼ぎの個人プレー、もしくは和を乱す危険行動と映ったのだろう。悠宇の所属する本庁三課七係の四十代捜査員も、こちらに向かって小さく舌打ちしたあと、顔を背けた。

「やりすぎだ」

一足遅れて到着した間明が息を切らしながらいった。

「何がですか」

悠宇が訊くと、間明は捜査員に両側から抱えられ引き起こされた灰色パーカーの男に目を遣《や》った。

「勝手に転んだんです」

悠宇はいった。

「おまえが転ばしたんだろうが」

間明が苦い顔で返す。

「それより、先頭走って追いかけてたのに、あっさり抜かれたんですか」

「しょうがねえだろ。若手の脚力には敵わねえよ。おまえのほうはまた今度も走らず最小限の労力で容疑者確保か」

「批判ですか」

「いや褒めてんだよ」

逃走を図ったふたりの容疑者が到着した警察車両に乗せられ、担当所轄署に連行されてゆく。

「おまえも行くんだぞ。ちゃんと状況説明しろ」

「わかってます。手錠も回収する必要がありますし」

七係の同僚が捜査員移動用のバンを近くに運び、停車させた。制服警官が現場保全のため交通整理をはじめる。のちに逮捕の違法性を問われたり、容疑者から抗議が出た場合に備え、確保時の状況も撮影などの記録をとっておくことが義務づけられていた。

「あとは任せて俺たちも出発するか。所轄の皆さんにちゃんと詫びも入れろよ。勝手な行動してすいませんって」

「はいはい」

「返事は一度。謙虚は美徳、復唱しろ」

「小学生じゃないんですから」

「いいからいえ」

「謙虚は美徳」

「よし。所轄での説明が終わったら一緒に移動するからな」

――あ、呼び出されていたんだ。

「行かなきゃだめですか」

だめ元で訊いてみる。

「だめに決まってんだろ。それから面倒だからって渋い顔するな」

間明に窘《たしな》められつつ、悠宇は所轄署に向かうバンに乗り込んだ。

2

「しもみながれ？　したつる？」

スーツ姿の警視監が、タブレットの名簿にある「下水流悠宇」の文字を見ている。

「いや、おりだな」

警視監が視線を上げた。

「はい。おりづるゆうと申します。よくご存知ですね」

悠宇はうなずいた。

「大学時代の友人が鹿児島出身でね。そいつの実家に遊びに行ったとき、店の看板や通り沿いの表札にこの名を見かけたんですよ。もう三十年以上前のことだけれど。君の親御さんもそちらの出身ですか？」

「祖父が鹿児島県出水《いずみ》郡の出身です」

「そうですか。警視庁捜査三課七係、下水流《おりづる》主任。確認しました。きれいな響きの名字ですね」

警視監が笑う。

「ありがとうございます」

悠宇も大きな目を細め、笑みを浮かべた。

「私は——」

悠宇の隣の間明が口を開く。

「わかりますよ、まぎらさんですね」

警視監はあっさりいうと、タブレットに映っていた名簿を閉じた。

「定刻通り来ていただいたのに申し訳ないが、担当者が準備に少し手間取っているようでね。そこのミーティングルームで待っていてもらえますか」

警視監が去ってゆく。

悠宇と間明はお辞儀で見送ると指示されたドアを開いた。

室内は狭く、小さな窓がひとつ。長テーブルと椅子が並び、さながら取調室のようである。

千代田区霞《かすみ》が関《せき》二丁目、中央合同庁舎第2号館内。警視庁本庁裏手にある警察庁庁舎。

「本庁も薄汚れていますけど、ここもかなりのものですね」

悠宇はベージュのコートを脱ぎ、低い天井を見上げた。

節電のため廊下は薄暗く、この部屋もＬＥＤ電球とは思えないほど照明がぼんやりしている。エアコンの送風口から生ぬるい風は出ているものの、薄ら寒い。

「ここはじめてじゃないだろ？」

間明も年季の入ったトレンチコートを脱いだ。

「私？　三回目くらいですかね？　地検には呼ばれますけど、こっちは特に用はないですから。係長は最近よく課長と一緒に呼び出されてますよね」

「プレッシャーかけられることが多くてさ。でも、おまえも愛想笑いができるんだな」

間明が警視監とのやり取りを皮肉る。

「もちろんです。大人ですから」

「俺の話で笑ったこともないし、愛想よくしてもらったこともないけどな」

「ちゃんと相手を選んでいるので。大人ですから」

「俺は優先順位の低い上司ってことか」

「あまり高くないけど、それほど低くもないです。評価すべき点もいくつかあるし」

「いい時代になったもんだ。二十年前にそんな口きいたら、女だって頭叩かれるだけじゃ済まなかったのに」

「二十年前までそんなことをしていたなんて、嫌な組織ですね」

「可愛げがないことばかりいってると、職権濫用《らんよう》してイビるからな」

「すぐに私が上になって、証拠の残らない陰湿なパワハラしますよ」

十歳以上の年齢差がある上司と部下の関係とはいえ、ふたりとも同じ警部補。役職は悠宇が主任。間明も係長とは呼ばれているものの、実際は係長待遇の主任だった。

「冗談と思えないから怖いんだよ」

間明がミントのタブレットを出し、口に放り込む。

「馬鹿話はもういいですから、ここに呼ばれた理由を教えてください」

「いや、俺も知らない。ただ、メインはおまえで、俺は単なる付き添い役らしい」

「何をやらされるんですか？　あの警視監、所属は警備局ですよね。本庁捜査三課《ウチ》とは完全にテリトリー違いじゃないですか」

「例のMIT推進の一環だろうな」

――あ、その可能性があった。

今進めているベトナム人窃盗団捜査に関するマスコミ対応について、進言という名のお叱《しか》りを受けるのだろうと思っていたけれど、係長の読みのほうが正しそうだ。

「もしそうなら……面倒ですね」

悠宇は独り言のようにいった。

「ああ、面倒だ」

間明もなぞるようにいった。

ミッション《Mission》・インテグレイテッド《Integrated》・チーム《Team》。

ネットを経由して集められた犯人による嘱託《しょくたく》殺人や営利誘拐、海外にいる主犯格が日本国内の実行犯に指示を出して行われる強盗や窃盗、さらには直接面識のない相手からの教唆《きょうさ》による殺人など、それまでの捜査一課、二課、警察庁、県警、外事課などの縦割りの枠組みでは対応が難しくなった新手の犯罪に対応するため、警察庁が考え出した新たな捜査手法だった。

事件の性質ごとに各部門が適任者を出し合い、有機的に機能するチームを作って、法令を遵守《じゅんしゅ》しつつも慣例に囚《とら》われない捜査を展開する。事件が解決すれば解散し、各自、通常の部署と職務に戻ってゆく。いわゆるタスクフォースだ。

成立の直接の契機となったのは、二〇一九年に当時二十三歳の女性が起こした殺傷事件だった。

精神的に不安定な状態にあった彼女は、未成年だった十九歳当時から、ネット内で顔の見えない相手に人生相談を求め、その中で知り合った複数の男女から、不適切かつ違法な「アドバイス」を受けていた。結果、マインドコントロールされた状態になり、売春や窃盗などをくり返し、得た金銭は、「相談料」「カウンセリング代」「お布施」などと称してアドバイスをした男女たちに支払われていた。ちなみにその男女たちに横のつながりはまったくなく、もちろん医師やカウンセラーの資格も有していない。

彼女は四年もの間、根拠のないアドバイスを受け続け、さらに深刻な精神状態に陥《おちい》り、面白半分で指示された「人を十人以上殺せば楽になれる」という言葉を信じてしまう。

そして池袋の路上で五歳の男児を含む、男女四人を殺傷した。

実行までの間にも犯罪の危険な兆候はネット内で散見され、第三者による通報まであったにもかかわらず、警察は担当を押しつけ合い、本格的な捜査を開始しなかった。責任をたらい回しにしたことや、未然に防げたはずの事件を防止する努力をしなかったことは、当然マスコミにも知られ、連日、テレビ、ネットで糾弾《きゅうだん》された。国会でも取り上げられ、当時の国家公安委員の責任放棄とも取れる失言も加わり、衆院解散の遠因ともなる大問題となった。

そうした経緯からMITが生まれて一年半。

二〇二三年一月末の現時点までに、ふたつの大きな事件をMIT捜査チームが解決したと警察庁・警視庁は発表している。だが、実際どれだけ機能し、効果があったのか、悠宇は知らない。

手短にいうと懐疑的だった。

面識のない相手といきなりチームを組まされるのは、それだけでストレスになる。

警視庁内からMITに呼ばれた捜査一課の知り合いに聞いたところ、人間関係にとても苦労したらしい。捜査内容は秘匿《ひとく》事項なので教えてはもらえなかったが、年功序列や古い捜査手法に固執する四十代以上と、携帯端末や監視カメラを駆使した手法に慣れ親しんだ三十代以下のメンバーの間には埋めがたい溝があり、調和を取るのに腐心したそうだ。

悠宇や間明係長を含む本庁勤務のほとんどが感じていることだが、警察、特に警視庁は今、過渡期にある。

長引く不況から、キャリアとなれる国家公務員採用総合職試験（旧国家公務員I種試験）ではなく、地方公務員の中でも給与の高い警察官の採用試験に、いわゆる一流大学の学生も殺到。以前は六倍程度だった倍率が、今では平均十三倍以上になっている。

一方、都内で生活する外国人の増加から、外国語も警察官にとって必須能力となりつつある。捜査三課所属で窃盗犯罪捜査が主な仕事である悠宇自身も、英語と日常会話程度の中国語を話せる。加えてスペイン語も習いはじめている。キャリアアップのためというより、話せなければ聞き込みなどの捜査が成り立たなくなっているのだ。

間明係長のような四十代以上の警察官たちは、さらに厳しい状況に置かれている。これまで培《つちか》ってきた捜査上の話術を、外国人相手の聞き込みでは言葉の壁でまったく生かせず、今になって新たに外国語を身につけることに四苦八苦している。

以前は、上司からの昇任試験受験許可も、目立つ功績や忠誠心という名の機嫌取りを重ねないと下りにくかったが、「優秀な人材の積極発掘」という警察庁の指示のおかげで、ずっと楽に得られるようになった。それは悠宇のように二十代や三十代前半の警部補、警部を増やし、若手のやる気を奮い立たせている一方で、年上ながら階級が下の部下たちとの間に、捜査に支障をきたすような意見の不一致や意思の疎通不足も生み出している。

東京は以前とは違う街に変わっているのに、警察の組織も法もそれにまったく対応できていなかった。

ノックの音が響く。

悠宇と間明はすぐに椅子から立ち上がった。

「失礼します」

だが、ドアを開け入ってきたのは、襟元に赤い「S1S」の警視庁捜査一課バッヂをつけた二十代らしき男だった。

「俺もここで待つようにいわれました」

悠宇と間明は脱力したようにまた座る。一課の彼もパイプ椅子を引き、腰を下ろした。悠宇は誰だか知らないが、間明には知った顔のようだ。

「特犯二の本庶《ほんじょ》くんだったよね？」

「はい。本庶譲《ゆずる》です」

捜査一課第一特殊犯捜査二係所属。対面によらないメールや電話、文書による恐喝・脅迫を主に扱う部署で、ここも普段は悠宇たち捜査三課とは接点がない。

本庶は黒縁眼鏡をかけ、顔は比較的整っている。中肉。身長は悠宇より少し高く、百七十五センチ前後。グレーのスーツは既製品だが安物じゃない。目つきは柔らかく、これといった特徴がないところが、今時の捜査一課の若手らしく感じる。

間明がちらりとこちらを見たが、悠宇は小さく首を横に振った。

「でも以前、少しだけお話しさせてもらったことがあるんです」

やり取りを横目で見ていた本庶がいった。

「俺も下水流さんと同じ明治大学出身で、それで一年前に本庁に引っ張られてすぐに三課にご挨拶に行ったんです。そのとき、学部は違うけれど、下水流さんのほうが一学年上だと知ったんですが」

悠宇が二十九なので彼は二十八歳か。

——全然覚えていない。

「ごめん。こういう奴なんだ」

間明がいった。

「だいじょうぶです。下水流さんは普段はアレだけど、捜査に関する記憶力や洞察力は素晴らしいって聞かされていますから」

本庶が笑顔で返す。

——普段はアレって？

訊きたかったけれど、間明が悠宇にだけ見えるように口角の片方を上げたので、黙っていた。ここは警視庁本庁ではなく、警察庁だ。もし下手に詰問して捜査一課の人間と揉めたら、本庁内だけでなく警察庁内でも変なうわさを流される。

今日は静かにしていよう。

私は大人——自分の中でくり返す。

またノックの音が響く。三人はすぐに立ち上がった。

入ってきたのは背の高い男で、百九十センチ以上ある。

中年だが間明係長より若く、三十代後半から四十代前半。肩幅も広くて、紺のスーツの下の体は今も鍛えているのがわかった。顔は彫《ほ》りが深く、ローマ時代の石像っぽくもある。ただ、省庁の中でも最難関といわれる警察庁に入庁した選りすぐりのエリートらしく、浮ついた感じは一切ない。知的で隙《すき》のない表情。抑揚のきいた声。髪は整い、鼻毛も出ていない。身だしなみにも気を遣っているのだろう。

定石通り東大法学部出身で元運動部、耳のかたちはきれいなので格闘技系ではないようだ。水球？　いや、団体戦より個人競技を好みそうだな。陸上選手ってところか？

「そんなに大きいですか？」

ぼんやり見上げる悠宇を見下ろしながら男はいった。

「はい、でっかい人だなと思っていました」

「すみません」

すぐ横で間明が頭を下げた。

「構いませんよ。特徴を分析するのは捜査員として当然のことです」

大男がまたこちらに視線を向ける。

「下水流悠宇くん、ですね」

男もダークグレーのパンツスーツで肩までの髪を結い上げている悠宇を分析するように眺めた。

「パンプスのせいか、思っていたよりあなたも背が高い。ただ、写真より色白で体も華奢《きゃしゃ》に感じます。外回りや足を使った聞き込みは、あまり好きではありませんか？」

「はい。体力を消費することは嫌いです」

困った顔をしている間明を大男が宥《なだ》める。

「ご心配なく。事前に調査した通りですから。それで君が本庶譲くん、そして間明係長。私は乾徳秋《いぬいとくあき》、警察庁警備局参事官です。まずはおかけください」

狭くて薄暗い会議室に大人四人。

寒さは和らいだが、やはり少し息苦しく感じる。

「十四時十八分、こちらが指定した時刻より開始が遅れたことを、はじめにお詫びさせていただきます」

乾が皆を見渡した。

「言い訳になりますが、まだかなりバタバタしているんです。現状調整中の事項も多々あるが、もうお察しの通り、下水流、本庶両名は新規ＭＩＴに召集されました。しばらく私と一緒に働いてもらいます。のちほど正式に通達があるので、よろしく」

――やっぱりそっちか。

けれど、直接聞かされても、まだ実感が湧かない。

自分が選ばれるなんて思ってもみなかったし、少しも嬉しくなかった。が、もちろん任務に拒否権はない。ただ、自分が喜んでいないことは表情に出てしまっているだろう。けれど、無事解決すれば警察表彰の対象となり、その後の昇給や昇進にもプラスになる。けれど、見合わないくらいの激務になる可能性が高い。

それに自分の何を評価されて今回選抜されたのか、謙遜《けんそん》抜きでわからなかった。

ただ、安易に理由を問うことはできない。厳格な階級制度が敷かれ、上官からの命令は絶対である警察の中では、人事に関する疑問を上司に直接ぶつけないことが不文律となっている。すでに決定した処遇や配置について捜査中に文句を言い出せば現場が混乱し、それだけ事件解決が遅れ、悪くすれば容疑者逮捕の機会を逸してしまう。ましてや今回のようにMITの一員に選ばれたのは、客観的に見れば優秀さが認められた栄誉なことだ。

本庶は表情を変えていない。はじめから知っていた？　いや、感情を表に出さないようにしているのだろう。大卒から警察学校期間を含む五年間で交番勤務から本庁刑事部所属になっただけあって、見た目の若さに似合わず、他人とうまく付き合ってゆく術を身につけている。

逆に、間明は安堵《あんど》の中にも無念さの混じった表情を浮かべていた。大きな事件と聞けば捜査に首を突っ込みたくなるのが、長く刑事を続けてきた人間の習性なのだろう。

「間明係長も単なる付き添いではありませんよ」

乾がいった。

「今回のMITの関連人員として、警視庁本庁との連絡及び情報管理責任者を務めていただきます」

「監視役ってことですか？」

間明が訊く。

「はい。今回のMITの捜査内容については警視庁内にも伏せ、当面は完全極秘での行動となります。もし、上長や先輩として指導助言してきた恩に着せ、下水流、本庶両名から情報を聞き出そうとする者がいたら、防波堤になっていただきたい」

「過去にそういう事例があったということでしょうか？」

「ええ。本来自分が担当するはずだったという間違った縄張り意識や、古いセクト主義、ＭＩＴを出し抜き事件を解決しようとする功名心など、あくまで捜査を目的としたものですが、残念ながら情報の横流しを迫った者が複数名いました。それを今回は完全に防ぐため、間明さんにも働いていただきます」

「このふたりからもし漏れたら、私も連帯責任だと？」

「その通り」

悠宇、そして本庶の視線が自然と間明に向いた。

「だいじょうぶ。貧乏くじを引かされるのには慣れてるよ」

上司の前にもかかわらず間明はいった。

「そんなあなただから、今回この役に選ばせてもらいました」

機嫌を損ねることなく乾はうなずき、言葉を続けた。

「正直、ＭＩＴへの反発心を抱えている人間は少なくありません。本庁内の古いタイプの連中からのさまざまな強要を、上手く捌《さば》いていただけると期待しています。加えて、それくらい秘匿性が高い事案だと、三名とも肝に銘《めい》じていただきたい」

異様な感じがする。ＭＩＴに召集されたからというのではなく、捜査事項の秘匿にこれほど念押しをしてくる会議ははじめてだ。

「質問よろしいですか」

悠宇は訊いた。

「構いませんよ」

乾が返す。

「疑問や不明点があれば、ためらわず質問してください。階級と年齢を気にかけて遠慮していたら、MITに召集した意味がないので」

チームとしてすでに動き出しているといいたいのだろう。間明係長の下でのんびりやっていたのに、急に一流商社の営業部にでも放り込まれた気分だ。

「では、率直に訊かせていただきます。政治案件ですか?」

「まだいえません」

肯定も否定もしないことが、逆に政治が絡んだ事件だと伝えている。議員数名程度ならまだいいが、その上の閣僚レベルが複数関係した重大案件であれば、悠宇たちのような末端の捜査員も無関心ではいられない。

警察という組織は権力者に弱い。しかもお偉い先生方のプレッシャーはきつく、捜査中でもしつこく進捗状況を訊いてくる。そのたびに報告を作成するのは現場の人間だ。そしてもし容疑者を逮捕できず事件解決に失敗するようなことがあれば、警察庁や警視庁の上層部だけでなく、現場の人間たちも厳しく責任を問われることになる。

「自分もいいですか？」

本庶も訊いた。

「もちろん」

「では、背景は問いませんが、具体的にどんな事件か教えていただけませんか？」

「それも今の時点ではいえません」

「は？」

本庶に加え悠宇の口からも思わず漏れた。

この反応を決して生意気だとは思わない。召集命令が下ったのに、任務の内容は明かされないなんて聞いたことがなかった。

間明も戸惑っている。

「当面就いてもらう任務については話せますが、全容はまだ伝えられません。異例ずくめだと思っているでしょうが、それはこちらも同じ。不慣れさによる多少の不手際は、どうか許してください」

警察庁のエリートである乾が口にした謝罪の言葉が、悠宇の中で膨らみかけた不安と不満に拍車をかける。

――これがＭＩＴ。

何をさせられるんだろう？

漠然と考えている悠宇に、乾がまた意外なことをいった。

「今日の本題に入りますが、まず下水流くんにDAINEX《ダイネックス》で起きたデータ窃盗事件について詳しい説明をしていただきたい。間明さんにも後ほど補足をお願いします」

一年前に起き、すでに解決した事件のことだ。

「お話ししますが、すべて報告書にまとめて提出してあります。あれ以上の情報は、今のところ私も持ち合わせていません」

「新情報がほしいわけではありません。客観的な報告書には記載されなかった、君の個人的な心証や場面ごとの認識などを交えて、今一度ここで話していただきたいんです」

乾に促《うなが》され、悠宇は半信半疑で話しはじめた。

3

バンは暗いトンネル内を進んでゆく。

「運転は嫌い？」

助手席に座る二瓶茜《にへいあかね》が訊いた。

「気がつきました？」

ハンドルを握る本庶が訊き返す。

「元々は好きだったんですが、特犯二係で管理官の運転手をやっている間に嫌いになってしまって」

後部座席の悠宇、その隣の板東《ばんどう》という男も含め、車内に小さな笑いが起きた。

「管理官のご自宅が埼玉の北越谷《きたこしがや》にあるんです。東京の町田に帳場が立ったときなんて、朝晩片道七十キロの送り迎えですよ。遅くまで捜査して寝る暇ないから、寮に帰らずに車で寝てたら、車内が男臭くなるからやめろって怒られるし、ブレーキのタイミングや運転の仕方にも細かく注文つけられるし。このＭＩＴに入って唯一嬉しかったのが、運転から解放されることだったんですけど」

「またハンドル握らされて不貞腐れた顔になったのか」

「すいません。無意識のうちに思い出してしまっていたみたいです」

「帰りは私が運転するよ」

二瓶が同情するように口元を緩める。

彼女の歳は三十四、丸顔にウェーブのかかった肩までの髪。背は百六十センチ前後で、体形は普通からややぽっちゃりといったところか。所属は警察庁警備局警備運用部。警察庁勤務といっても、課長未満の管理職ではない人員は各都道府県警からの出向というかたちで配属される。二瓶もノンキャリアで、本来は警視庁所属だった。

既婚で子供はなし。仕事は雑用中心のデスクワーク担当と自分ではいっているが、どこまで本当かはわからない。警察庁警備局の人間らしく、普段の職務について具体的なことは何もいわなかった。

もうひとりの板東隆信《たかのぶ》は警視庁警備部警護課所属。三十一歳、身長百八十センチ前後で筋肉質。八ヵ月前まで第一機動隊にいた。

四人の初顔合わせは昨日。揃《そろ》っての任務は今日が初となる。

悠宇の年齢はこの中では下から二番目だが、階級が一番上ということで班長にされてしまった。ただ、四人とも二十代後半から三十代前半と近い年代で固まっているのは、年齢差による軋轢《あつれき》を極力回避するための、乾参事官の計らいなのだろう。警察庁も、内閣や世論に圧力をかけられ作り出したMITという新たなシステムを、より有益に使うため試行錯誤しているようだ。

悠宇たちのような四人編成の班が、乾参事官の下に五組編成されている。

今回のMITの組織自体はさらに巨大で、乾の上長に、悠宇の名字を褒《ほ》めたあの警視監――印南《いんなみ》という名だった――がいて、彼が臨時の総括審議官としてすべてを指揮していた。

警視監が訪問者の身元確認にわざわざ出てくるなんておかしいと思ったけれど、あれもやはり審査のひとつだったようだ。

バンは今、トンネルを出て冬の風が吹きつける東京湾アクアラインの上を進んでいる。

目的地は千葉県鴨川《かもがわ》市内にあるDAINEXスポーツ総合研究所。

半年前まで都内墨田《すみだ》区にあったが、新施設が完成し鴨川に移転した。研究所の名の通り、さまざまな競技における選手の身体活動や心理状態を科学的に分析し、シューズやウエアの開発にフィードバックするための施設だ。

捜査に関連した職務で県境を越える、いわゆる越境捜査なのに、千葉県警にも鴨川市内の所轄警察にも連絡を入れていないというのは、やはりちょっと不思議な気分になる。

車内では互いを知り合うための遠回しな会話が続いていた。

「専門卒は俺だけですか」

板東がいった。

「私も誰も名前を知らない二流大学卒だもの、似たようなもの。MARCH出身のこちらのふたりには到底敵わない」

「捜査に学歴なんてほとんど関係ないじゃないですか」

本庶が気遣いを交えた軽口を返す。

警察官らしいし、一般の企業と大差ないなとも思う。職務ではじめて顔を合わせた警察官同士は、互いの職歴・学歴をそれとなく訊くのが定番だった。

世代交代が進み、だいぶ風通しがよくなったとはいえ、やはり警察は他とは較べものにならないくらい階級社会だ。習性のようなもので、相手の情報を知って、どちらが上かを確認しないと落ち着かない。各人のランクづけが終わり、自分のポジションが明確になってから、ようやく本格的なコミュニケーションがはじまる。

バンは千葉県内の館山《たてやま》自動車道に入った。

「班長、資料では確認じてありますけど、ＤＡＩＮＥＸとのいきさつを、あらためて教えてもらえますか」

本庶がいった。

さっきの学歴話に続き、捜査に関しても他のふたりにそれとなく気を回している。本庶は初対面のとき、乾と一緒にDAINEXのデータ窃盗事件に関する悠宇の解説を聞いているが、二瓶と板東は何も知らない。

悠宇は口を開いた――

一年前、まだ移転前で都内墨田区鐘ヶ淵《かねがふち》にあったDAINEXスポーツ総合研究所内の複数のパソコンから、スポンサー契約を結んでいる選手たちの身体能力と新たなシューズ開発に関するデータが不正にコピーされた。

犯行推定時刻には、ロシア国内を発信源とする、複数の海外サーバーを経由しての総合研究所内への不正アクセスが確認された。古い施設とはいってもパソコンやマイクロSDなどの記録媒体の持ち出しは厳重に管理・制限されていたため、警視庁のサイバー犯罪対策課がクラッキングの線で捜査を開始する。

一方で窃盗事件として捜査に着手した悠宇は、任意での聞き取りの際、総合研究所の職員ふたりの供述や言動に不審な点を感じた。直後に間明係長の許可を得て内偵を開始。二週間の捜査を経て証拠を発見し、ふたりを逮捕。データの流出も未然に防ぐことができた。

週刊誌に「推理小説ばりのトリック」と大げさに書かれたりもしたが、実際の犯罪手法はごくありきたりなものだった。

研究所の職員ふたりが共謀し、社内で標的のデータを抽出、それを廃棄予定でデータを完全消去した別のパソコン内に隠し、後日、業者を装った人間に引き取らせる算段になっていた。データの買い取り相手は中国系企業で、間明係長が外事課筋から仕入れてきた情報によると、そのデータを反映したバスケット・シューズやランニング・シューズの急造品を、二ヵ月後に中国国内で販売するところまで計画は進んでいたらしい。ロシアからのクラッキングも、職員が自分たちへの疑惑をそらすために仕組んだものだった。データ抽出と海外からの偽装アクセスの時間をリンクさせるなど、他にも細かな工作があったものの、ざっと説明するとそんな内容になる。

犯人逮捕はもちろん悠宇ひとりの功績じゃない。

サイバー犯罪対策課からは、早い段階で「内部犯の可能性も視野に入れてほしい」と要請があったし、研究所の捜査には間明係長の下、悠宇を含む七係全体が当たった。悠宇はたまたま犯人の聴取担当となっただけで、自分が特に目覚ましい活躍をしたとは思っていない。

ただ、あの事件の捜査を通してＤＡＩＮＥＸスポーツ総合研究所の副所長やコーチと知り合いになり、それが今回の担当に選ばれた遠因にはなっていると思う。

それでも何故自分だったのか、まだ判然としない。

乾参事官から悠宇たちの班に今回命令されたのは、ある日本人マラソン選手を脅迫している犯人の特定と逮捕だ。

脅迫はこれまでに三回。郵便で届いた手紙に、今後の競技会への参加をやめなければ選手本人および家族の「命にかかわることが起きる」と書かれていた。

しかしこのブラックメール（脅迫状）には不可解な点も多い。三通とも同じ封筒、紙、書体が使われていたものの、差出人が何者かを示す通称や偽名、マークなどの記載はなかった。内容も単に競技への不参加を強要するだけで、なぜ脅すのか理由は一切書かれていない。恨《うら》みや怒りのこもった表現なども、文中には記載されていなかった。

すでに選手の周辺には、はじめに被害届を受理した千葉県警の警護担当者たちが張りついている。が、悠宇たちへの今回の命令には、その選手の身辺警護も含まれている。同一対象の警護に命令系統の違うふたつの組織が当たるなど、通常ではありえない。ましてや悠宇は警察学校卒業以降、職場実習、実践実習中も含めて、実際の脅迫事件捜査に加わったことも、誰かを警護した経験もない。

ＭＩＴでは何でもやらされると聞いてはいたけれど、異例、いや異常なことずくめだ。

「まずは顔見せだと思って四人で挨拶に行ってください」

今日鴨川に向かうのも、乾参事官のそんな一言のせいだ。

ＤＡＩＮＥＸスポーツ総合研究所の施設を見学し、選手本人にも聞き取りをする予定だが、参事官からは何か具体的な成果を持ち帰らなければならないような指示は出ていない。

――緩い任務。

ほんとに顔見せというか、社会科見学のようだ。

それだけに、この先に何か面倒なことが待っているのではと疑心暗鬼になってしまう。現時点では、脅迫がいたずらの可能性もゼロではないが、そんな案件で今回のような大規模なＭＩＴが立ち上がるはずがない。

窓の外を眺めながら、頭の中では無意識に選手が脅迫された理由を考えている。単純な選手個人への恨み？　ＤＡＩＮＥＸという企業への憎しみ？　ライバル企業の妨害？　一年前の事件でデータを奪い損ねた組織からの報復？　それともデータ奪取には社内的な対立が絡んでいて、それが選手にも飛び火した？

やめよう。上司から何の材料も与えられていないのに、こんな推理以前の妄想を勝手にくり広げてもしょうがない。

考えるのを中断したら、ちょっと眠くなってきた。

ＭＩＴに一時的に移るせいで、これまでの経費精算を間明係長に急《せ》かされたせいだ。昨日は帰りが午前二時過ぎになり、あまり寝ていない。

新しい捜査班のメンバーの前で、いきなり寝るわけにいかないし。とりあえず目は開けたまま、考え込んでいる振りでぼうっとしていよう。

鴨川市街まで五キロの看板が見え、車内の話題は音楽の趣味に移っていた。

「エレクトロニカとか。自分でもパソコン使って曲作ったりしてるんですけど」

板東がいった。

「へえ、洒落《しゃれ》てるね」

二瓶が返す。

「体力勝負のがさつな任務ばっかりなもんで、普段くらいはスタイリッシュで気分が上がることしたくなっちゃって。似合わねえ、気取んなってよくいわれるけど」

「でも、仕事と毛色の違うことしたいってのはわかるな。うちは和太鼓だもん」

「祭り囃子《ばやし》の？」

「うん。ダンナともども祭り好きなの。神輿《みこし》も担ぐけど、大太鼓、桶胴《おけどう》太鼓、締《しめ》太鼓、やらせてもらえるなら何でも叩く。血湧き肉躍るっていうよりも、あの響きが心落ち着くんだよね。本庶くんは？」

「俺はビブラフォンを」

「ええと、鉄琴？」

「そうです。中学でブラスバンド部入ったら、鉄琴担当にされたんです。手持ちのグロッケンってやつで重いし、練習も厳しくてすぐ辞めちゃって、バスケ部入り直したんですけど」

「珍しい転身だね」

二瓶が笑う。

「ただ、鉄琴は妙に好きになっちゃって。グロッケンを経てビブラフォンにはまって、一時は音楽教室に月二で通ってました」

「本物じゃん」

板東も笑った。

「今も弾くの？　まさか待機寮には？」

「持ち込んでないすよ。たまに神奈川の実家に帰ったとき、仕事のストレスぶつけて一心不乱に叩いてます」

「個性的な班だな。もしかして班長も何か演奏されるんですか？」

二瓶が訊いた。

「あ、三味線とか」

あれ？　半分寝ぼけているときに訊かれたせいで、つい答えてしまった。

「えっ？」

二瓶と板東に揃って驚かれた。

――しまった。

「班長、日本舞踊の有名な師範なんですよ」

横から本庶がいった。

「その流れで三味線と長唄もやられてるんですよね」

「ええっ⁉」

ふたりにもっと驚かれた。

「日本舞踊と三味線、今も続けられているんですか？」

板東がちょっと早口になって訊いた。

「いや、私のことはいいから――」

「一緒に住んでいるお母様も師範で、日本舞踊の世界では有名な方なんですよね？」

本庶の言葉に反応し、助手席の二瓶も振り返って悠宇を見た。

「そう聞くと、何かお嬢様っぽく見えてきますね」

隣の板東がちらりと目を向ける。

「うん、実家が資産家っぽい」

二瓶がうなずく。

悠宇は返事をする代わりにふたりに曖昧《あいまい》に笑いかけたあと、本庶に訊いた。

「間明係長？」

「はい」

彼は明るい声で答えた。

情報源はやっぱりあの人か。

――おしゃべりおやじめ。

でも、まずったな、嫌な方向に話が逸れてきた。

子供のころ、母親に「お稽古に行けば好きなものを買ってあげる」といわれ、釣られて日本舞踊を習いはじめた。今も好きで続けているというより、辞めどきを失ってしまったというのが正直なところだった。

悠宇の実家は神戸で、大学進学で東京に移る際も、「踊りを続けるなら生活費を出す」と母親にいわれた。週二回お稽古に行けば、バイトをする必要もないという好条件に負け、結局、母の手配した当代の名人と呼ばれる、やたら厳しいお師匠の下で習い続けた。面倒臭いし、嫌だったけれど、大学時代に味わった挫折《ざせつ》を乗り越え、胸に空いた穴を埋めるのにも踊りは役立ってくれた。

それでも警察官になったのを契機に辞めようとしていたのに、今度は神戸の母が離婚し、東京に出てきて、「踊りを続けるなら、家賃光熱費タダで、中央区内のマンションに同居させてやる」という新たな条件を突きつけてきた。

で、結局またその魅力に負けて、週一のお稽古——ただし重大事件発生時はお休み——を続けながら、そして母としょっちゅう揉めながら暮らしている。

「藤娘《ふじむすめ》とか舞うんですよね？　一度舞台を観てみたいな」

二瓶が怖いもの見たさを含んだ声でいった。

——確かに意外だろうな。

自分でも思うんだから、しょうがないか。

悠宇の話したがっていない雰囲気を察し、三人が静かになってゆく。

おっさんばかりの捜査班に入れられたときの、隙あらば自慢話をしたがる説教臭いノリも苦手だけど、趣味話で盛り上がる大学のサークルみたいな雰囲気も、これはこれできついな。

私自身が世代の壁を越えられない中高年捜査員みたいになっている。

——あ、やばい。

四人を乗せたバンは館山自動車道を下り、鴨川市内に入った。

4

「お話は聞いています。オリガミさんでしたっけ?」

DAINEXスポーツ総合研究所の本館メインエントランスで、半年前の移転と同時に就任した所長が訊いた。

「いえ、おりづると申します」

悠宇が返すと、「それは失礼」と笑いながら頭を下げた。

ここの所長は、都内にあるDAINEX本社の重役を退任した人間が順送りで就任し、短期間で去ってゆく。いわゆる天下り先のようなものらしい。

所長の隣にいる五十代後半の賀喜《かき》という女性副所長に、研究所の実質的な運営は任されていた。

賀喜自身も体操の元日本代表で、国際大会などへの出場経験もある。彼女とは一年前のデータ窃盗事件の捜査の際に知り合った。

鴨川市郊外に移った新しい研究所の規模は、都内墨田区にあったころとは較べものにならないほど広く、所内の移動は基本的に電動バスとカートで行っていた。

「造成中の区域も合わせると東京ディズニーランドの三・五倍の面積があるんです」

一緒に六人乗りカートに乗って案内してくれている賀喜副所長がいった。

「へえ」と適当に驚いてみせたものの、実はディズニーランドに一度も行ったことのない悠宇にはよくわからない。でも、ユニバーサル《U》・スタジオ《S》・ジャパン《J》には三回行った。

冬場のカート移動はやはり寒くて、バスのほうが嬉しかった。ただ、こうして散策するようにゆっくり所内を進むことで、どこにどんな施設があるのかよく理解できる。

研究所というより、巨大なトレーニング施設の集合体のようだ。

競技ごとに練習棟があり、選手がそこで日々トレーニングを積むのと同時に、研究用のデータが収集される。それらの研究は商品開発だけでなく、選手の記録向上のためにももちろん使用される。トレーニングはフィジカルだけでなく、メンタルに関するものも必須で含まれ、海外遠征や外国人コーチとのコミュニケーションのための語学学習なども受けられる。

ホテル以上に充実した宿泊施設も完備され、すでにここで生活している選手も四十名以上いるという。

――ここはスポーツ科学のための街だ。

日本国内でもこれだけ充実した施設を作れるのかという驚きとともに、ＤＡＩＮＥＸ

という企業のブランド力をあらためて感じた。スポーツメーカー・ＤＡＩＮＥＸ単体の収益だけでなく、広告代理店を含む様々な企業の資本、そして国や大学からの資金もふんだんに投入されているのだろう。

三十二年前、ＤＡＩＮＥＸはすでに故人となった田渕大《たぶちだい》によって創設された。オニツカタイガー時代からアシックスで働くシューズ職人だった田渕は、独立し、データサイエンスを生かした自身の求めるサッカー・シューズを作り出すため、ＤＡＩＮＥＸを立ち上げる。当初は個人工房に近かったが、サッカーＪリーグの創立で人気が拡大。さらに総合商社兼紅《かねこう》が資本参入し、シューズやウエアの機能性だけでなくファッション性も高めたことで、日本国内のみならずアジア圏でも人気のブランドとなった。二〇〇〇年に兼紅の完全子会社となると、サッカーに限らずテニスや水泳など、各国のプロ選手とスポンサー契約を結び、世界中にＤＡＩＮＥＸのブランド名と品質が知られるようになる。

また、二〇一七年以降の世界の陸上長距離レースを席巻したナイキのランニング・シューズ、「ズーム　ヴェイパーフライ　４％」の登場も、ある意味でＤＡＩＮＥＸの追い風となった。

悠宇の知っている概要はこの程度。まあこれも一年前のデータ窃盗事件のときに本やネットの記事を読み漁って、慌てて詰め込んだ知識だけれど。

「下水流さんたちも泊まる場所が必要なときは、いつでもいってくださいね」

カートの隣の席で施設の説明を続けていた賀喜がこちらに目を向けた。

「都内との往復は大変でしょうから。部屋ももう用意させてあるから」

この案件のために？　常駐が必要になるほど、事態が深刻化する可能性があるということ？

「賀喜さんは私たちの上司とどんなお話をされました？　情報共有したいので、できれば教えていただきたいんですが」

「それは大園《おおぞの》さんと海老名《えびな》さんを交えて話しましょう」

はぐらかされた？　カートを運転している社員に聞かれたくないから？

いや、違う。これでも警視庁の刑事なので、人の目の動きと表情を見れば、考えていることの一端くらいはわかる。

賀喜副所長も何かを知っているが、それを口止めされている。

マラソン選手脅迫事件の捜査のため、悠宇たちはここに来た。なのに、悠宇たち捜査員だけが、今も全体像を知らずにいる。

ずっと焦《じ》らされているようで気分が悪い。

冬の午後の風は一層冷たくなり、悠宇はコートの襟元を握りしめた。

※

「遠いところをようこそ」

八階建ての真新しい陸上競技棟の前で、ふたりの壮年の男は出迎えてくれた。

眼鏡に白髪の大園、禿《は》げ頭に無精髭《ぶしょうひげ》の海老名。どちらも笑顔で新しい名刺を出した。

大園がＤＡＩＮＥＸ鴨川ＥＲＰ陸上中長距離部門総監督、海老名はその研究部門責任者。

ふたりとも一年前のデータ窃盗事件を解決したことで、悠宇のことを高く評価してくれている。

――このＥＲＰって何だろう?

「それ、エンタープライズ・リソース・プランニングのことだよ」

名刺に書かれた文字を見ている悠宇を察して、大園が説明した。

「人材とか物とか金とか情報を有効活用する計画のことだって」

「よくわからないけど、難しそうですね」

悠宇が首を傾《かし》げると、「俺もよくわかんないんだ」と大園が再度笑った。海老名も横で微笑んでいる。

「みんなに訊かれて、何度も説明してるうちにお経みたいな感じで頭に入っちゃっただけでさ。本当は何のことか全然知らないの」

大園、海老名揃って人柄は穏やかだった。

一年前の事件の捜査中、一ヵ月にわたって何度もふたりと接触したが、選手やスタッフに彼らが声を荒らげているところを見たことがない。周囲の人間にもふたりを悪くいう者はいなかった。大園も海老名も、「選手個々の詳細な記録は、選手生命にかかわる大切なものだ」といって誰よりも真相の究明と事件の解決を願っていた。

ふたりからは監督、研究者というより、町工場の社長や専務に近いものを感じる。

大園は元陸上中距離の選手で、現役引退後は、高校、大学駅伝の選手育成で結果を残し、このDAINEX陸上部にも当初アシスタントコーチとして加わった。そこから長い時間をかけ日本最強の陸上長距離チームと呼ばれるまでに育て上げた。

一方の海老名は、十一年前まで信越医科薬科大学で運動生理学の准教授をしていた。当時発表したマラソンなど長距離走競技の走法やトレーニング、実際のレースに関する一連の論文で、次世代のスポーツ科学者として、国内よりもまずヨーロッパで注目を集めるようになる。

海老名の理論は実践的で、常に勝つためにはどうするかに主眼が置かれていた。

例えばマラソンのレースでは――

事前に、選手自身だけでなく医学生理学者を含む専門の分析スタッフで、マラソンコースの起伏、風速、日照角度などを詳細に測定し、綿密にレースプランを練る。当日も選手は、腕に体温計・心拍計、耳に小型のインカムを装着してレースに臨み、区間ごとのペース配分や速度だけでなく、サングラスやキャップを外すタイミングに至るまで、インカムを通して逐一監督から助言を受け、選手自身が総合的に判断し、実行していく。

今では当たり前となったことも多いが、当時の陸上指導者や研究者からは強い反発と非難を受けた。

勝利に強く固執する姿勢を、「教育上よくない。スポーツマンシップに反する」と批判する教育者もいたし、まだスマートウォッチも一般化していない時代に、心拍計や体温計をつけたままレースを走ることを「ナンセンス」と笑う研究者もいた。

もっとも多かったのが「個人種目のマラソンを団体競技にする気か」という嘲笑《ちょうしょう》だった。しかし、大園は海老名の理論を積極的に取り入れ、まさにその嘲笑通り長距離走をチーム戦に変えることで、DAINEX陸上部長距離班は飛躍的に記録を伸ばしていった。

大園、海老名、さらにDAINEXのシューズ工房責任者で主任フィッターの権藤《ごんどう》を加えた三人が、二〇一〇年代後半、日本の陸上長距離界が世界的に躍進する基盤を作ったといっていい。

三人が培ったものの上に立ち、今、日本の長距離走競技を牽引《けんいん》しているのが、現在の男子マラソン日本記録保持者・嶺川蒼《みねかわあおい》選手だ。

脅迫状はその嶺川選手の元に届けられた。

前回の捜査時は、間明係長が嶺川への任意聴取を担当し、悠宇は会ったことがない。

係長の人物評は――

〈決して話しやすい種類の人間じゃなかったな。でも、気難しいというのとも違うし、尊大にも振る舞っていない。孤高って言い方が一番近いんじゃないか〉

簡単に距離を縮められる相手でないことは覚悟している。

悠宇は大園と海老名に、本庶、二瓶、板東という自分の班のメンバーを紹介した。

彼らにも警察官らしい鋭さや刺々《とげとげ》しさがないせいか、町工場の経営者と地元の信用金庫の職員の名刺交換を見ているような気分になる。

「嶺川、メンタルトレーナーとのミーティングが長引いてるんだ」

大園がいった。

「まだかかりそうだから、その間、工房でも見学していてくれないかな」

「いいんですか？」

悠宇は訊いた。そこには開発中で社外秘のシューズやアイテムが並んでいるため、社員や選手でもごく一部の者しか入ることが許されない。

「今は見られて困るものもないし、副所長の許可ももらっているから」

大園に視線を送られ、賀喜がうなずく。

長い廊下の奥、カードキーと虹彩《こうさい》認証で管理された二重ドアの先には、工房というにはあまりに清潔で広大な、白で統一された空間が広がっていた。

「おう」

白衣の研究員の中で唯一、灰色のツナギと帽子に身を包んだ権藤が気づき、片手を上げた。胸ポケットにタバコのハイライトを入れ、皺《しわ》深い顔にかけた老眼鏡の奥からこちらを覗くように見ている。権藤の周りだけは昭和の町工場のような匂いが漂っている。

だがその背後には、頭部がなく、胴体に簡易的な腕が取りつけられた二足歩行ロボットがいた。シューズを履き、十五メートルほどの競技用レーストラックの上を音もなく静かに走っている。透明なゲル状の素材に包まれた金属の関節が、ちょっと不気味に感じるほど人間の足に似たしなやかな動きを見せていた。

しかもコースは二レーン。二台のロボットが並んで走り、競い合っている。

本庶、二瓶、板東だけでなく、都内墨田区鐘ヶ淵にあったころの工房を知る悠宇も目を奪われた。あそこもすごかったが、ここは較べものにならない。

スポーツと、それに関連するスポーツ・アイテム・ビジネスの急成長ぶりはわかっていたつもりだけれど、まだまだ認識が甘かった。以前、日本有数といわれている大学のロボット工学研究所を見学したことがあるが、規模も設備もこちらのほうがはるかに上回っている。

「すごいですね」

悠宇は感じたままを素直に口にした。

「まあな、鐘ヶ淵のころよりはだいぶよくなった。ただよ、今度は広すぎて、タバコ吸おうにもカートで五分走らなきゃ喫煙所にも行けねえ。そもそもこの研究所の中にあるコンビニには、タバコ自体売ってなくてよ」

権藤が苦笑いする。

「それより、おまえさんは相変わらず顔色悪いな。ちゃんと食べてるか？　美人が台無しだぞ」

今度は悠宇が苦笑いを返す。

よけいなお世話だし、時代にもそぐわない発言だけれど、なぜか冷たくあしらえない。悠宇自身がこういう職人気質の人々に囲まれながら育ったせいだろう。

権藤と知り合ったのも、一年前のデータ窃盗事件の捜査のときだった。

はじめは口が重く苦労したが、悠宇の実家が神戸の精密工作機器メーカーで、父はその社長だと知ると、この初老の男はとたんに打ち解けてくれた。

興味深げに工房内を眺める悠宇たちの前に、権藤が未使用のシューズを差し出した。

「あんた機動隊か何かだろ」

板東にいった。スーツの上から体形を見ただけでわかるらしい。

「はい、『元』ですけれど」

板東が返す。

「これ履いてみなよ。再来週にはマスコミ発表されるやつだから、機密云々は気にしなくていい。自分らで試してみれば、ここで何やってるか一発でわかるだろうからさ。おたくの班長さんに勧めても嫌がるんで、あんたが代わりに」

一年前の捜査期間中、悠宇はいわゆる厚底シューズの最新型を何度か無理やり履かされそうになったものの、運動も走るのも大嫌いだとくり返して、どうにか逃げ切った。今、権藤が手にしているのは、それよりさらに進化した、一万メートルトラック走に特化した試作品だという。

ただ、シューズの裏面部分が何ともいえない。

平面ではなく、でこぼこしていた。大きめの気泡というか、小粒のマスカットというか、黄緑色をしたイクラのような半球状の素材がソールにびっしりと張りついている。

正直ちょっとグロい。

「見た目が良くないのは承知しています。そのあたりは試作品ということで目をつむってください」

賀喜副所長が笑う。

椅子に座り、ちょいグロシューズを履いた板東が立ち上がった。

日本最高峰のスポーツシューズ・フィッターといわれる権藤の見立てだけあって、サイズも測っていないのにぴったり足に馴染《なじ》んで見える。ただそれでも、はじめはかなり歩きにくそうだ。慣れるまで五分程度の練習が必要ということで、板東がそろそろと工房内を歩き回っている。

権藤と大園総監督が賀喜に目配せし、その視線を引き取った彼女がまた口を開いた。

「慣れていただくまでの間に、皆さんの捜査に関連することを、ちょっとお話しさせてもらいますね」

賀喜が悠宇たち捜査員を順に見る。

「ナイキの厚底ランニング・シューズが数年前から世界の長距離レースの記録を次々と塗り替え、今も多くのトップランナーに支持されています。でも、私たちＤＡＩＮＥＸも、それに勝るとも劣《おと》らない技術を十年前から持ち、いわゆる革新的なシューズの試作品も完成させていたんです。ただ、気後れと選手へのアピール不足から完全に後塵《こうじん》を拝してしまいました。でも、それももう終わるでしょう。一ヵ月後の東京ワールド《World》・チャンピオンズ《Champions》・クラシック《Classic》・レース《Race》では各社がこぞって新製品を発表しますが、ＤＡＩＮＥＸもレース用に調整されたカスタムタイプのシューズをお披露目します」

東京ＷＣＣＲ、東京都心部で行われる世界陸連公認のマラソンレースだ。

一般ランナーが参加する東京マラソンの前日に、同じコースで世界ランキング上位の招待選手三十名と、大学生を含む国内外の将来有望なランナーからの選抜選手十名、計四十名で争われる。優勝選手への賞金一五〇万ドルを筆頭に六位までの入賞者に計三〇〇万ドルが支払われる。

元々は、新型コロナウイルスが世界的に蔓延する中、当初より一年遅れで二〇二一年夏に行われた東京オリンピック・パラリンピックの男女マラソン競技に対する不満から立ち上がった企画だった。沿道での観戦・応援が制限されるだけでなく、暑さ対策として競技会場を東京から札幌に移したにもかかわらず、男子マラソンスタート直後の気温は二十六度、湿度八十パーセント。蒸し暑さの中、出場百六選手のうち、三十人もが途中棄権する過酷なレースとなり、一位のゴールタイムも二時間八分三十八秒という、男子マラソンの歴代五十位以内にも入らない平凡な記録で終わった。

そのため、「マラソンではなく単なるサバイバルだ」「敵は他の選手ではなく暑さだった」などの批判、さらには「八月にフルマラソン競技をする意味はあるのか」などの問題提起が相次ぎ、東京オリンピック・パラリンピックのマラソンの代替となる、真のマラソンランナー世界一を決めるレースを望む声が、オリパラ終了直後の二〇二一年秋の段階から上がっていた。

その声への賛同が短期間に広まり、翌年春に二〇二三年三月の東京WCCR開催が決定する。

三月四日に行われるレースは、日本やアジア地域だけでなく、世界七十二の国と地域に生中継される国際スポーツイベントとなるが、この急拡大の裏には、従来のIOC(国際オリンピック委員会)と、中国・ロシア・サウジアラビアの資本を背景とした新興スポーツ・ビジネス勢との対立があり、さらには二〇一八年ごろから東京WCCR開催に向けた国際交渉が秘密裏に進められていたからだといわれているが、悠宇はあまり詳しくない。

もうひとつ、東京WCCRは日本政府の認可する公営ギャンブルの対象マラソンレース第一号にもなっていた。競馬や競輪と同じように、どの選手が一位、二位、三位に入るかを予想し、的中すると配当金が支払われる。

ＷＣＣＲは東京以降、パリ、ロンドン、ベルリン、さらにシドニーか北京のどちらかの計五都市で開催され、年間獲得賞金一位の選手には各レースでの優勝賞金に加え三〇〇万ドルが進呈される。

賀喜が突然プレゼンテーションのような話をはじめたのは、東京ＷＣＣＲへのＤＡＩＮＥＸの意気込みを説明したいからではない。

悠宇は理解し、他の捜査員も彼女の意図に気づいたようだ。

それを裏づけるように二瓶が手を挙げ、質問する。

「ＤＡＩＮＥＸが後塵を拝してしまった理由としてお話しされた、気後れと選手へのアピール不足とは、具体的にはどんなことでしょう？」

「臆病心だよ」

賀喜ではなく権藤がいった。

「ナイキの第一世代のヴェイパーフライには、厚いソールの中にカーボン製のファイバープレートが仕込まれている。これが反発性を増すのに一役買っているんだが、俺たちも十年前にまったく同じアイデアを持っていた。海老名先生がＤＡＩＮＥＸ《ウチ》に持ち込んだんだ。で、試作品も作り、採取した初期データも良好だった。だけど心配になっちまった。ソールにラバー素材以外のものが混入したシューズで好記録を出したら、非難されるんじゃないか、すぐに使用禁止にされるんじゃないか、コンシューマ製品化も閉ざされるんじゃないかと。当時の日本の陸連のルールブックにも海外レースのルール規約にも、そんなシューズは使用禁止だなんて一切書かれていなかったのに、俺も含め、みんなが勝手にビビって、自分たちの技術を勝手に封印しちまったわけだ」

「技術面だけじゃありません」

今度は海老名が口を開いた。

「当時のオリンピック、世界陸上代表クラスの日本人マラソン選手にも履いてもらって、データを取ったんですが、ことごとく不評だったんです。ソールが厚いのも、反発効果を得る走りをするのに慣れが必要なのも嫌われた。こんなものを履いて練習したら、自分のベストフォームを崩してしまうといわれました。海外も含め一流選手になるほど、ソールの薄い、素足で走っているのに近い感覚のシューズを求めた。我々の提供したものは、そんなニーズとはまさに真逆だったわけです。時代といわれればそれまでですけれど、選手たちの意識を転換するだけの材料を、我々は持っていなかった」

「そう、説得しきれなかったんです」

賀喜が言葉を引き継ぐ。

「でもナイキのヴェイパーフライで状況が変わり、ずっと隠しておいた葛籠《つづら》を慌てて開けてみたら、自分たちでも半ば忘れかけていた素晴らしい技術が詰まっていた。間の抜けた、お恥ずかしい話だけれど、そういうことです」

嶺川選手の元に届けられた脅迫状が本当に標的としているのは、DAINEX社の持つ技術かもしれない――

　賀喜副所長をはじめとする総合研究所のスタッフは、暗にそう伝えている。はっきりと言葉にしないのは、悠宇たちよりずっと階級が上の、今回捜査を指揮している者たちから口止めされているからだろう。

　警察庁がＭＩＴを立ち上げた理由が、悠宇にもようやくわかってきた。

　――この案件、金も政治もがっちり絡んでいる。

　口止めされているにもかかわらず、遠回しな方法を採ってまで副所長たちが話してくれたのは、悠宇たち捜査員の仕事を助けるため？　いや、これから行われる聞き取りでの嶺川選手の負担を軽くし、自分たちの、そして日本のナンバーワン・ランナーを守るためだ。

　板東の足にシューズが馴染んだようだ。

　街中のジムに置いてある機器の二倍以上のサイズがあるランニングマシンに乗り、走り出した。

「自転車と同じだ」

　走りながら板東が話し、権藤がうなずいた。

「コツが要るけど、慣れれば忘れねえ」

　マシンの速度が上がり、板東のピッチも上がってゆく。

「不思議な感じです。走ってるんじゃない。走らされてる」

スーツの裾をなびかせ、走り続ける。その顔は走ることを明らかに楽しんでいた。

「そういうことだ」

権藤が悠宇たちに視線を向けた。大園と海老名も見ている。

「これからのシューズは選手が走るための道具ではなく、選手を走らせるための道具になる——この潮流は世界的に揺るがないでしょう。もちろん優秀な選手がいてはじめて機能が発揮されるわけだけど」

賀喜がいった。

「その走らせるための、世界で一番優れた技術を私たちは持っています」

5

板東がマシンを降りたところで、大園総監督の携帯が鳴った。

嶺川選手のミーティングが終わったようだ。

エレベーターで四階へ。

陸上競技棟の横にある四百メートルトラックを見渡せる、人のいないカフェテリアの奥で彼は待っていた。

こちらに気づき、被《かぶ》っていたジャージのフードを取って立ち上がる。身長は悠宇と同じ百七十センチ前後。マラソンランナーらしい細身の締まった体に薄《うっす》らと焼けた肌。短髪に少しの顎髭。

そして意志の強さを感じる大きな目——一流のスポーツ選手なのだから、強いのが当然かもしれないけれど。

悠宇から順番に捜査員たちが一礼し、自己紹介をしてゆく。

「千葉県警の捜査や警備の方たちとは、何か違うんですか」

悠宇の名刺に視線を落としながら嶺川が訊いた。

「私たちは彼らとは違う視点で状況を見つめ、異なるアプローチで捜査を進めます。いわばこの事件の解決を早めるため、特別に編成されたチームです」

「違うかたちで捜査を進める」

嶺川が小さくいった。

「はい」

悠宇はうなずいた。

「二度手間や、考え方に齟齬《そご》が——アメリカの映画やテレビドラマでよくある、ＦＢＩと地元警察の認識のズレのようなものが起きる可能性はありませんか？」

嶺川がさらに訊く。

「内部での意思疎通を心がけ、極力無いようにしますし、もし嶺川さんがお感じになったら、遠慮なさらずおっしゃってください。できる限り早く解消します」

「わかりました」

嶺川はそこで言葉を区切った。何かしら不満を抱いているのだろう。警備をしている千葉県警の担当者に不手際や、説明不足なところがあったのかもしれない。

が、彼はそれを口にしなかった。ただ文句を並べるだけでは何も解決しないとわかっている。今はまず、悠宇たちの出方を見ようとしているのだろう。彼の外見だけでなく、心も鍛えられていることが小さな行動の一つひとつから伝わってくる。

「それで今日のご用件は何でしょう？」

「千葉県警の担当者とお話しされて以降、何か新たにお気づきになったことなどはございませんか？」

「特にありません」

「では、新たな懸念などは生じていませんか？　どんな些細《ささい》なことでも結構です」

「それもないです。以前のまま不安はずっと消えていないですけれど」

「申し訳ありません。一日も早く安心していただけるよう努力します。今日はありがとうございました」

「終わりですか？」

「はい。今後このメンバーであらためて嶺川さんにお話を伺ったり、お近くで作業をさせていただくことがあると思いますので、知らない顔がいることで、さらなるご不審や不快さをお与えしないよう、ご挨拶させていただくことが今日の主な目的でした。それだけのために、わざわざお時間を割《さ》かせてしまい、申し訳ありません」

「いえ、早く終わるほうが、こちらもありがたいです」

嶺川が視線を上げ、はじめてはっきりと悠宇の顔を見た。

「下水流悠宇さん、ですか」

「はい」

悠宇も彼の顔をまっすぐに見た。

「何かありましたら、いつでもその名刺の番号かアドレスにご連絡ください」

嶺川がまたフードを被り、笑顔で手を振る大園総監督とともにカフェテリアから去ってゆく。

孤高――間明係長の人物評を思い出した。

彼の生い立ちは広く一般にも知られている。生後一歳半で両親が離婚。その後の二年半の間に、嶺川の母親は管轄の保健所と児童相談所から三度の勧告を受け、彼はそのたびに一時保護を受けている。四歳で母親が再婚。しかし、義父に嫌われたのか、ほどなく嶺川は母の元を離れ、母方の祖父母、叔母とともに暮らすようになる。彼が九歳のときに祖父が死去、生活は苦しかったようだ。そんな中、母親は再度離婚し、その二年後に三度目の結婚をする。だが、嶺川を引き取ることはなく、母親は新たな家庭でふたりの子供をもうけた。嶺川がマラソン選手として注目を浴びて以降、母親から再会を求められたが、週刊誌の記事によると彼は拒否したそうだ。嶺川自身、以前の取材で「家族は僕を育ててくれた祖母と叔母のふたり」と発言している。

決めつけたくはないが、そんな過去が今の彼の性格に強い影響を与えたのは間違いない。また世間の多くの人も嶺川に「翳《かげ》りのあるヒーロー」という印象を抱いている。

悠宇たちもカフェテリアを離れ、エレベーターに乗った。

一階で降りた直後、視線の端に、軽くアイコンタクトを交わしている二瓶と板東が見えた。警察官らしく、このふたりも私を値踏みしていたのだろう。

もちろん本庶も、私が嶺川選手に何を訊き、どう言葉を返すか、自分の基準に照らしながら詳細に観察していた。

そしてどうやら私は、班長としての第一段階を合格したらしい。

——じゃ今度は、三人がどれくらい使えるか私が試させてもらおう。

「またな」

権藤の声と、海老名の微笑みに見送られ、陸上競技棟を出た。

冬の夕陽が陸上競技用トラックの向こうに沈んでゆく。さらに冷たくなった風の中を、またカートで走り、駐車場に戻った。

※

都内へ戻る車内の空気は、来たときとはまるで違っていた。

自分たちに命じられたのが、日本中の期待を背負う有名スポーツ選手の身を守るだけの任務でないことを、この班の全員がもう十分理解している。

　バンは暗くなった館山自動車道を進んでゆく。

　悠宇は下水流班の三人に指示を出した。本庶には、嶺川蒼選手本人のこれまでの経歴と現在、そして交友関係を再度洗い出すように。二瓶と板東には手分けして、嶺川選手の周辺人物を、今日会った賀喜副所長、大園総監督、海老名研究部門責任者、権藤工房責任者らも含めて調査するように。千葉県警がMITに提出してきた現時点までの調査報告書は、一切当てにするなとも付け加えた。もう一度、自分たちのフラットな視点で、この案件全体を眺めてみる必要がある。

「私はDAINEX社について、関連会社も含め、もう一度洗い直してみる。戻ったら今日は解散、明日朝九時に成果を持ち寄りましょう」

　三人が揃って返事をした。

　明日九時まであと十五時間程度。猶予《ゆうよ》がない中で、三人がどれだけのものを見つけてこられるか？　その結果を見て、三人の能力を判断し、今後の担当を決める。

　警視庁捜査一課第一特殊犯捜査二係所属の本庶、警察庁警備局警備運用部所属の二瓶と較べ、警視庁警備部警護課所属で八ヵ月前まで第一機動隊にいた板東のほうが不利なのはもちろん承知している。

　だからといって大目に見るつもりはない。

　そんな甘さは、逆にこの班を窮地に追い込む。まだ二十代の悠宇だが、馴《な》れ合《あ》いと優しさが原因で沈んでいった警察官や捜査チームを、これまで嫌というほど見てきた。

ハンドルを握る二瓶を除く、悠宇、本庶、板東はタブレットや携帯の画面を見つめ、もう与えられた課題に関する調査を開始している。

だが、バンが東京湾アクアラインに入ったところで、全員の持つ支給品の携帯が同時に震えた。警察庁内に設置されたMIT本部からの一斉送信だった。

〈全員召集　本日十九時三十分　2号館内大会議室　欠席不可、遅れる可能性のある者は要事前連絡〉


霞が関にある中央合同庁舎第2号館十七階、警察庁大会議室。

並んだ椅子はすでに警察官たちで埋まっている。

最後に本件捜査の最高責任者である印南総括審議官を先頭に、警視長以上で構成された首脳陣が入室し、入り口のドアが閉まった。首脳陣の中には悠宇たちの直属の上官である、あのでかい男——乾参事官も交じっている。

今回のMITで召集された捜査員全員が起立し、号令とともに印南ら首脳陣と敬礼を交わした。全百三十八名。これが初の全体会議で、悠宇も自分の班以外にどんな人間が呼ばれているのかはじめて目にする。

だが、マイクの前に立った印南は、形式的な挨拶も、MIT立ち上げについて言及することもなく、すぐに本題に入った。

「これまで本件に関しては秘密厳守を優先するあまり、諸君に説明不足な点が多々あったことをお詫びする。だが、ようやく官房長官その他、官邸筋からの許可が出た。本件容疑者の目的は、嶺川蒼選手個人やＤＡＩＮＥＸという一企業を標的とする強要・恐喝ではない。連中の狙いは、約一ヵ月後の三月四日に開催される東京ワールド・チャンピオンズ・クラシック・レース内において、複数の選手の走行を妨害すること、すなわち優勝及び上位入賞の阻止にある」

集まっている経験豊富な捜査員の何人かが、驚きとも的中とも取れるため息を漏らした。隣と囁《ささや》き合っている者もいる。

「もっと単純にいおう」

印南が強い声で続ける。

「連中の企《たくら》みは、特定のメーカーのシューズを履き、ウエアを身につけた選手のみを勝たせ、他を敗者にすること。世界中が見ているまさにそのとき、壮大な八百長をやろうとしているわけだ。我々の目的はそれを阻止し、不届き者を残らず排除・逮捕することにある」

捜査員たちの戸惑いを表すざわめきは、即座に会議室全体へと広がっていった。

二章　チームの条件

1

二月七日　東京WCCRまで二十五日

ＤＡＩＮＥＸスポーツ総合研究所内の陸上競技場には、絶え間なく北風が吹いている。四百メートルトラックの脇に建てられた観覧スタンドに、コートを着込んだ下水流《おりづる》班の四人は座っていた。晴れてはいるが二月の午前中の空気は冷え切っていて、厚着をしていても耳や頬が軽く痺《しび》れるように痛い。

その寒さの中、悠宇《ゆう》たちの視線は嶺川蒼《みねかわあおい》選手に注がれている。青空の下、白い息を吐きながら走る彼は、二本のパイロンが置かれた百メートルほどの直線の間を、淡々と往復していた。

「これ、マラソンのトレーニングですよね？」

二瓶《にへい》が独り言のようにいった。

だが、悠宇も確信を持って「そうだ」と返事ができない。言葉に詰まってしまうほど、目の前でくり広げられている光景は奇異だった。

強いていうなら人体科学のデータ収集——でも、それも少し違う。とにかく予想していた練習風景とはまったく別物だ。

嶺川は駅伝やマラソンの中継でよく見るランニングシャツと短パン姿の上に、さらにもう一枚何かを身につけていた。上半身には子供用のボレロのような丈の短い七分袖のウエア。胸側だけでなく背中も大きく割れているのは、実際のレースのときにつけるゼッケンを隠さないためだろう。下半身には腿《もも》の脇に大きくスリットの入った、バスケット選手のユニフォームのような丈の長いトランクスを穿《は》いている。

フィールドの風速計には七メートルの表示が出ている。

ときおり悠宇の肩までの髪が風になびき、コートの襟も揺れる。なのに、嶺川の身につけている白いウエアは、どんな素材で作られているのか、まったく風に揺れていない。

ウエア以外にも頭にはキャップ、左耳にイヤホン。右の二の腕、左手首にはスマートウォッチのような装置。両足のシューズの甲にも小さな計測機がついている。履いているそのシューズは、先日工房で見た「ちょいグロ」シューズの新型のようだ。側面にはDAINEX製品であることを表すNeXのロゴ。裏面のソール部分には、小粒のマスカットのような黄緑の半球状高反発素材がびっしりと張りついている。性能や効果は素晴らしいのだろう。でも、遠目に見てもブツブツ感がグロくて、やっぱり慣れない。

走り続ける彼の姿は撮影もされている。六台の固定カメラに加え、前後左右を断続的に小型ドローンが飛び、すべての行動をレンズに捉えていた。

「F1みたいだ」

本庶《ほんじょ》がつぶやいた。

「F1って、車のレース?」

悠宇は訊いた。

「はい。それほど詳しいわけじゃないですけど、毎年新型のレースカーを開発して実戦投入するまでの間に、こんな感じの非公開の走行テストをくり返すそうです」

「確かに似てるな。でも、エンジン音どころか人の声も聞こえない」

板東《ばんどう》も寒さに震えながらいった。

フィールドにあるテントの下には、テーブル上にモニターが並び、長い丈のベンチコートを着込んだ大園《おおぞの》総監督、海老名《えびな》研究部門責任者、権藤《ごんどう》シューズ工房責任者らが座っている。嶺川が走っているコース周辺にも数人のコーチや研究者が立ち、走る彼を見つめているが、声をかけたり励ましたりはしない。ずっと離れたところにいる大園総監督が、ときおり目の前のマイクに向かい、二言三言話すだけ。嶺川はイヤホンを通して走りながらその声を聞いている。

本当に静かだ。ドローンのプロペラ音、風が揺らす木の音や鳥の鳴き声、あとは隣の第二練習場から槍投げか何かの練習をしている男性の声がかすかに聞こえてくるだけ。

「すごい精神力だな」

板東がコートのポケットに手を入れたまま、また口を開いた。

「どうして?」

二瓶が訊く。

「伴走者もいないのにまったくペースが落ちないですから」

「この状況で走り続けられるのって、そんなにすごいんですか?」

本庶も訊いた。

「ああ。励ましの声もないし、気分を盛り上げるための音楽も流れていない。逆に、ドローンのプロペラ音が近くで鳴り続けていれば嫌でも気になる」

「確かに集中しやすい状況ではないね」

「そんな中で、あのスピードを出し続けられるのは、やっぱり一流選手だよ。今、実際のレースに近い時速二十キロくらい出てるけど、伴走者なしで、これだけ実戦に近いモチベーションと速度を保ち続けるなんて、俺には無理だ」

元第一機動隊所属で資料作成やプレゼンが苦手な自分を、板東自身は筋肉バカと半分卑下しながら呼んでいる。だが、悪くない観察眼だ。やはり今回のＭＩＴに選抜されただけのことはある。

悠宇にもわかる。人間の実力は、競い合う相手がいてこそ発揮され、さらにその上の力までも引き出されるものだ。

ただ、そんな嶺川の見えない内面の強さより、単純に彼の速さに圧倒されていた。

過去のマラソンレースの録画を見るのと、こうして走る姿を目の当たりにするのとでは、受ける印象がまるで違う。これが持久走？　ほとんど全力疾走やん。このペースで約二時間走り続けるなんて、やはり常人じゃない。

安っぽい喩《たと》えだが、地面の数センチ上を翔《と》んでいるように見える。

テントの下で座っている大園総監督の背中が動き、マイクにまた何か話した。

それを合図に走り続けている嶺川は自分の胸元と腰に手を添え、まるで自分の体から引き剝《は》がすように、ボレロ状の上着と長い丈のトランクスを脱いだ。

それをコース脇に投げ捨てる。

「K－POPのライブ？」

二瓶がいった。

的外れな言葉のようだが、間違ってはいない。ステージでの早着替えのことをいいたかったのだろう。同じ光景を見ている悠宇たち三人には納得できる。

「ウォーマーだったんだ」

本庶がつぶやく。脱ぎ捨てたウエアのことだ。

悠宇も同じことを考えていた。まあ、誰でも思いつくことだろうけれど。スタート前の体を冬の寒風から守り、ベストコンディションの体温を維持させ、レース開始後、必要なくなった時点ですぐに取り去る。走るためにじゃまにならないような裁断と縫製《ほうせい》がなされ、脱着の仕組みも工夫されているのだろう。

ランニングと短パンとキャップの、誰もが見慣れたマラソンランナーの外観になった嶺川は、さらに速度を上げてゆく。

そして翔ぶように走り続けた。


トレーニングの見学を終え、機密保持のため一旦預けていた携帯を返却してもらったところで、悠宇は副所長の賀喜《かき》に声をかけられた。

下水流班の三人を嶺川と大園総監督に同行させ、悠宇は賀喜とともに陸上競技棟のミーティングルームへ向かった。

賀喜の差し出してくれた紙コップのお茶がありがたい。熱いとわかっていながら手袋を外した両手で握り、立ち上る湯気を鼻と口でゆっくり吸い込んだ。

「大変だったわね。お疲れさま」

賀喜がいった。

「いえ、見学させてもらっていただけで、私たちは何もしていませんから」

「何もせず見ているだけだったら、寒かったでしょう」

「ええ、すごく」

賀喜が笑い、悠宇も笑った。

「私は、いつも四階のカフェテリアから見ることにしているの。次からそうしたら？」

「大園さんと海老名さんは、あなたたちが暖かいところにいたからって、何かいう人たちじゃない。嶺川くんも近くに人がいないほうが喜ぶわ」

「ただ、嶺川選手の周辺を観察し、事件解決につながるものを見つけ出すのが、私たちの一番の任務ですから。じゃまにならない範囲で近くにいさせてもらいます。次は服に貼る使い捨てカイロの数、もっと増やしてきますし」

「風邪にだけは気をつけてね。レース直前のこの時期に、もしひいたら、本当に嶺川くんに一切近づけなくなる」

レースとはもちろん、三月に都内で開催される国際マラソン、東京WCRのことをいっている。

「次回からはカイロに加えて防寒下着も重ね着して、マスク装着で来ます。班の者たちにも手洗い、うがい、体調管理を徹底させますから」

「警察官っていうより、小学校の先生みたいね」

賀喜はまた笑うと、封筒を差し出した。

「今日の分の受領証」

悠宇は封筒の中を見た。

「さっき出した誓約書のですか？」

「そう。こちらからも受け取りの証明を出す決まりになっているの。トラブル回避のために。もし問題が起きたら提出を求められるかもしれないから、大切にとっておいて」

　このDAINEXスポーツ総合研究所で行われるトレーニングは原則非公開で、特に現在は、陸上セクションで三月の東京WCCRに投入される新型シューズやウエアをテストしているため、警備がより厳重になっている。ここはスポーツ施設であると同時に、多くの最先端技術を持つ企業の試験場でもある。悠宇たち捜査員も、見学するためには機密保持誓約書にサインをし、ここで見聞きしたことは一切口外しないことを約束しなければならない。

「こっちも渡しておくね」

　賀喜が四人分のネックストラップについた顔写真入りIDカードを見せた。

「トレーニングを見るたびに誓約書を書かされる上に、ここの敷地内に入るときも毎回身分照会されるのは大変でしょう」

　確かにこれがあれば楽だけれど、この自分の顔写真、提出した記憶はない。

「これ？　この前、乾《いぬい》さんから電話が来たときにIDを作ることを伝えたら、すぐにあなたたち四人分の写真をメールしてくれたの」

「いいんですか」

「私が率先してセキュリティを厳守しなきゃいけないのにね。でも、あなたのことは信用しているし、何かあったら警察庁と乾さんのせいにするから」

　信用しているといわれても、私のしたことなんて、以前データ窃盗事件を一件解決しただけなのに。しかも解決に至ったのも、決して私ひとりの力じゃない。

何だか申し訳ない気持ちになる。

同時に、期待をかけられているようで嫌だなとも思う。信用も期待も重荷になるから、昔から素直に喜べなかった。今も「ありがとうございます」というべきなのに、その一言が素直に出てこない。

曖昧な笑みを浮かべている悠宇の前に、賀喜が「DAINEX所管」の管理シールが貼られ、1、2とマジックで数字が書き込まれたディスクを並べた。

透明なプラスチックのケースに入ったディスクは計四枚。

「CDですか？」

「CD-R。知ってる？」

「見たことはあります」

「古めかしくてごめんなさい、電子メールでデータを送るのは法務部が許してくれなくて。書き換え不可の、このかたちじゃないとだめなんですって。常勤のDAINEX社員と出入りしている関連会社の職員、それにトレーニングしている選手、全部で八百二十二人分の個人情報が記録されている。出退勤の時間や、勤務・トレーニングの状況、給与額、それぞれの家族構成も入っているから」

今回の嶺川選手及びDAINEXへの脅迫事件の捜査に役立てるため、警察庁は再三提出を依頼していたが、DAINEX本社法務部から個人情報保護を理由に、これまで拒否されていた。

「乾さんが上手く交渉したみたい」

重要な資料だと悠宇にもわかる。

賀喜には伝えていないが、すでに警察庁のＭＩＴ内では、本件を嶺川選手個人やＤＡＩＮＥＸ一企業を標的とした恐喝・強要にとどまらず、東京ＷＣＣＲというレース自体の妨害と、選手のゴール順位の恣意的操作を狙った事件と断定し、内偵を進めている。その妨害の実行犯には、嶺川選手の周辺人物や、ＤＡＩＮＥＸ本社及びこのスポーツ総合研究所に勤務する人間が含まれている可能性が高い。身近で密かに恨みを抱いている人間ほど、復讐のため、犯罪の誘いに乗る確率も高くなるのだから。

「あなたの上司、なかなか有能ね」

賀喜がいった。

本来の上司である警視庁捜査三課七係の間明《まぎら》係長に義理を感じているわけではないが、乾参事官を「上司」といわれると違和感がある。乾の階級は警視長、そんな殿上人《てんじょうびと》とは、ほんの束の間の、今回のＭＩＴでの捜査が終わるまでのつき合いだろうし。

「データを開くためのパスワードは書留郵便で送ってあるから、これを乾さんに届けてください。ものすごくアナログな上、運搬役に使って申し訳ないけれど、あなたが一番信頼できると思ったの。要返却で、返すときもあなたが持ってきて」

「承知しました。お預かりします」

CD-Rをバッグに入れたところで、悠宇の携帯が震えた。

本庶からの着信。

「気にしないで出て」

賀喜の言葉を聞き、「すみません」といいながら通話ボタンを押す。

「どうした?」

『お話し中に申し訳ありません。P1です』

トラブルが起きたという意味だ。

「あなたたちに?」

『いえ、大園総監督と嶺川選手にです。おふたりのことを千葉県警と所轄の捜査員が引き留めて、勝手に聴取をはじめました。今、地下C駐車場にいるんですが、連中待ち伏せていたようで』

「なぜ千葉県警と所轄だとわかった?」

『俺たちも向こうの身分証を見せられて、揉めたくないなら少しの間、口を閉じてすっこんでろといわれましたから』

「捜査員が被害者に強要行為を働いてるわけね」

『そういうことになります。はじめに被害届を受理したのは自分たちなのに、本人が協力的でないのと、上から何も降りてこないことにかなり苛立《いらだ》っているようです。俺たちを本気で睨《にら》んでいましたから、MITのやり方も気に入らないんでしょう』

上から降りてこないとは、警察庁から重要情報が伝達されないという意味だ。

――状況が進展しないことに業を煮やして、無意味な直談判か。

今回のMITには千葉県警の人間も複数名参加しているが、それに漏れた千葉県警捜査一課と所轄の連中も、別系統で捜査を続けている。警察の縦割り行政的な悪い部分が出ているし、MITに捜査系統を完全一元化できていないのも制度上の欠陥だと気づいているが、法律や法令に関することは、悠宇たちのような下っ端の人間にはどうすることもできない。

ただ、それでもこの場を収拾しないと。

「で、すっこんでろといわれて、あなたたちは今どうしてる？」

『いわれた通り、離れてただ見ています』

「それでいい。正しい判断です」

『ただ、二瓶さんは連中の言い草が気に入らなかったらしく、かなりムカついているようです』

「彼女を抑えといて。すぐに行くから。状況が変わったらまた連絡して」

通話を切る。

「地下C駐車場まで何分ですか？」

悠宇は立ち上がり賀喜に訊いた。

「五分もあれば」

彼女も立ち上がりながら答えた。

「案内をお願いできますか？」

「ええ。千葉県警？」

「はい。申し訳ありません」

これがはじめてではないようだ。

「秘密厳守を第一にして譲らないDAINEX《ウチ》や、自分の流儀を守りすぎて他人を信用しない嶺川くんにも問題はあるんだけれど」

「いえ、大切なレースを控えた企業、スポーツ選手なら当然です。みなさんに二度手間を取らせてしまっている点を含め、すべては我々の責任。警察内部で意思疎通に問題があったからといって、被害者の方々に責任転嫁するなんて」

進む賀喜を追いながら、悠宇は携帯に片手でメッセージを打ち込んでゆく。

「一般企業も警察も同じね。上の都合で作られたルールのせいで問題が起きて、解決のために下の人間が右往左往させられる」

小さく首を横に振る賀喜とともにエレベーターに乗り込んだ。

2

コンクリート柱が並ぶ地下駐車場に出ると、背広姿の男五人が、大園総監督と嶺川選手、そしてサブコーチふたりに強い口調で話しかけていた。

厳しい顔で立ち塞がるその様は、因縁をつけているも同然の光景だ。

悠宇と賀喜は早足で近づいてゆく。

「時間がないなら、ここで話してもらってもいいんですよ。十分程度で済みますから」

頭が少し薄くなった四十代半ばほどの男が大園にいった。あいつが班長だ。

「話すにはここは寒いでしょう」

大園が返す。

嶺川は大園とサブコーチのうしろに立っているが、顔を背けず捜査員たちを見ている。

「寒いなら場所を移してお話ししましょう。そのほうが我々もじっくりお話を聞けて、好都合ですからね」

薄い頭の男は引かない。

下水流班の三人は指示に従い、何もせず少し離れたところで見ていた。ただ、冷静でいようとしている本庶と板東に較べ、一番年上のはずの二瓶は露骨に千葉県警の連中を睨みつけている。

「お話しするなら、まず総務か広報を通していただけますか。私たちも会社員として守らなければならない秘匿事項がありますので」

「またそれですか。総務、広報って、我々はマスコミじゃない。秘密を無理に聞き出そうとしているわけではなく、捜査を進めるための情報を手に入れたいんです」

男は強い口調でさらに続ける。

「被害届を出されたのは、あなたたちなんですよ。事件を解決したくないんですか」

その一言を聞き、二瓶に加えて、本庶と板東の表情も険しくなりはじめた。

――やばいな。

だが、悠宇が声をかける前に、黙っていた嶺川が口を開いた。

「捜査に関することなら――」

彼が早足で近づく悠宇に目を向ける。

「すべてあの方にお話ししてあります。なので、あの方から聞いてくだされればわかるはずです。僕たちも事件の解決を急ぎたいので、二度手間や無駄な時間は使いたくありません」

千葉県警の連中が振り向き、悠宇に視線が注がれた。

「あんたが例のMITの班長さん?」

薄い頭の男が訊いたのと同時に、千葉県警五人の携帯が一斉に鳴りはじめた。

メッセージの着信。わかっている。悠宇自身が手配したのだから。

携帯を取り出し、内容を確認した五人の目つきが変わった。全員が携帯から顔を上げ、悠宇を睨みつけたが、物言いたげに唇を動かしただけで言葉は発しない。

ただ視線はずっとこちらを睨んだままだ。

五人の刑事が未練がましくゆっくりと方向を変え、エレベーターに向かって歩き出す。

途中、薄い頭の班長が悠宇とすれ違いざまにまた口を開いた。

「ずいぶんなやり方だな」

その日は咎《とが》めるようにこちらに向けられている。

「すみません。こちらも任務なので」

悠宇は相手を見ることなく答えた。

「今日は貸しにしとくが、借りは必ず返す」

――は？　何だその古い映画の台詞《せりふ》みたいな言い回しは。

哀れなオールドタイプの警察官たち。いや、ちょっと違う。古いこと自体が悪いのではない。彼らは自分たちのやり方に固執し、変わることも成長することも億劫《おっくう》がっているだけだ。

だが、どちらにしろ、こんな下らないことはもう終わりにしてもらいたい。

あの連中を動かしているのは、事件を何としても解決したいという熱意ではなく、自分たちの仕事であるべき事案に横槍が入り、無理やり捜査の輪の隅に追いやられたという、プライドを踏みにじられた悔しさなのだから。

五人の乗ったエレベーターのドアが閉まった。

「助かったよ」

大園が笑顔でいった。

「とんでもない。こちらのお恥ずかしいところをお見せしてしまって、申し訳ありませんでした」

悠宇は頭を下げた。本庶、二瓶、板東も続く。

「乾参事官ですか？」

二瓶に小声で訊かれ、悠宇はうなずいた。

乾に連絡し、警察庁を通じて千葉県警察本部長に「即時撤収しろ」と命令を出させた。

「仕事が早いですね。私が怒鳴る前に連絡が来てよかった」

――確かにあの参事官、判断が早い。

乾から「こちらで対応できることは何でもやります。躊躇《ちゅうちょ》せず連絡してください」といわれたけれど、その言葉にうそはなかった。

「ところでトレーニングどうだった？　まあ今日のはトレーニングってよりテストランみたいなものだけど」

大園に質問され、板東、本庶、二瓶が順に驚きや興奮を交えながら感想を述べてゆく。

「班長さんは？」

大園がこちらにも目を向ける。

「すごく寒かったです」

答えたと同時に、大園と賀喜が声に出して笑った。

「彼女、いつもこんな感じなんだよ。運動とか競技には全然興味なくてさ」

大園が嶺川に話しかける。

「セクハラっていわれちゃうかもしれないけど、バランスのいい体形だし、体幹もしっかりしている。無駄な肉もついていなくて引き締まっていてアスリート向きなのに、勿《もっ》体《たい》ないだろ?」

嶺川は黙っているが大園は続けた。

「スポーツに興味ないのに、これだけの体形を維持できてるのも、逆にすごいけど」

「班長は運動の代わりに日本舞踊で鍛えていますから」

板東が能天気にいった。

「えっ」と大園と賀喜が声を出して驚く。

——板東、余計なことを。

トレーニングの見学中は悪くない観察眼をしていて、ちょっと使えるかなと思ったけれど撤回する。

顔を傾け、横目で思い切り睨みつけた。板東が黙る。今度はそのやりとりに気づいた本庶と二瓶が笑いを堪《こら》えている。

「ここ寒いので、もうシャワーに行ってもいいですか」

嶺川がいった。

「ああ、ごめん気づかなくて。マッサージが終わったら連絡して。お疲れ様」

大園が返す。

嶺川は小さく頭を下げ、ベンチコートのフードを被ると、サブコーチの運転するワゴンに乗り込んだ。

悠宇たちも頭を下げ、走り出した車体を見送る。

「踊りをやってるの？　着物着て帯締めて？　いつから？」

ワゴンがスロープを上り駐車場から出てゆくと、大園と賀喜の質問がはじまった。

3

「はい。とりあえずは消えてくれました」

走るバンの中で悠宇は電話を続けている。相手は乾参事官。

東京湾アクアラインに入り、海の向こうに都心の夜景が見えてきた。こうして都内霞が関の警察庁と千葉県鴨川のＤＡＩＮＥＸスポーツ総合研究所を往復するのが、悠宇たちの班の半ば日課になっている。

悠宇は今日の出来事を報告し、乾もＭＩＴ上層部が得た情報をバックする。

嶺川とＤＡＩＮＥＸを脅迫しているのは何者か、実行犯はともかく首謀者はほぼ絞り込まれていた。ただそれはとてつもなく厄介《やっかい》な相手だ。

「では、のちほどＣＤ－Ｒをお届けします」

通話を切ると、助手席の板東が「申し訳ありませんでした」と大声でいった。

悠宇は返事をするのも面倒、というか不愉快だったけれど、上司としての仕事を放棄するわけにもいかない。

「自分、同僚にかかわらず、捜査員の個人情報は安易に漏らしてはならない。それが些細なことであってもです。基本中の基本ですよね」

「その通りです。以後、気をつけます。自分の発言に対しても、より慎重になります」

「単に気をつけるだけではなく、厳守してください」

「失礼しました。厳守します」

ビシッと指導したつもりだが、車内の空気はそれほど引き締まってはいない。ハンドルを握る二瓶も、悠宇の隣に座る本庶も、心なしか横顔がちょっと笑っているように見える。

まあ、情報を漏らしたといっても、日本舞踊を続けているとか、師範だとかっていう趣味の話だ。空気が和やかなままなのも、舐《な》められているのではなく、みんなが親近感を抱いてくれている証拠だと今は思うようにする。これくらいの緩い関係のほうが、本当に厳しく注意したとき、反動で効き目が大きくなるし。

「はじめますか？」

本庶に訊かれ、悠宇は「はい」と返した。

警察庁と総合研究所の間の、スムーズに流れていれば片道約一時間半の道のりを利用して、「発表会」をするのも恒例になっている。

事件捜査に必要な情報や知識を、どれだけ正確に把握したか確かめるため、班の四人でお互いに解説、質問し合う。まあ、中身は中学や高校でのグループ研究と変わらない。悠宇が発案したのではなく、警視庁の間明係長の真似だった。

「覚えたか？　わかったか？　なら、説明してみろ」

これがあの人の口癖で、相手の理解の深さを常に測っている。利口な人々には常識かもしれないが、凡庸《ぼんよう》な悠宇は本庁に配属になり、このやり方を見たとき感心した。以来、自分でも後輩に同じ方法で確認を取るようにしている。

ただ、あのおっさんは、部下が自分から学んだことを活用している姿を静かに見守っていればいいものを、「俺が教えたんだからな。俺から盗んだんだからな」と何かにつけて恩着せがましくいってくる。そういうところに人としての器の小ささが表れていて、だから心から尊敬する気になれない。

今日のテーマは、三月に行われる東京ＷＣＣＲに関連する新法。

まずその新法の内容について、本庶が説明してゆく。

「あのレースでは優勝者をはじめとする上位入賞者に高額の賞金が支払われます。同時に、上位入賞者を予想して投票券を買った一般人にも配当金が支払われます。仕組みとしては公営ギャンブルとほぼ同じで、対象が競馬、競輪、サッカーからマラソンに変わっただけ、と考えてよいと思います」

八ヵ月前に成立した、「スポーツ振興と国内経済活性化を目的とした、新型的中金付投票の実施等に関する法律」。

政治家や官僚が、賭博、ギャンブルの文字を入れるのを嫌ったためわかりにくい名称になっているが、マスコミや一般では「日本版ブックメーカー法」と呼ばれている。

イギリスでは政府から免許を受けたブックメーカーという名の多数の賭け屋が営業し、王室後嗣《こうし》の性別、サッカーの優勝チーム、アメリカ大統領選の結果、有名絵画のオークション落札金額など、あらゆるものに独自の倍率を設定し、賭博の対象にしている。

日本版ブックメーカー法は、この対象をスポーツに絞ったものだ。

ただし、日本政府が今新たな「賭博」を立ち上げる理由は、新法の名称の最初に盛り込まれた「スポーツ振興」ではなく、その次の「国内経済活性化」のほうにある。

二度目の東京オリンピック・パラリンピックは、新型コロナウイルスの影響でほとんどの競技が無観客で行われ、もたらされる経済効果も予想を遥かに下回った。さらに度重なる緊急事態宣言の発令により、国内の数多くの業種・業界は深刻なダメージを受けた。だが、政府には支援や助成を行いたくても財源がない。しかも将来的な財源とする予定だった統合型リゾート《IR》推進法案も、国会議員のスキャンダルなどにより、事実上棚上げされてしまった。

本庶の説明は続く。

「そこでこの日本版ブックメーカー法が考え出され、短期間の国会審議を経ただけで成立されました。実際の運営は、政府の認可を受けた登録運営者が行い、独自の倍率を提示し、投票券を販売する。三月の東京WCCRだけでなく、以降開催予定のテニス、卓球の国際トーナメント大会でも販売されることになっています。イギリスと違い、日本の場合は銀行が主体となって設立されたひとつの登録運営者がひとつの大会の投票券を独占的に販売するなど、手法に多くの異なる点はあるものの、そこは我々にはあまり関係ないでしょう」

その通りだ。

本庶が挙げた「我々にとっての重要点」は――

1 日本版ブックメーカーの投票券の販売範囲は、現時点では日本国内のみだが、近い将来、インターネットを使い、海外にも販路を拡大すること。

2 正式発表はされていないが、法律の適用範囲が国内スポーツに限らず、海外で行われるスポーツ大会（ウィンブルドンで行われるテニスの全英オープン、アメリカでの野球のメジャーリーグ・ワールドシリーズ等）にまで拡大される可能性が非常に高いこと。

3 ほぼ同じ形式のスポーツ賭博を中国政府も計画しており、東京WCCR以降、第五回大会として今現在シドニーと北京で争っている開催権を中国が獲得し、北京WCCRが開かれることになれば、ほぼ間違いなく中国は国内法を改正（現時点ではマカオなど一部の特別行政区を除き、国内での賭博行為は違法）し、中国版マラソン勝者予想投票券が世界規模で販売されること。

以上の三点。

今回の嶺川選手とＤＡＩＮＥＸへの脅迫事件の背後には、国内的な政治と金だけでなく、国際的な政治と利権の問題も隠れている。

面倒を通り越して、本当に厄介な案件だ。

本来なら関わりたくもないと悠宇は思っている。他の三人も今回のＭＩＴ要員に選出されたことを喜んではいないだろう。だが、誰ひとり文句を口には出せない。著しく道徳に反していたり違法でない限り、命令には絶対服従。そう、私たちは雇われの身、地方公務員だ。

海ほたるに近づくにつれ車間距離が詰まり出した。渋滞している。海の上を延びる道にテールランプの光の長い列が続いていた。

「以上です」

本庶が担当部分の説明を終えた。

「修正点や意見のある人は？」

悠宇は訊いたが、異論は出ない。

「運転代わります。一度海ほたるのパーキングに入ってもらえますか」

本庶が次の発表担当である二瓶にいった。

「このままでだいじょうぶ。班長いいですよね?」

ハンドルを握りながら訊く。

「ええ。二瓶さんがいいのなら」

運転席の彼女が説明をはじめる。

「東京WCCRの妨害には複数の動機が絡み合っている可能性が高い。ひとつは、あのレースでDAINEXの新型シューズ・ウエアを身につけた嶺川選手が好記録を出して上位入賞するのを阻止し、製品の普及を妨害すること。でも、これはあくまで副次的なもので、一番の目的はやはり日本版ブックメーカー潰しにあると思われます」

レース妨害の首謀者は中国だといっている。

二瓶は彼女自身の推論を語っているのではない。

昨日、全MIT捜査員に発表された現時点でのMIT上層部の見解を学習、記憶し、自分の理解度を証明するため、今ここで発表している。

「なぜ潰したいのかは、基本的に日本型IRをめぐる謀略と同じ理由からでしょう」

二〇一〇年代半ばから、政府は新たな財源のひとつとするため、法律を一部改正し、日本国内でのカジノを含む統合型リゾートの建設、運営を目指してきた。その下地を作るためのIR推進法も二〇一六年に国会で成立する。

しかし二〇一九年末、当時の内閣府副大臣で以前はIR担当でもあった現職国会議員が、この日本型ＩＲ事業への参入を目指す中国企業から、現金授受を含むさまざまな便宜を受けたとして、収賄容疑で逮捕されてしまう。

マスコミ報道などは一切されていないが、もちろんこれは中国の一企業が行った事件ではなく、国家的な策略だった。

中国国内でも上海の浦東《プードン》と虹橋《ホンチャオ》のふたつの国際空港を起点に、既存の上海ディズニーランド、世界最大級の上海海洋水族館に加え、新たに複数の大型カジノ、競馬場、常設劇場、テーマパークを建設し、アジアだけでなく世界最大の複合型リゾートに発展させる計画が進んでいる。

近隣で一番の競合相手となる日本型ＩＲの計画を大幅に遅らせ、さらには潰すために贈収賄事件が仕組まれ、日本の国会議員がその罠に嵌《は》まった。

実際、以前から根強くあったカジノという賭博場への抵抗感に、この国会議員逮捕が重なり、日本の国内世論はＩＲ推進に否定的となる。さらにはＩＲ施設建設の最有力候補地であった横浜市の市長選挙でも、ＩＲ反対派の候補者が当選し、計画は大きく後退した。現時点でも日本型ＩＲは次点候補地だった大阪に場所を移し、二〇二九年開業を目指して計画を進めているものの、世論の支持はまったく得られていない。

二瓶が続ける。

「中国版スポーツ・ブックメーカー――便宜上こう呼ばせてくださいね。その拠点もいずれ上海に作られ、世界中のスポーツを賭けの対象にした巨大施設になると思われます。

でも、実施については日本が一歩先んじて、来月の東京WCCRを対象に賭けが行われることになった。中国にとっては、なってしまった、か？　ただ、行われることになっても、まだ潰す手段はある。レース自体を妨害して無効にしてしまうか、結果が出て配当金が支払われたあとになって、あのレースには不正や順位操作があったと証拠を提示すれば、日本版ブックメーカーの信用は失墜《しっつい》するし、次の開催も当面は延期される。そして日本型ＩＲ計画のような行く末をたどる」

二瓶は一度言葉を区切ってから、「以上です」といった。

悠宇を含む三人から異論や問題点を指摘する声は出ない。

「よかった」

二瓶がハンドルを握ったまま息を吐いた。

「慣れないな。何度やっても、大学のゼミ発表の緊張を思い出す」

バンは東京湾地下のアクアトンネルに入り、オレンジの照明を浴びながらゆっくりと進んでいる。掲示板に「事故処理中」の表示が出ていた。

「質問なんですけど」

助手席の板東がいった。

「ほっとさせたあとにダメ出し？」

二瓶が横目で見る。

「違う違う、二瓶さんにじゃないです。素朴な疑問というか、雑談の延長みたいなものなんですけれど、班長いいですか？」

悠宇はうなずいた。

板東が続ける。

「ＤＡＩＮＥＸの新型シューズを履いた嶺川選手がいい記録を出すのをじゃまして、ブランドイメージを落とすっていうのも、まだレース妨害の理由のひとつと考えられていますよね？」

「いるけど、二瓶さんの発表にもあったように、それが大きな動機だとはＭＩＴ上層部はもう考えていない。あくまで付帯的、ついでの位置づけ。一番の目的はレース自体を混乱させ、世間に最終的な順位について疑念を抱かせること。だから、嶺川選手に限らず他の選手たちも間違いなく標的になる」

「首謀者は中国ですか。共犯はいないですかね？」

「いるとしたら、例えば？」

「あくまで例えばですけど、ナイキ、ニューバランス、スケッチャーズとか。ＤＡＩＮＥＸ製品に好記録を出されて、ブランドイメージを上げられて困るのは、こういう大手メーカーも同じわけだし。首謀者の中国と連携して、自分のところの製品を身につけた選手には何もせず、それ以外のメーカーの製品を身につけている選手を妨害することになっているとか。飛躍しすぎかな？」

「あなたはどう思う？」

悠宇は隣の本庶を見た。

「可能性はゼロではないけど、かなり低い気はします」

「どうして？」

板東が訊く。

「ナイキやニューバランスが高いリスクを冒してまで、ＤＡＩＮＥＸを強引に排除したり、評価を落としたりする必要はまだないでしょうから。現時点ではＤＡＩＮＥＸをあまり問題視していない、といったら失礼ですけれど」

「大問題だと思っていないのは、商売敵《がたき》だと考えてないから？」

横から二瓶が訊いた。

「ええ」

本庶が答える。

「でも、嶺川選手が東京ＷＣＣＲでもし世界歴代一位のタイムなんか出したら、それこそ世界中でニュースになるし、ＤＡＩＮＥＸ製品の物凄い宣伝にもなるじゃない？」

「性能はＰＲできるけれど、それで注目して飛びつくのは本当の競技者か、ガチのランニング好きくらいでしょう？　まあ、その本格派ランナーたちの市場規模も巨大ですけれど。でも、大多数の一般ユーザーは速く走れるからって理由を一番に、シューズやウエアを選ばないですから」

「ああ、ファッション性が一番ってことか」

「そうです」

「カワイイから、かっこいいから履きたいとか、着たいとか。十代二十代はそれが一番だものね。あとは、ブランドイメージか。あのメーカーのものを着てると、おしゃれと思われるからとか。何だっけ？　あのシュ何とかって赤いロゴが入ったスウェットを喜んで着てる人いるけど、びっくりするほど値段高いじゃん？　私にはとてもそんな価値があるとは思えないけど」

「ブランド批判ですか？」

板東が笑いながら口を挟む。

「単なる貧乏人のやっかみ」

二瓶も笑った。

「まあ趣味も価値基準も人それぞれですから。若い層だけでなく、中高年も速く走れるって理由より、履き心地とか膝への負担が少ないとかでシューズを選ぶ人が大多数でしょう」

本庶がいった。

「DAINEXのパーカーやスウェットを着ている若い人も都心ではわりと見かけるし、十代のファッション雑誌でもモデルが着てるけど、おしゃれ上級者とかマニア向けって感じだもんね」

二瓶もうなずき、そして言葉を続けた。

「ナイキとかアディダスの知名度や浸透度とは較べものにならないか。しかも、ナイキ、アディダスはリアルクローズの世界的ブランドで地球規模のマーケットを持っているけれど、DAINEXはまだまだアジア圏だけだし」

「高性能を証明しても、それが必ずしも世界規模での売上倍増につながるわけじゃないって、本当にF1みたいだな」

助手席の板東が振り返り本庶を見た。

「ええ、まさに。F1で年間総合優勝して世界最速の車になったからって、その車体やエンジンを作ったメーカーの一般車が、世界一売れるわけじゃないですものね」

「あんなにすごいトレーニングというか、データ収集というか、とにかく私なんかでも画期的だなと思うものを見たあとに、こんな話をするのはちょっと寂しいね」

二瓶がいった。

車が流れはじめた。事故処理が終わったようだ。四人の乗るバンも薄暗いトンネルの中で速度を上げてゆく。

悠宇は窓の外に目を遣り、考えている。

暗い窓にこちらを見ている本庶の顔が映った。

「俺のいったことに間違いや、おかしなところがありましたか?」

「なかったです。だいじょうぶ、君の話について考えてたんじゃない」

「事件に関することなら、班長の考えを俺たちにも教えてもらいたいんですが」

「今はまだいい。考えがまとまったら、そのうち話すから」

冬の夜空とビルの群れが見える。

バンはトンネルを出て、川崎市内に入っていった。

4

悠宇は賀喜副所長から預かったCD-Rをデスクに置いた。

「お預かりします。郵送のパスワードのほうも届いています」

乾参事官がうなずく。

「皮肉なものですが、こうしたアナクロなツールのほうが機密性が高いんです。賀喜さんに感謝していたと伝えてください。君からもあらためてお礼をいっておいてもらえますか」

「承知しました」

一礼して執務室を出て行こうとしたが、再度声をかけられた。

「部下たちはどうですか。そろそろ各人の個性や能力も摑《つか》めてきたころだと思いますが」

「あ――」

気づいた瞬間、小さく声が漏れてしまった。

「どうかしましたか」

「これまでも後輩はいましたけれど、それとは違うんですよね。あの三人が私にとってはじめての部下なんだと、今の参事官のお言葉を聞いて気づきました」

「今、ですか？」

「はい、すいません」

——私、班長で三名の部下を率いてるんだ。

実感が湧いてきた。上司として、責任を負わされているのか。

——嫌だな。

「気づくのも忘れるほど任務に集中していたんだと受け止めておきます」

乾が目尻を下げ、苦笑した。

笑う参事官——人だから笑うのは当然なのに、変な感じがする。

警察庁の偉い方々って、政治家とか自分と同じ高級官僚の前ではよく笑うけど、こんな下っ端には絶対笑顔なんて見せないのだと思っていた。

「あらためて班長に訊きますが、ここまでの三人の働きぶりはいかがですか」

現時点までに悠宇が本庶、二瓶、板東に抱いた印象、三人の具体的な言動を、ついさっきのバンの中での会話を交えながら伝えた。

「大手スポーツメーカーは妨害には加担していないか。君はどう思いました？」

「私もほぼ同意見です。むしろ、イギリスの大手ブックメーカーのほうが、日本の国策的な東京ＷＣＣＲでのブックメーキングに脅威や不安を感じて、中国とともに早めの排除に動き出した可能性があると思います」

「イギリスのブックメーカーの線は、すでに内偵を進めています」

「外事課経由ですか？」

「いえ。大きな声ではいえないけれど、彼らはあまり当てにならないので。外務省とアメリカ大使館ルートです」

完全に外交案件だ。間違いなくＣＩＡまで絡んでいる。

私のような地方公務員の出る幕なんてないし、大事過《おおごと》ぎてあまり首を突っ込みたくない。そもそも突っ込ませてももらえないだろうけれど。

「現場のいち捜査員の意見なんて無意味でしたね」

悠宇はいった。

「意味があるかどうかはこちらが決めることですし、今後も君には随時意見を求めていきます。階級・立場に関係なく、有益な意見や分析はどんどん吸い上げていく。そうでなければＭＩＴとして動く意味がない。だから何か気づいた点があれば、すぐに報告してください」

「わかりました」

「それから東京ＷＣＣＲでのブックメーキングの愛称が決まったそうです。『ランベット』でマスコットキャラクターと一緒に明日、マスコミ発表されます。投票券購入には事前のオンライン登録が必要で、実際の購入や払い戻しのやり取りも、八割以上をインターネット経由にする予定。店頭販売窓口は全国で二百ヵ所程度に抑えるそうです」

「走《ラン》るに賭《ベット》ける」

「変ですか？」

「いや、シンプルというか、単純だなと」

「私もそう思います。ただ、世の中にはあまり工夫せず単純なままのほうがいいものもありますから」

乾が立ったままの悠宇を見た。

「とりあえず座りませんか」

「まだ何か？」

「今後について少しお話ししましょう」

「これから本題？」

「ええ。明日以降、下水流班のみなさんには本来の任務に就いていただきます」

どういうことだ？　考える。

――そうか、ここまではすべて前置き。

「試用期間だったのですね」

今、気づいた。

「はい。あなたとあなたの班に次の段階の任務を託せるだけの能力があるか査定していました。今回の案件の捜査に適性がない、能力が不足しているとわかった者は、中途であっても退場してもらい、別の人員と交代する。それがＭＩＴですから」

乾は捜査について具体的な説明をはじめた。

※

パジャマ姿の悠宇はドライヤーで髪を乾かすと、リビングのソファーに倒れ込んだ。午後十一時半、中央区内の自宅。

いつもよりは早く帰ってこられた。けれど疲れた。やっぱりあのトレーニング見学中の寒さは半端なくキツかった。

加湿器とヒーターの効いた部屋の中にいると、心も体も緩んでゆく。俗物有閑《ゆうかん》壮年（母）はまだ戻っていない。どうせまた怪しげな紳士と飲んでいるのだろう。

あの人がいないと、静かでいい。つまらないことで揉めたりもしない。でも、静かすぎてこのまま寝てしまいそうだ。

寝たら間違いなくソファーから転げ落ちて、明日の朝には床で目覚めることになる。

自分の寝相の悪さは嫌というほど知っている。

深夜に帰ってきた母が床で寝ている娘を発見しても、優しく声をかけて起こしてくれたり、静かにブランケットをかけてくれたりはしない。私の寝息を聞いて、生きているのを確認したら、そのまま自分の部屋のベッドにほろ酔いで横になる。そういう人だし、私たちはそんな母娘だ。いつからこうなったのかはわからないけれど。

やばい、気を抜いてたらヨダレが垂れてきた。化粧水と乳液は……つけた。ボディークリームも塗った。歯はまだ磨《みが》いてないか。

そもそも私、なんで自分の部屋のベッドに直行しないでリビングに来たんだっけ？　そうかほうじ茶が飲みたかったんだ。でも、淹れるのが面倒臭くなってきた。その前に、茶葉まだあったっけ？

携帯が鳴り、まどろみから引き戻された。

間明係長からだ。

「もしもし」

『起きてたか？』

「はい。でも、めっちゃ眠いです」

『じゃあ手短に済ますわ』

「例の件ですか？」

『ああ』

悠宇は自分の班のメンバーやＤＡＩＮＥＸスポーツ総合研究所、そして嶺川選手と彼の周辺人物について、警察庁ＭＩＴとは別ルートでの独自調査を間明に依頼していた。

『まず本庶、二瓶、板東。三人とも怪しいところはない』

同じ警察の身内だからといって、悠宇は安易に信頼する気はなかった。

『まあ三人とも経歴に一癖あるけどな』

「一癖って例えば？」

『細かく話すと長くなるから、文章化したやつをメールで送る』

三人ともＭＩＴから渡された経歴書には記載されていなかった、もしくはＭＩＴがあえて記載しようとしなかった過去を持っているってことか。

『嶺川選手もいたってクリーン。普段の生活もイメージ通りのストイック、誠実。男としてあまり面白味はないな。問題はＤＡＩＮＥＸスポーツ総合研究所の方々だ。おまえの読み通り、いろいろとありそうだぞ。そっちもメールで送るから、じっくり読んでみてくれ』

「わかりました」

『これで日本舞踊とか、おまえの秘密を本庶くんにバラした件は相殺《そうさい》されるな？』

「はい」

『あっちもだよな？』

「ええ。深川の事件での逮捕者の元妻と、係長の間に何があったか、本庁内の誰にも、係長のご家族にも今後知られることはありません」

『おまえも忘れてくれるな？』

「はい」

『ほんとだな？　約束だぞ？』

「忘れますって、しつこいな。でも、失礼かつ面倒なお願いにもかかわらず、こんなに迅速に仕上げていただきありがとうございます」

『は？』

「係長の調査結果なら誰より信用できます」

『今、おまえお礼いったか？』

「いいましたけど」

『気持ちわりぃ』

通話が切れた。

失礼な。本当に助かったから素直に感謝したのに。まあいい、係長が照れて切ってしまったってことに今はしておこう。

すぐにメールも送られてきた。ざっと目を通してみる。

まず部下三人の隠された経歴について。

二瓶茜《あかね》は以前、警視庁生活安全総務課ストーカー対策室に所属し、配偶者や同居人からの暴力被害や高齢者に対する暴力案件などを扱っていた。だが、「捜査の過程に問題行為があった恐れがある」という意図的にぼやかしたような理由で、二度訓告を受け、その後、警察庁に出向となった。

具体的に何をしたのかはわからない。が、ストーカー加害者に恐喝まがいの警告を与えたのだろう。実質的な暴力もあったのかもしれない。ＤＡＩＮＥＸの地下駐車場で千葉県警捜査一課の連中が嶺川選手に捜査協力を強要した際、一番怒りを露《あら》わにしていたのも彼女だ。自分が正しいと疑わない独善的な連中を、どうにも許せない性分のようだ。

それでも依願退職に追い込まれることなく警察庁に拾われたのだから、高い捜査能力を持っているのは間違いない。

板東隆信《たかのぶ》も以前は第一機動隊所属だったが、パワハラで複数の同僚を辞職に追い込んだ上司を告発したことが理由で、警備部警護課に異例の異動となった。告発の過程で上司との「多少の感情的な衝突」があったという。激しい口論や胸ぐらの掴み合いぐらいはしたのかもしれない。そのパワハラ上司も実質的な降格となる部署へ異動になり、つい二ヵ月ほど前に依願退職している。

警察という集団は上位者に対する反抗に異常なほど過敏だ。にもかかわらず転職することなく今も現場に残っているのだから、やはり彼も優秀なのだろう。

二瓶、板東ともに有能な人材で、不正を許せない強い心も持っている。いわゆる「いい奴」だが、組織の中で上手く立ち回れる人材ではないのだろう。加害者にグレーな制裁を与えるにしても、問題ある上司を告発するにしても、まず根回しをし、証拠を集め、同僚さらに上級管理職の承諾を得たのちに行うのであれば、ほぼ問題になることはない。そういう段階を踏むことも、あのふたりは見るからに苦手そうだ。

もちろん人のことはいえない。

悠宇自身がまさにそういう人間であることは、自分でもわかっている。

本庶譲《ゆずる》の場合は少し事情が違う。

本人に問題はないものの、横浜地方検察庁に勤務していた五歳上の兄が、いわゆる半グレ組織への情報漏洩《ろうえい》を疑われ、二年前に検事を辞職していた。兄はしばらく実家に引きこもっていたものの、半年前から主に民事の案件を扱う弁護士として少しずつ仕事を再開している。

エリートだった実兄にかけられた疑惑、そして転落。

一般社会では問題ないかもしれないが、警察内ではそうした家族の不祥事が致命傷になる。にもかかわらず、本庶は一年前に所轄から本庁へと異動になっている。

ただ、二瓶、板東、そして悠宇同様、彼も警察という旧態依然の組織にとって扱いづらい存在であることは変わりない。

次に間明係長が〈問題はＤＡＩＮＥＸスポーツ総合研究所の方々だ〉といっていた、あの社内の人々の隠された経歴を確認する。

「やっぱり」

思わず独り言が漏れた。

過剰な優しさや親切心、信頼しているような態度の裏には、十中八九、うそや後ろ暗い理由が隠れている。

――本当に無欲で善良な人って、この世にいるのだろうか。

悠宇はソファーから起きると、両手を上げ、息を吐きながら背筋を伸ばした。眠気が薄れてゆく。もう一度じっくりメールを読むため、まずキッチンに入った。電気ケトルに水を注ぎ、電源を入れる。

愛情と失望が人をどう変えるかについて考えながら、かかとを上げ、高い戸棚の奥の茶筒を探した。

5

二月九日　東京WCCRまで二十三日

冷たく吹きつける風が眠気をかき消してゆく。

写真入りの身分証を首から下げた悠宇たちは、またＤＡＩＮＥＸの四百メートルトラック脇にある小さな観覧スタンドにいた。

大量の使い捨てカイロのおかげで寒さはがまんできそうだけれど、空は曇っている。予報通り降り出しそうだ。だが、降ってもトレーニングは中止にならないだろう。バッグの中に折り畳み傘を入れてあるものの、冷たい雨の中で見続けるのは辛そうだ。

嶺川選手の服装——いや、装備か——は前回と同じ。

ランニングシャツと短パンの上に、ボレロのような丈の短い七分袖のウエアと脇に大きくスリットの入ったトランクスを身につけている。

今回もトラックを周回するのではなく、フィールドの中にある百メートルほどの距離を往復している。ただ、設置されたテントの下には海老名研究部門責任者と数名の技術者がいるだけで、大園総監督と権藤シューズ工房責任者を含むコーチ陣は、走る嶺川の姿を間近で見つめていた。

ウォームアップを終えた嶺川は、例の半球状素材が裏面についた「ちょいグロ」シューズで走り出した。が、二往復しただけで止まった。

椅子に座り、スタッフとともにシューズを履き替えている。よくあるような厚底シューズで、遠目にもその白いソール部分の厚さがわかる。

権藤と少し言葉を交わしたあと、嶺川はまた走りはじめた。

「今日はフィッティングかな」

板東がいった。

「タイヤテストって感じですかね」

本庶も続く。

「F1に喩えるのはもうやめてよ。逆にわかりにくくなる」

二瓶がいった。

三人の笑う口から漏れた息が白く変わってゆく。

部下たちの軽口は続いたが、悠宇も止める気はなかった。下らないことでもいい合って気を紛らわさなければ、この寒さの中、座っていられない。

しかし、少しして軽口は止まった。

四百メートルほど走ったところで、嶺川がスピードを保ったままシューズのかかとあたりに右手を伸ばし、何かを引っ張ったように見えた。

——えっ、剝がした？

三人の部下たちも「あっ」「は？」と声を漏らす。

走る嶺川は左手でも同じ動作をくり返した。

「層になっているソールを一段剝がして、リフレッシュしたんだ」

本庶がいった。

シューズの底にはあの見慣れた、黄緑色をした高反発素材が並んでいる。

「摩《ま》耗《もう》して反発力の落ちた底面を捨てて、反発力の高い新しい底面を出したってこと？　そのシミュレーション？」

悠宇は思わず訊いた。

「だと思います。マラソンのような長距離走だと、選手は当然体力の落ちた後半・終盤になるほど反発素材の助けが必要だと感じるでしょうから」

「よくわかる。精神力が落ちてきたときの後押しがほしくなるんだ」

板東がいった。彼は少し前、嶺川が今履いているシューズの底面とほぼ同じ形状の試作品を履いて走り、新型ＤＡＩＮＥＸシューズの「走らせてくれる力」を体感している。

「しかもあれなら、コースごとのセッティングもできるわけだ」

「そうですね」

本庶がうなずき、補足する。

「実際に走るマラソンコースの路面の材質や傾斜の変化に合わせ、ソールの材質と反発力を調整して層にして重ねておく。そしてレース展開に合わせて剝がしてゆく」

「本番のレースだと他にも大勢選手が走っているから、上手くやるのは簡単じゃないだろうけれど。でも、常に路面やコースと一番相性のいい状態で走れるのは、ものすごく有利だよ。レース途中で晴れから雨に変わる予報が出ているときも、役に立つだろうし」

嶺川はまた走るのを止め、さらに新たなシューズに履き替えた。

権藤と互いにうなずきながら言葉を交わしたあと、また走り、シューズの感触や底面を剝がすタイミングを確かめている。

だが、上手くいかず、何度も立ち止まっては権藤や大園総監督と話し合っている。

確かにこのピール・オフ・シューズを来月の東京WCCRに投入するのは難しいだろう。まだ実験段階だと素人の悠宇にもわかる。

だが、無駄になる可能性が高いとわかっていながら、それでも新たな発見を期待し、レース直前まで試行錯誤を続ける姿勢をちょっと素敵だと感じてもいる。

技術屋の父のせいだ。

神戸で精密工作機器メーカーの社長をしている父は、休みの日でも試作旋盤機《せんばん》や精密切断機のプログラミングとテストをくり返す仕事好きで、「失敗なんてないんだよ。成功への選択肢がまたひとつ狭まったんだから」「間違えてもいい、でも同じ間違いをくり返してはいけない」が口癖だった。

平凡な、誰でもいいそうな言葉。けれど、あの普段は朴訥《ぼくとつ》とした父が、丸めた作業着の背中を見せながら何度もくり返していたせいで、悠宇の中にも自然と刷り込まれてしまった。

今でも父は社長室にこもっているのが嫌いで、現場の若手に新しい技術についてあれこれ質問しては、「知りたがりのおっさん」と煙たがられているらしい。

父と、今四百メートルトラックにいる男たちの姿が、なぜだか重なって見えた。

そして悠宇にもひとつわかったことがある。

勝つために、誰よりも速く走るために、嶺川選手、大園総監督、海老名研究部門責任者、権藤シューズ工房責任者は、マラソンという競技を次の段階に引き上げようとしている。

たとえどんな非難を浴びようとも、引かない、怯《ひる》まない覚悟で。

トレーニングは予想よりずっと早く、一時間ほどで終了した。

シューズに想定していなかった不具合や、いくつかの問題点が見つかったらしい。他にも何種類かシューズを試す予定だったが、中止になってしまった。

大園たちはまだフィールドに残り、モニターで画像を確認するなど作業を続けているが、嶺川はパーカーの上にさらにベンチコートを着て、いつものようにフードを被り、帰り支度をはじめた。

「お嬢ちゃんたちも、もう戻んな」

「ああ。降ってきそうだから、そうしたほうがいい」

大園と権藤が大声でいった。

「それじゃ、カフェテリアでお待ちしています」

悠宇も大声で返した。

このあと大園からコーチ陣の人となりや職務内容について聞き取りをする予定になっている。本庶、二瓶、板東もシューズ工房の研究者や職員への個別聞き取りを行う。

四人はいったん別れ、それぞれの任務へ向かった。

スタンドを離れ、悠宇ひとりで陸上競技棟に入ったところで、フィールドから引き上げてきた嶺川と思いがけず一緒になった。

「おつかれさまでした」

悠宇が軽く会釈《えしゃく》すると、嶺川も無言で同じように会釈を返した。

ふたり並んで廊下を進んでゆく。

「退屈でしたか」

ふいに嶺川が話しかけてきた。

「いえ、興味深かったです」

「競技にかかわらずスポーツには興味がないそうですね」

「はい、あまり」

「走ることも嫌いですか」

「嫌いというより、苦手です。あまり速く走れないので」

「練習は？」

「しましたけれど、無理でした」

ふたりでエレベーターに乗り込み、ボタンを押した。嶺川は三階、悠宇は四階。

「任務が苦痛なら、無理をせず、他の方に替わってもらってもいいですよ」

嶺川がまた静かにいった。

「いえ、苦痛ではないですよ。お気を遣わせてしまって申し訳ありません。逆に、私ではなく別の者に替わったほうがよろしければ、遠慮なくおっしゃってください」

「僕はあなたのままで構いません」

——気づかれた？

悠宇の歩き方や表情から何か感じ取ったのだろうか。いや、考えすぎか？　この会話から、彼なりに何か探り出そうとしていたのかもしれない。

三階でドアが開いた。

一礼して降りてゆく嶺川を、悠宇も頭を下げ見送った。

6

悠宇たち四人を乗せたバンは東京湾アクアトンネルを出た。

夜空の下、見慣れた川崎の街を遠くに見ながら首都高速に入ってゆく。

「今日は順調に流れているようですね」

ハンドルを握る板東がいった。

「あ、そうだ。さっき面白い動画がアップされていたんですけど」

今日の聞き取りで得た情報を交換している途中、助手席の二瓶が悠宇と本庶の携帯にURLを送ってきた。

「俺には送ってくれないんですか？」

板東が訊く。

「警察官が脇見運転するわけにいかないでしょ。とりあえず音声だけ聞いていて」

四時間前に公開された東京WCCRのPR映像だった。

アンバサダーを務めている日本人女優、東京WCCRの上位入賞選手予想くじ「ランベット」のCMに出演しているお笑いタレント、東京都知事、スポーツ庁長官、外務副大臣、次回のレースが開催されるパリの副市長、パリWCCRアンバサダーのフランス人俳優、そして本年度開催される全五回のWCCRすべてに資本参加しているサウジアラビアの王子が順に登場する。その王子は自国のスポーツ省大臣と文化省大臣を兼任しているそうだ。

「フランス人俳優のところまで飛ばして、最後の王子だけ見てくれればいいから」

二瓶にいわれた通り映像を早送りする。

髭をたくわえ、サウジアラビアの民族衣装であるトーブを身につけた三十半ばほどの王子が英語で語りはじめた。日本語の通訳音声が重なり、日本語字幕も表示されている。

『第一回WCCRの開催地として東京を選ばせていただいたのには、もちろん理由があります。それは日本の皆さんがスポーツと行政、そしてビジネスの関係について不満と疑いを抱いているからです』

――いきなりか。

明言はしていないが王子の言葉が、莫大な負の遺産を作り出した東京オリンピック・パラリンピックを指しているのは間違いない。

オリパラを原因とする赤字――当初の予算を遥かに超える約三兆七千億円の出費を補《ほ》塡《てん》するため、都民はひとりあたり十万円超の、日本国民全体もひとり一万円超の負担を強いられた。さらに建設した各会場の維持費に、今後、毎年十数億単位の税金が投入されることになる。

『我々はそんな日本の皆さんにもう一度、スポーツを観戦し、一体となって応援する興奮と楽しさをお届けしたい。今皆さんは大規模スポーツイベントに懐疑の目を向け、強い抵抗を感じていることでしょう。しかし僭越《せんえつ》ながら、それはスポーツ行政や運営の失敗であり、今もスポーツ自体の魅力は少しも損なわれてはいません。我々は初心に帰り、マラソンというひとつの競技に焦点を当て、アスリートファーストを本当の意味で追求します。歪《ゆが》んでしまった方法論を正します。その結果が、どれだけ素晴らしいスポーツイベントとなるか、どうか三月四日、あなた自身の目で確かめてください。しかし遠からず、CCRは今年と来年に世界五都市で開催されることが確定しています。現時点でWアメリカ・メジャーリーグのワールドシリーズ、テニスの四大大会、自転車のツール・ド・フランスのように毎年開催され、しかも、世界でもっとも権威あるマラソンイベントとなることを確信しています』

「WCCRは、オリンピック・パラリンピックで行われるマラソン競技の上位互換となる、そういいたいわけか」

悠宇は映像を見ながらいった。

「オリパラへの挑戦状ってことですか」

本庶も同意する。

「いや、挑発だよ」

運転している板東もつぶやいた。

「その通りだけど、本題はこの先だから」

助手席の二瓶が車内の全員に伝える。

画面の中の王子は英語で語り続けている。

『今年開催される東京ＷＣＣＲには、東京都と日本国の公費が合計十一億円投入される予定です。しかし、五年以内にこの公費投入額をゼロにします。東京ＷＣＣＲを、皆さんの税金を一切使用することなく採算の取れるレースにするということです。これは日本の皆さんへの私からの公約です。我々は数年内に皆さんの税金を使うことなく、最高のレースを開催することをお約束します。世界各国のランナーたちがベストのパフォーマンスを発揮できるよう最善を尽くします。興味を抱いていただけたら、ぜひ日本の新たなスポーツくじ――愛称ランベットというベッティング・チケット《勝者投票券》を購入し、あなたも東京ＷＣＣＲにご参加ください。そして今年の東京ＷＣＣＲを楽しんでいただけたら、どうか来年の東京ＷＣＣＲでは、より多額のチケットを購入し、レースを、そしてお気に入りの選手を応援してください。来年には東京以外のパリやロンドンのレースの予想チケットも、日本にいながら購入できるようになっているはずです。ランベットは単なるギャンブルではなく、あなた自身がスポンサーとなり、選手とつながり、大会を応援できるツールなのです』

そして王子はこう締め括《くく》った。

『ランベットは日本の皆さんの東京ＷＣＣＲへの支援の証であり、信任投票です。皆さんの支持を得て、いつまでも開催していけることを心より願っています』

動画が終わると車内は一瞬静かになった。

「明らかに東京WCCR以降を見据えていますね」

本庶の言葉に、悠宇も「ええ」と返した。

「どういう意味ですか?」

板東が訊く。

「ランベットをきっかけ、いや入り口かな? にした世界展開ってことじゃない?」

二瓶がいった。

「日本政府は日本版ブックメーカーの対象スポーツを、マラソンから数多くの競技に広げ、さらに日本国内で行われる競技だけでなく、世界中のスポーツイベントにまで拡大しようとしている。しかも投票券をネットを通じて世界規模で販売することも狙ってるんでしょう? その世界展開に、この王子が持っている会社が絡んでるんじゃない?」

「だと思います」

本庶が続ける。

「投票券の海外販売に関しては、日本国内の法改正とか、相手国との交渉とか、いろいろあるんでしょうけれど、まず東京WCCRのランベットが成功すれば、そういうのもなし崩しというか、追認追認で話が進んでゆくと思います。あの王子の息のかかった会社が日本版ブックメーカーの投票券のヨーロッパやトルコでの販売代理権を持っていて、だから東京を含むWCCRや日本版ブックメーカーの成功のために積極的に動いているんじゃないですか」

「中東のオイルマネーが参画してるってことは、とても大きな保険だし、安心要素と見られるしね」

悠宇はいった。

「なるほど」

板東がハンドルを握りながらうなずく。

「そう考えると、横浜に造ろうとしていた日本型ＩＲって古臭いというか、計画が頓挫《とんざ》するのもある意味当然だし、よかった気がしますね」

「確かに。土地を造成して大型施設を造って、そこでルーレットやスロットに賭けさせ、さらに劇場やアミューズメント施設も造るって、ラスベガスの二番煎じでしかない上に、典型的な箱物行政だものね」

悠宇の言葉を本庶が引き取る。

「ネットショッピングがどんどん伸びてゆく時代に、何の目論見《もくろみ》もなく大型デパートの実店舗を造ろうとしているようなものか。そういうのこそ、東京オリパラで嫌気が差していますものね。箱物なんか造らなくても、日本のプロ野球、海外のゴルフやサッカー、水泳と、賭けの対象になりうる魅力的なものがいっぱいある。しかもあの王子、投票券を買うのは、ギャンブルというより、その競技やアスリートたちへの支援であり応援だって強調していましたよね」

「頭いいよね。やってることは同じギャンブルだけど、カクテル飲みながらルーレットを見つめてるより、晴れた空の下、投票券買った選手やチームにスタジアムで声援送ってるほうが、ずっとクリーンな感じするものね」

「ただ、そんな壮大な背景がある事件なのかと思うと、正直ちょっとビビります」

本庶の言葉を二瓶も板東も否定しない。悠宇も同じ気持ちだった。

車内の会話が途切れる。

「だいじょうぶ」

悠宇は自分にも言い聞かせるようにいった。

「事件の背景を探り、知ることはとても大事です。でも、知ったことで動揺し、事件の本質を見失わないようにしましょう。まず基本に立ち帰る。どんな事情が絡んでいようと、私たちがすべきは、東京WCCRの妨害を画策している実行犯を見つけ、事前に確保し、レースを安全に終了させることです」

「はい」

三人の部下が返事をした直後、携帯が鳴った。

悠宇への着信。知らない番号……じゃない。すぐに出た。

「下水流です」

『突然すみません、嶺川蒼です』

「わかります。どうかしましたか」

『友人の女性を助けていただきたいんです。ただ、勘違いの可能性もあって、本当に危険なのか断定はできないんですが』

「構いません。その方のお名前は？　今どちらにいらっしゃいますか？　直接連絡が取れるなら、電話番号を教えてください」

『名前は佐内佳穂《さないかほ》。番号は０８０――』

悠宇が復唱する名前と番号を横の本庶がメモしてゆく。助手席の二瓶は自分の携帯を出すと、悠宇を見た。

悠宇は通話を続けながらうなずいた。二瓶が今聞いたばかりの番号に電話をかける。嶺川も話し続けている。

『仕事が終わって帰る途中、日本橋の路上で尾行されているのに気づいたそうです。これまでにも何度か同じようなことがあり、不安を感じて近くの交番に駆け込もうとしたんですが、その前に追いつかれそうになってタクシーに乗りました。今、大田区西馬込《にしまごめ》の彼女の自宅に向かっているんですが、車があとをつけてきているそうです』

聞きながら、手振りと唇の動きで、本庶に指示を出す。本庶も携帯を出し、乾参事官に連絡を入れる。

二瓶の電話が佐内佳穂につながったようだ。落ち着くように伝えながら、今どこにいるか確認している。運転席の板東がボタンを押し、バンの屋根に赤色灯を出した。サイレンを鳴らし、高速を降り一般道に入ってゆく。

『彼女と僕は――』

「いえ、細かい事はあとで」

悠宇は嶺川の言葉を遮《さえぎ》ったあと、一瞬迷った。彼が秘密にしてきた恋人の存在を知っていることを明かすかどうか。

一昨日の夜に間明係長が送ってきたメールには、嶺川の関係者の欄に、恋人として佐内佳穂の名前、電話番号、自宅住所が記載されていた。嶺川と彼女は大学時代から交際していたが、嶺川がマラソン選手として注目を集めるにつれ、マスコミが彼女を追うようになり、それが原因で別れてしまったこと。しかし、別れは偽装で、実際は今も隠れて交際を続けていること。

間明はどうやって調べたのか、すべて書かれていた。

――でも今は、何も知らないことにしよう。

「佐内さんと連絡がつきました。いったんこの電話を切りますね。佐内さんの無事が確認できたら、またすぐにご連絡します」

通話を切り、二瓶の差し出した携帯を受け取る。

「お電話代わりました、下水流です」

『急に申し訳ありません。ただの思い過ごしかもしれないんですが』

彼女の声は電話越しでもわかるほど震えている。

「だいじょうぶです、気にしないでください。何もないのなら、それが一番ですから。まずどこで合流するか、確認しましょう」

悠宇は優しい声で佐内に話し続けた。

※

十分後、第二京浜国道から少し入った大田区立郷土博物館の近く。

道の先に広い駐車場のあるコンビニが見えてきた。

そこが合流場所。佐内を乗せた黄色のタクシーも見えた。道を曲がってコンビニの駐車場に入ってゆく。出動要請した近所の交番の警察官の自転車も、機捜の車両もまだ到着していない。

こちらもあと少しなのに、奥に見える交差点のあたりから渋滞していて進まない。

「先に行く」

悠宇は佐内との電話をつないだままバンを降りた。

「乗っていって。そっちのほうが早いかもしれない」

あとに続こうとした本庶を片手で制する。実際、ほんの五十メートルほどの距離なのに、必ず先に着ける自信はなかった。

「もうすぐです」

電話の向こうの佐内に伝えて駆け出す。でも、右足がついてこない。気持ちは前に進むのに、右足だけが遅れる。本当にむかつく。

──だから走るのは嫌いだ。

それでももうすぐ。

バックで駐車しているタクシーの中に困惑した顔の運転手と、緊張しながら大きな目で周りを警戒している佐内が見えた。

が、タイヤの音が響き、黒いワゴンが道路から減速せず曲がってきた。渋滞でノロノロと走っていた軽自動車に側面をぶつけ、擦《こす》りながら金属音とともに駐車場に入り、タクシーの正面ギリギリで停まった。ドアが開き、キャップを被りマスクをつけた三人の男が降りてくる。

拉致《らち》する気だ。

男のひとりがタクシーの運転席の窓をハンマーで叩き割り、運転手の髪と喉を摑む。ほぼ同時に、もうひとりの男が後部座席の窓も叩き割った。佐内が悲鳴を上げる。

悠宇は肩にかけていたバッグに携帯を放り込むと、代わりに折りたたみ傘を取り出し、一度振って伸ばした。

バッグは投げ捨て、右手に握った傘を剣のように前に向け、半身になって構える。

割れた窓から手を入れ、後部ドアを開けた男が、悲鳴を上げている佐内に手を伸ばす。が、悠宇に気づき、左手に握ったスタンガンをこちらに向けた。

瞬間、悠宇は全身を使って飛ぶように傘を前に突き出した。

先端が男の喉を捉える。「ぐえっ」と声を漏らしながら体が飛ばされ、うしろに大きくのけ反り、後頭部をコンビニのウインドウに打ちつけた。

残りのふたりの男たちがナイフを片手にこちらに駆けてくる。が、ひとりの背にうしろから板東と本庶が飛びかかり、男の体をアスファルトに押し潰した。

しかし、もうひとりが悠宇に飛びかかり、ナイフを振り下ろす。

すれ違うようにかわしながら、みぞおちに向けてまた傘を突き出す。急所を貫いた感触が手に伝わったが、即座に喉元も突いた。

アルミ製の傘の中棒がぐにゃりと曲がる。

「ごっ」と息を詰まらせながら男はアスファルトに倒れていった。

三章　伴走者

1

悠宇《ゆう》はモニターを見つめている。

映っているのは取調室。二時間前に悠宇たちの班が逮捕した男が、腰縄をつけられ、狭い長方形の部屋に置かれた椅子に座っている。

佐内佳穂《さないかほ》の乗ったタクシーを襲った三人のうち、無傷だったのはこのひとりだけだった。残りのふたりは確保された際に怪我を負い、警察官に監視されながら病院で手当てを受けている。

「あっちのせいだよ」

モニターに映る男は首を横に振った。

身分証によれば三十代の日本人で、仕事は他のふたりと同じく電気工事士。手にしていたのはナイフではなく工具のカッターで、傷つける気などなかったとくり返している。

「あの女に叩きのめされたのを見て、怖くなって思わず出しちゃったんだって。ほんとにそれだけだよ」

悠宇が折り畳み傘で仲間の男の喉とみぞおちを突き、制圧したことをいっている。

――白々しい。

そう思った。同時に、手慣れているのも感じた。

一般人ではなく、暴力団関係者だろう。勤務している電気工事会社が発行したという身分証も偽造品に違いない。ただ、今取り調べを受けているあの自称工事士のことは、どうでもよかった。それより、あいつを背後で動かしている連中について考えている。

「自分で取り調べたいでしょうが、ここは池上《いけがみ》署員に任せてください」

腕組みをしながら横に立つ乾《いぬい》参事官がいった。

今、大田区内の池上警察署にいる。逮捕したあの男を警察庁の特別取調室や警視庁本庁ではなく、こちらに連行するよう指示したのは乾だった。状況によっては、この案件を単なるタクシー運転手への傷害事件として処理できるようにするためだ。

「はじめに佐内さんを乗せたタクシーが強引に割り込みをしてきて、そのとき連中のワゴンのフロントを擦ったそうです」

乾が男の供述を説明してゆく。

「クラクションで接触を知らせたが、タクシーは走り去った。だから追いかけ、何度もパッシングやクラクションで警告したのに、くり返し無視され、それで頭に来て、あんなことをしてしまった。乗っていた客が佐内さんだというのも知らなかったし、彼女が乗車前に何者かにつきまとわれた件も、自分たちは関係ないし何も知らないといっています」

もちろん事実ではない。あの男たちに命令した連中が練り上げ、「警察にはこう話せ」と教え込んだ架空のストーリーに過ぎない。

乾が続ける。

「彼らのワゴンにドライブレコーダーの搭載はなし。過去のデータを復元されるのを嫌ったのか、装置を丸ごと事前に取り外したようです。一方、タクシーに搭載されたレコーダーの映像では二台が近接したのは確認できました。しかし、実際に接触したかどうかまではわかりませんでした」

「ワゴンの車体に傷はありましたか?」

悠宇は訊いた。

「ありましたが、彼らが説明するように接触でできたものか、事前に故意につけられたものかまでは判別できません。鑑識に分析をお願いしていますが、付着塗料の詳細な分析などを経て、結果が出るのは明日になるそうです」

いずれにせよ奴らはこのタクシー強襲を、ＤＡＩＮＥＸや嶺川《みねかわ》選手への恐喝とは無関係の交通トラブルだと言い張るつもりなのだろう。

「嶺川選手と佐内さんの関係を知った上で、この事件の公表をＤＡＩＮＥＸと嶺川選手自身が望まないと踏んでの犯行でしょうか」

悠宇の質問に乾がうなずく。

嶺川と佐内は大学時代からつき合っている。だが、マスコミ報道が原因で佐内が様々な危険に遭い、心身ともに疲弊した彼女を守るため、嶺川は破局を偽装した。

今回のタクシー襲撃事件が広く報道されれば、嶺川との過去を知るマスコミに佐内はまたいろいろ探られることになるだろう。嶺川のほうも、うその破局を演出したことが暴かれれば、ネットや週刊誌の記事で厳しく叩かれることになる。

大事なレースを控えたこの時期に、これ以上の精神的負担を嶺川にかけることを所属チームであるＤＡＩＮＥＸは絶対に避けようとする。

レース妨害を企む連中が、いきなり露骨な手段に出たと思ったけれど——

「やっぱり周到だ」

考えが独り言になってこぼれ落ちた。

「その通りですね」

乾もいった。

「あの男の前科は？」

とりあえず訊いてみる。

「傷害と窃盗で前科二犯。二年の服役経験もある。病院で治療を受けているふたりも、ほぼ似たような経歴です」

「誰に雇われたか口を割るでしょうか？」

「割らないし、割ったところで重要なことは何も知らないでしょうね。発注元から数えたら、たぶん孫請け以下のランクの連中。劇場型の振り込め詐欺と仕組みとしては同じです。ただ、それでも依頼者が誰か徹底的にたどらせます」

たどった先に控えているのが、そこらの暴力団や犯罪組織であるわけがない。

――いよいよ大事になってきた。

正直に言えば少し怖さも感じていた。一般警察官の悠宇がよく知る犯罪の範疇《はんちゅう》から、すでに状況は大きく逸脱している。

「そんなに厭《いや》ですか？」

乾に訊かれ、どきりとした。

気持ちが顔に出てしまったようだ。仕事で容疑者や参考人と接する際はいくらでも表情を装えるのに、普段は気持ちを隠すのが下手で感情が垂れ流しになってしまう。悪い癖。直したいのに直らない。

「いえ、ちょっと考え事をしていたものですから。仏頂面でご不快にさせてしまったのならお詫びします」

取り繕ってみたけれど、全然ごまかせていない。

「あまり深刻に考えないでください、といっても無理でしょうけれど。しかし、思い詰める必要はないですから。よかったら、今日はもう仕事を切り上げ、呑みに行きませんか？」

「えっ？ 参事官とですか？」

「はい。二瓶《にへい》さん、本庶《ほんじょ》くん、板東《ばんどう》くんたちも一緒に。懇親会だと思ってください。今回のMITが発足してから、まだ一度も下水流《おりづる》班のメンバーとゆっくり話をできていないので」

もちろんただの懇親会じゃない。

「わかりました。訊いてみます」

バッグから携帯を出し、部下たちに送るメッセージを打ち込んでゆく。

途中、ふと思った。

「参事官、質問してもよろしいですか？」

「何でしょう？」

「参事官は、嶺川選手が私に連絡してくると予測していたのでしょうか？」

「予測なんてできません。ただ、嶺川選手は気難しい人だと聞いたので、あなたになら少しは心を開くのではないかと期待して配置しただけです」

「それは私の経歴を調べた上で？」

「ええ。もちろん去年、旧DAINEXスポーツ総合研究所内でのデータ窃盗事件を解決したというのも加味していますが」

「もうひとつ、今日のタクシー襲撃のように、嶺川選手本人ではなく、その近親者への恐喝や暴行がいずれ起きることは予期されていたんですか？」

「それも頭の片隅にはありましたが、明確に想定できていたわけではありません。佐内佳穂さんが標的にされることもわからなかった。正直にいえば、嶺川選手が今も佐内さんとつきあっているとは知りませんでした。私に届いた情報には、ふたりはすでに別れ、今現在嶺川選手に特定の恋人はいないと書かれていましたから。でも、あなたはふたりの関係を知っていた」

悠宇は黙った。

「警視庁の間明《まぎら》係長ですね」

乾にいわれ、素直にうなずいた。

「やはりそうでしたか。あなたを抜擢《ばってき》した理由には、間明さんとの関係性も含まれています。その成果が出たわけですね。ただ今後、手に入れた情報はその精度にかかわらず、必ず私にも報告してください。入手方法を深く詮索《せんさく》したりしませんから」

「はい。申し訳ありませんでした」

「間明係長にも私からは何もいうつもりはありません」

「ありがとうございます」

悠宇の携帯に部下たちからの返答が届いた。

「三人とも来られるそうです」

「よかった。でも、なぜ私が予測していたと感じたのですか」

「はじめに参事官に連絡したときから現時点まで、すべての対応がスムーズで、とても落ち着いていらしたので、当初から立てていた計画に沿って行動したのかと」

「現時点でも内心は動揺しているし、困ったなと思っていますよ。今回の事態を受けて、東京WCRの出場選手だけでなく、その家族や恋人まで明確な警護対象になった。全体的な警備体制の見直しも検討しなければならなくなりました。ただ、そういう悩みや困惑が表情に出ていないだけ。まあ、職業病です」

「管理職としての？」

「ええ。警察庁の管理職は喜怒哀楽を簡単に出すなと教えられる。どんなときも泰然《たいぜん》としているのが、捜査を指揮する者には求められる」

「難しいんですね」

——私には無理だ。

「いえ、慣れです。でも、意識して出さないようにしているうちに、気づけば自分の感情を顔に出せなくなってしまう。それはそれで厭なものです」

乾が口元を緩めたが、悠宇はまた黙ってしまった。

こういうとき、何と返せばいいのかわからない。

悠宇はこの男が離婚経験者だと知っている。間明が送ってきた独自の人物調査の中には、乾参事官の経歴も含まれていた。

大学時代に知り合い、その後結婚した女性と四年前に離婚。十代の娘と息子の親権は母親が持ち、今、乾は都内でひとり暮らしをしている。

離婚理由は女性関係や金銭的なトラブルではない。そんなものがあれば、とっくに警察庁内にいられなくなるか、閑職に追いやられている。警察庁という場所は醜聞《しゅうぶん》を嫌い、不潔な人間をさらに嫌う。推論でしかないけれど、夫婦間のすれ違いが積み重なった結果なのだろう。

乾は関係の破綻《はたん》という事実から目を逸らさず、再調整不可能なまでに機能不全に陥った夫婦、そして家族というチームを解散させた。

ふいに自分の両親の離婚と重ねそうになり、悠宇は頭を横に振った。

技術者の父は、神戸で精密工作機器メーカーを経営する母方の祖父に見込まれ、婿《むこ》に入った。恋愛結婚のかたちをとってはいたが、実際は見合いだったようだ。

地味な父と派手な母、おおざっぱにいうとそんなふたりで、正反対に見えて仲良くやっていた。少なくとも悠宇はそう思っていた。些細な口喧嘩はするけれど、激しく罵《のの》り合ったりいがみ合う姿は見たことがない。悠宇の成長とともに両親も歳を重ね、祖父が引退したのを機に父は会社を継ぎ、社長に就任した。

あのままふたりで生きていくのだろうと思っていた。

しかし、離婚した。悠宇には理由がわからない。

二十二歳まで澤智《さわち》悠宇として過ごしたが、両親の離婚後は旧姓に戻った父に合わせて下水流悠宇になった。なのに今も東京で、いい歳のくせに澤智家の娘気分が抜けない母と毎日揉めながら暮らしている。下水流の姓に戻った父のほうは神戸に残り、現在も母方の祖父から継いだ会社を経営している。母はその会社の筆頭株主だ。

人が心の奥底に何を抱え、何に悩みながら生きているのか、他人には到底わからない。たとえそれが一番身近な家族だったとしても。

「あとのことは池上署《ここ》の方々に任せて、私たちは引き上げましょう」

乾がコートを手にいった。

その言葉が、悠宇を嬉しくない過去の記憶からまた現実に引き戻す。

「はい」

悠宇も頷き、立ち上がった。

モニターの中では、逮捕された男の取り調べがまだ続いていた。

2

「印南《いんなみ》総括審議官からも、『よくやった』と伝えるようにいわれました。とりあえず今日に関しては、佐内さんの拉致を食い止めてくれてありがとう」

一番奥の椅子に座る乾がいった。印南とは今回のＭＩＴの最高責任者の名だ。

「お酌の必要はありません。全員、好きなものを自分のペースで呑んでください」

都内神田にある小料理屋の個室。ここでの話が外に漏れることはない。悠宇も名前だけは聞いたことのある、代々使われてきた警察庁御用達の店だった。

下水流班最初の宴席ということで、悠宇が乾杯の音頭を取らされた。まあ、これが最初で最後になる可能性もあるけれど。乾杯直前に、自分たちの班の正式名称が「MIT9乾指揮下二班」だというのも乾からはじめて聞かされた。

「参事官は学生時代、何か運動をやっていらしたんですか？」

焼酎のお湯割りが入った陶器のカップを片手に二瓶が訊いた。

「答えるまでもなく、皆さんもう知っているでしょう」

ハイボールのグラスを手にした乾にそう返されると、二瓶は悪びれもせず笑った。板東と本庶も顔を見合わせ笑っている。

悠宇だけじゃない。やはり班の三人もそれぞれに独自の情報ルートを持っている。

乾はカヌースラロームの元競技者で、国体出場経験もあり、今でも年に一、二度は川に出ているという。

「一班とはもう呑みに行かれたんですか？」

板東が訊いた。

「ええ。先週」

今のところ、MIT全体の会議は三日に一度のペースで開かれている。その席で、乾指揮下の一班や他の警視長が指揮している班の人間たちと顔を合わせ、簡単に言葉も交わしているものの、共同作業などはまだ発生していない。彼らがどんな捜査を行っているのか、悠宇たちも細部まではわからずにいる。

ただ、現時点で他の班の動向を詳しく知りたいとは思わない。

今日は二月九日。どうせ三月四日の東京WCCR直前になれば、捜査対象も絞り込まれ、嫌でも捜査陣全体で動くことを強いられる。逆に、その時点でもまだ対象が曖昧なら事態は深刻だ。

あと一ヵ月足らずの間に、我々MITはレース妨害を企む犯人を特定し、その犯行を阻止しなければならない。嶺川選手とDAINEXが恐喝されている事件も、今日の容疑者逮捕で解決したわけではない。

テーブルの真ん中に置かれた鱈《たら》ちりの鍋が煮えてきた。悠宇はビールのグラスを置き、灰汁《あく》取りの網杓子《あみじゃくし》に手を伸ばす。

その指先が、同じように杓子に伸ばした本庶の手に触れた。

「俺がやります」

そういった本庶の顔は不思議そうというか、驚いていた。

「何か？」

悠宇は訊いた。

本庶が口ごもる。

「いや」

二瓶と板東が下を向いた。口元は笑いをこらえて歪んでいる。

「灰汁なんか取りそうに見えないってことね」

「いや、あの……はい」

「それ、性差別的な印象を与えるから。他では気をつけて」

「気をつけますが、性別は関係ありません」

「では、どういう意味かな？　もっと詳しく」

「班長、俺たちの前だといつもメロンパンとホットの緑茶しか口にされないので」

――あ、いわれてはじめて気づいた。

警察庁でも、スポーツ総合研究所のカフェテリアでも、東京への帰りの車内でも、途中のサービスエリアでも、班の三人の前では、悠宇はそれしか食べていなかった。

「めっちゃくちゃ偏食なのか、食にまったく興味ないのかと思っていたんですけど。今日はビールを飲んだり、刺身を摘《つま》んだりされているんで、びっくりして」

「勤務中のあれは栄養補給。今日のこれは食事。私にとっては全然違うものだから」

「なるほど。いや、自分から進んで灰汁取りするのも、みんなに気を遣って、楽しく食べている演技をされているのかなと」

「単に美味しく食べたいだけ。勤務中はともかく、業務外の集まりの場でも他人のことをじろじろ観察して類推するのは、あまりいい趣味じゃないと思うけれど」

「すいません」

本庶が目を逸らす。乾まで下を向いて笑いはじめた。

勝手に変な分析をされた。ちょっとムカついたけれど、今は横目で軽く睨むくらいにしておこう。とりあえず全員の緊張が解けて、場が和んだし。

それから四十分――

「参事官、私たちの班は審査されていたんですよね？」

二瓶が訊いた。

「ええ」

乾が返す。

少し前に乾から悠宇に告げられた下水流班査定の経緯は、すでに二瓶たちにも伝えてある。

「班長だけでなく、私たち三人も合格した。そう思ってよろしいんですか？」

「もちろん。生意気な言い方ですが、これからしばらくの間、皆さんには私の手足になって動いてもらいます。疑問や不明点の確認だけでなく、任務に関して何か提案がある際も、遠慮せず話してください」

その言葉は、自由な発言を認めるという乾からの承認だった。

アルコールは入っているが二瓶は酩酊《めいてい》していない。ほろ酔いだった板東と本庶の顔が引き締まり、椅子に座り直した。互いの距離を詰める懇親会の時間が終わり、ここから下水流班独自の捜査会議がはじまるということだ。

警察内には今も発言の自由はない。

警察庁や警視庁内で行われる捜査会議では、階級や役職が下の者は集めてきた情報を上の者に伝え、上の者は決定済みの命令を下の者に伝えるだけだ。その場で平等に意見を交わしたり、捜査方針に関して討論したりすることは一切ない。だから代わりに、階級が低い者でも高い者に対して「直答《じきとう》」を許される、こんな非公式のミーティングが必要になる。

「下水流班長にはすでに伝えてありますが、明日以降、皆さんには――」

乾が語りはじめる。

が、「あの、その前に」と板東が遮った。

「すみませんが、確認させてください。ここまでの任務の意図というか、今回のＭＩＴに呼ばれて下水流班として動き出して以降、自分がどんな目的のために何をしてきたのかを。漠然と知っているつもりになっているだけで、正直はっきりとはわかっていないんです」

板東が一瞬こちらを見る。

悠宇はうなずいた。そのまま続けろという合図だ。

板東は間違っていない。疑問だけでなく、メンバーの抱いている迷いや不安を吐き出させるために、乾参事官は今夜の会を開いたのだから。

「目的がはっきりとわかっていないから、その時々の自分の行動が、正しいのか、間違っているのかもよくわからない。情けない話ですが、はっきりいえば不安なんです。これまで自分の本来の持ち場で続けていた作業の進め方とは、あまりに違うので」

「俺も同じです」

本庶が口を開いた。

「スポーツ総合研究所内に潜《ひそ》んでいるかもしれない内通者——露骨にいえば、中国側に情報を流している者を炙《あぶ》り出すのが任務だとはわかっています。でも、それが第一の目的ではないことにも気づいています。言葉は悪いですが、得体の知れないものに踊らされている感じが拭《ぬぐ》えません」

「これから説明するのは、その点についてです」

乾が手にしていたグラスを置いた。

「皆さんを研究所に送った目的のひとつは、これまで離れていた嶺川蒼《あおい》と捜査員との距離を縮め、彼にある程度の信頼を感じてもらうこと。これについては我ながらいい人選をして、一定の成果をあげることができたと思います。まさに今日、嶺川選手自身から連絡があったおかげで、佐内佳穂さんの拉致を防ぐこともできた。ただ、あの三人の容疑者に本当に拉致する気があったかどうかは疑問ですが」

「えっ？　する気？」

板東が困惑した表情を浮かべながら、本庶、二瓶に視線を送る。

「あれは見せかけ……拉致をする振りだけだった？」

二瓶がいった。

「陽動だったということですか？」

本庶が訊いた。

「そう思っています。そして皆さんを研究所に送ったもうひとつの理由も、ある意味での陽動でした」

「あの、スポーツ総合研究所内の内通者はすでに判明していて、その人間に揺さぶりをかけるためだったって意味でしょうか？」

乾はうなずいた。

「皆さんが近くにいたおかげで、内通者も動揺し、いくつかの重大な証拠につながる動きをした。今日の佐内さん拉致未遂も内通者に悪い影響を与えている。まあそれも犯行の首謀者たちは織り込み済みなのでしょうけれど」

乾は現時点でも中国イコール主犯という言い方を避けている。

——やはり彼らも気づいている。

そう思った。

怪しいのは中国だけではない。共犯関係の何者かがいるはずだと悠宇は推測していた。乾を含むＭＩＴ上層部も同じように考え、中国とつながりのある第二、第三の容疑者を絞り込むため、裏ではすでに動き出しているのだろう。

当たり前か。一警部補である悠宇が思い当たる程度のことに、警察庁の選りすぐりの人材たちが辿り着けていないはずがない。

乾が言葉を続ける。

「まずはその内通者の任意同行、逮捕に向け、明日からの数日間、皆さんにも証拠固めの作業に加わっていただきます」

そして飲み物のメニューを手に取った。

「追加を頼みますが、皆さんは？」

「いただきます」

悠宇を含む四人はうなずいた。

「その内通者って誰でしょう？」

板東が訊く。

「もちろんお話しします。でも、その前に私からも質問させてください」

「何についてですか？」

「東京ＷＣＣＲを中国とともに妨害しようとしている共犯者について、皆さんが話し合った内容を下水流班長から聞いています。それについて詳しく話していただけますか」

乾は店員の呼び出しボタンを押した。

3

二月十四日　東京ＷＣＣＲまで十八日

佐内佳穂の拉致未遂から五日。

午前九時、房総半島の上に広がる空には厚い雲がかかっている。

順調に走っていたバンが、パーキングエリアの海ほたるから二キロほど進んだあたりで小刻みに揺れはじめた。路肩の掲示板には風速七メートルの表示。東京湾アクアラインは遮蔽物《しゃへいぶつ》のない海の上を通っているため、風の強い日には車が遊園地のアトラクションのように振動する。が、それにももう慣れた。

運転しているのは二瓶。悠宇は二列目のシートに座っている。

今日はこのふたりで鴨川市内のスポーツ総合研究所に向かい、手分けして職員への聴取を行う。板東と本庶は都内に残り、別件の聞き込みをする段取りになっている。

「気になることでもあるんですか?」

二瓶が訊いた。

「あ、いや別に」

そう返したものの、悠宇は頭に引っかかっている乾参事官の「非情さ」について考えていた。

――気を抜くと迷いや悩みがすぐ顔に出るな。

もっと注意しないと。二瓶だけでなく、容疑者や参考人にも表情から心の内を読まれてしまう。

車内にまた沈黙が戻った。タイヤが路面を踏む音だけが聞こえてくる。

そのまま口を閉じていることもできたけれど、訊いてみたくなった。二瓶は班で唯一の既婚者で、しかも今ちょうど女ふたりきりだ。

「事件と直接関係ない話をしてもいいですか」

悠宇は切り出した。

「もちろんです」

二瓶が返す。

「乾参事官が離婚経験者だって知っていますよね」

「えっ？」

「やっぱり変ですね。この話はやめましょう」

「いえいえ。班長からそんな話が出るなんて意外だったもので。いいですね、好きですそういうの。バツイチだって知ってますよ」

「警察庁内では離婚の経歴は決してプラスには働かないですよね」

「ですね。上層部の方々にとっては、プライベートと職務は無関係なんてのは建前で、実際は、家庭内を上手く取り仕切れない人間は部下も上手くコントロールできないっていう古い考えがまかり通ってますから」

「参事官なら関係を何とか調整して、離婚を回避することもできたと思うんですけど」

「仮面夫婦的な？　上辺だけの結婚生活を続けられたんじゃないかってことですか」

「ええ」

「優秀な人だし、調整能力高そうですもんね」

ハンドルを握る二瓶がうなずく。

「それをどうして家庭内でも発揮しなかったんでしょうか」

「奥さんの側に恋人ができた、物を壊したり怒鳴り合うような末期的状況だった……どっちも参事官からは考えにくいですね。既婚者としていわせてもらうと、かたちだけ取り繕うことを止めたんじゃないですか。あ、この場合、無理してかたちを取り繕うだけの意味がない、ってことになるのかな？」

「意味がない？」

悠宇は首を傾け訊いた。

「いや、価値がないかな？」

二瓶も答えを探っている。

「感情的な部分を切り離し、離婚した場合、結婚を続けた場合の両面のプラスとマイナスを客観的かつ総合的に判断して、離婚を選択したってことですか」

悠宇なりに考え、尋ねる。

「そう、それです。言葉にすると当たり前になっちゃいますけど、参事官の場合はもっと極端な——自分の怒りとか禍根《かこん》とか、逆にいい思い出とかは一切加味せず、純粋に損得の天秤《てんびん》にかけて選んだ。もちろん奥さんとかお子さんたちの感情面は考慮したでしょうけど」

「冷徹、ですか」

「そういうことになりますね。まあそれが参事官にとっての優しさなのかもしれないですけれど。でも、これくらいのことは、前から当然気づいていましたよね？」

「ん？　私がですか？」

「はい」

二瓶が悠宇を横目でちらりと見た。

「いえ、全然」

「本当に？　自分の考えを裏づけるのに私に訊いたと思ったんですけど」

「いや、まったくわからなかったです」

「そうか。失礼ですけど、班長、仕事以外のことには思考の寸止めみたいなことをする場合が多いですもんね」

――寸止め？

「詮索や分析を避けているってことですか」

「ええ。自分のこともあまりお話しにならないですけれど、それ以上に、他人のことに立ち入らないよう過剰なまでに注意しているというか」

――私ってそうなの？

少なくとも部下たちからはそう見られているようだ。

自覚は薄いものの、理由は何となくわかる。

十代のころの記憶が今もそうさせているのだろう。中学時代、部活で好成績を残すようになると、同じ部活内の友人たちが少しずつ冷たくなっていった。高校に入って、さらに好成績を上げ続けるようになると、周りの距離を置く態度がもっと露骨になった。逆に怪我で競技を続けられなくなると、チームメイトたちが言葉では心配しながらも、事態を内心では歓迎しているのが伝わってきた。ライバルが消えたとかいう次元ではなく、単に自分より上手くてちやほやされている人間が消えたことを喜んでいた。妬《ねた》みや嫉《そね》みで人が変わってゆくのを、友達だと思っていた相手の翻意《ほんい》をもう見たくなくて、誰かと親しくなることを意識的に避けるようになった。

まあそんなの、誰でも経験のある、ありきたりなことだろうけれど。

「わかったように生意気なことをいってすみません」

二瓶が頭を下げる。

「いえ、全然」

悠宇は右手を横に振った。

「生意気ついでにもうひとついいですか？」

「どうぞ」

「今話してて思ったんですけど、参事官が、班長、私、板東くん、本庶くんの四人にチームを組ませた理由って何なんでしょう？　私たち三人の素性は班長もご存知ですよね」

「ええ」

一瞬迷ったものの悠宇はうなずいた。

「いわくつきというか、ちょっと問題アリの人間たちが同じ班の中に顔を揃えた。窓際部署ならわかるけど、ＭＩＴはそれとは真逆のエリート集団です。偶然ってことは絶対ないし、あの計算高い参事官が単に気まぐれで集めたとも思えない。どんな理由や意図があると思います？」

訊かれたが、答えに詰まった。

「意図ですか、考えたことありませんでした」

またも素直に話した。

いわれてみれば確かに不可解だが、これも踏み込んで考えることを無意識のうちに避けていたのかもしれない。

——思考の寸止め、か。

「で、本題は何です？」

ぼんやり考える悠宇を横目で見ながら二瓶が訊いた。

「参事官の離婚に関する話は前振りですよね」

やはりこの人も警察官だ。相手の真意を的確に摑む。それにテンポよく会話を続けることで、相手を自分のペースに引き込む癖が染みついている。

悠宇は苦笑しながらも乾が、嶺川と恋人の佐内の関係——ふたりが今も別れず交際を続けているのを知っていた可能性について話した。

以前、乾本人は「知りませんでした」と話していたけれど、あの言葉は事実なのだろうか？　つまり、うそをついたのではと疑っている。

悠宇は、乾を含むＭＩＴ指揮官たちは、ふたりの交際も、佐内が狙われる可能性も承知した上で俯瞰《ふかん》し、万一の場合は未遂のところで下水流班が救うという構図を描いていたのではと思っている。

はっきりいえば、佐内を囮《おとり》として使ったのではないか？

「私も知っていたと思いますよ。でも同時に、乾参事官の中には、下水流班長なら、佐内さんを絶対に傷つけることなく護《まも》ってくれるという確信もあったと思います」

二瓶はあっさりいった。

4

コートを体の前に抱え、パンツスーツ姿の悠宇は大きな窓の前に立っている。

スポーツ総合研究所内、陸上競技棟四階のカフェテリア。

シューズ工房の研究者三人への聴取を終えたところで、いったん中抜けしてここに来た。二瓶はまだ聴取を続けている。

窓の外、乾いた風が吹くトラックでは少し前まで嶺川選手がコーチ陣とともにトレーニングをしていた。例のＦ１の走行実験のようなあれだ。

東京ＷＣＣＲの開催まで三週間を切ったが、嶺川の練習メニューに大きな変化はない。アップダウンの激しい傾斜地を走ったり、酸素の薄い高地に行ったり、素人の悠宇はそんな想像をしていたけれど、レース直前には開催地に近い気候に選手の体を慣らすことが必要なのだそうだ。

もうすぐ嶺川がやってくる。

悠宇から彼に伝えるべきことができ、連絡を取ろうとしていた矢先、嶺川から顔を突き合わせて話したいとメッセージが届いた。そしてこの時間に急遽《きゅうきょ》会うことになった。

嶺川と顔を合わせるのは、佐内の拉致未遂事件が起きた日以来となる。

ときおり強い風を浴びた窓が小刻みに揺れる。遠くのテーブルに数人が座っているだけの午後のカフェテリアは、他に聞こえてくる音もなく静かだった。

十分後、フリースのセットアップの上にベンチコートを着た嶺川が入ってきた。

表情は前回までと変わらない。

だが、今日はこちらに気づくとすぐに被っていたコートのフードを外し、顔を見せた。

「遅れてすみません」

「いえ、お気になさらず」

「おひとりですか？」

「はい」

悠宇が返したのとほぼ同時に、彼が「ありがとうございました」と深く頭を下げた。

「とんでもない。我々は本来の職務を果たしただけです」

悠宇も頭を下げ、そして訊いた。

「佐内さんのお加減はいかがですか？」

「まだ動揺しています。それでも勤め先は有給扱いでしばらく休んでいいといってくれて、大田区の自宅マンションのほうにも私服の警察官が立ってくれているので、少しずつ落ち着いてはきました。彼女もとても感謝していました。それに、下水流さんに怪我はなかったかと気にしています」

「私はご覧の通り無事です。何も気になさらないでくださいとお伝えください。嶺川さんご自身のお加減は？」

「だいじょうぶです。変わりありません」

変わりないはずがない。一番大切な人が、自分のせいで危険な目に遭ってしまったのだから。

——本当に強い人だ。

佐内を襲った犯人たちの素性も、その理由も、嶺川は訊こうとしない。捜査上の機密として警察がまだ情報を伝えられないとわかっているからだろう。

知りたくて仕方ないだろうに。

被害者の家族に責められ、苛立ちをぶつけられることに慣れている悠宇には、嶺川が何も訊かずにいるのがどれほど凄いことか、痛いほどわかる。

彼は動揺も憤りも、焦《じ》れる気持ちもすべて抑え、東京ＷＣＣＲに向けてこれまで通りの、心身ともに厳しい練習が続く日々を過ごしている。犯人に屈しないとか、脅迫に負けたくないとか、そんな怒りや反抗心から生まれてくる力とはまったく別次元の強さを、この人は心の中に持っている。

「座りませんか？」

嶺川に促され悠宇はテーブルを挟んで座った。午後の陽光がその白いテーブルの上で弾けるようにキラキラと輝いている。

「すみませんでした」

彼がもう一度頭を下げた。

「何についてでしょう？」

悠宇は訊いた。

「この前、走ることは嫌いか、練習はしたのかと訊いてしまったことです」

「調べたんですね、私のこと」

「はい。名字が変わられていたせいか、はじめは調べても何も出てきませんでした」

「もうだいぶ前のことですから」

「でも、佳穂から犯人を逮捕する際に傘を剣のように使っていたと聞いて、もう一度探してみたんです。フェンシングをされていたんですね。それも高い実力と実績を持つ選手だった」

そう、悠宇は以前、フェンシングの選手だった。

自分に近づいてくる人間の経歴は詳細に調べる、たとえそれが警察官でも——トップアスリートであるだけでなく、有名人で話題の人物でもある嶺川にとって、自分のメンタルを護り、さらにDAINEXをはじめとする多くのスポンサーの信用を裏切らないために、必要不可欠な作業なのだろう。

彼をそこまで慎重にさせた一因は警察にもある。

「謝っていただく必要はありません。却《かえ》ってフィフティ・フィフティというか、私も少し気が楽になりました」

嶺川がテーブルに視線を落とした。考えているのだろう。

「佳穂とのこと、知っていたんですね」

「ええ。私が知ったのはつい最近ですが。調べ物が得意な人間が警察内にいるんです。でも、決して外部には漏らしませんので、あまり警察を嫌いにならないでください」

「嫌ってはいません。ただ、必ず助けてくれるわけじゃないと思っているだけです」

九年前、大学に進学した嶺川は、その年のユニバーシアード男子一万メートル走に出場し優勝。翌年一月の箱根駅伝では六人抜きの快走で区間新記録を樹立。陸上界の一部が注目していた選手から、一躍、一般にも名を知られる有名選手となった。端整なルックスと冷静な発言で人気を集めるが、芸能誌やネットに私生活や大学時代からの交際相手である佐内のことまで書かれ、写真も載せられてしまった。そのせいで佐内は、嶺川の行き過ぎたファンによる中傷や嫌がらせに悩まされるようになる。

嶺川たちは警察に相談した。

だが警察は、まずは大学に警備強化を依頼するよう、それでも迷惑行為が止まらないなら、嶺川が大手マネージメント事務所に入り、プライバシーを守ることに慣れた彼らに彼女共々護ってもらってはどうかと提案した。

当時の担当警察官は人気プロアスリートが取る手法を、まだ未成年で、しかもアマチュアランナーだった嶺川に雑に伝えただけで、それ以上のことはしようとしなかった。

同じ警察関係者である悠宇も、無責任な対応だったと言わざるを得ない。

嶺川はマネージメント事務所とは契約せず、大学の監督らと相談し、佐内との別れを偽装する方法を選んだ。

――誰も頼りにならない。

嶺川がそう感じたことは想像に難くない。

不遇な生い立ちに加え、このときのマスコミや警察の対応が、彼の世間に対する態度を決定づけてしまったのだろう。

孤高は生来のものではなく、外圧によって形成された。

「信じてくれとはいいません。今後も全力で、嶺川さんや佐内さんの安全をお護りし、行動と結果で、警察が以前とは変わったことを感じていただけるようにします」

悠宇の言葉に嶺川が小さくうなずいた。

互いの言葉が途切れる。

だが、それは嫌な沈黙ではなかった。

嶺川の周囲にはまだ半透明のパラフィン紙のような膜が張られている。悠宇に対して抱いている抵抗や遠慮も感じる。

それでも防御のための膜は以前会ったときより確実に薄くなっていた。

彼だけではない。悠宇が自分の周囲に張り巡らせていた壁も、以前より薄くなったように感じる。

悠宇は口を開いた。

「事件や捜査に関することは明かせませんが、それ以外のことでしたら――」

「フェンシングはもうやっていないんですね」

嶺川が被せるようにいった。

ほんの一瞬、また言葉が途切れ、それから悠宇はうなずいた。

「はい、やっていません」

「訊かれて嫌ではないですか？」

「嬉しくはないです。でも、訊かずにいられないですよね」

「はい。曖昧なことが嫌いな性格の上、走るしか能のないマラソン選手ですから。世界を狙えるほどの競技者が、なぜフェンシングをやめたのか。どうしても知りたくなります。よかったら教えてください」

今、嶺川がどんなことを考えているか、ぼんやりとわかる。私も以前、アスリートの端くれだったから。

悠宇は順を追って話しはじめた――

生まれたのは神戸。

小さいころは無口で、いつもひとりでいた。歳の近い子たちと一緒にはしゃいだりすることもなかった。

家で遊んでばかりいて、自分から主張することがほとんどない。そんな悠宇をもっと活発に変えたかった母親は、半ば強制的に日本舞踊の習い事をはじめさせた。

高祖母《こうそぼ》のころから、実家の澤智家では女が生まれると舞踊を習わせるのがしきたりのようになっていた。

だが、地元の中高一貫校に入学したとき、母に物やお金で釣られながら日本舞踊だけを習い続けているのが嫌になり、衝動的によく知りもしないフェンシング部に入部する。

練習はきつかったけれど、達成感があった。そして自分でも驚くほど上達した。

中二で全国大会に出場、中三のときにはフルーレ種目で個人全国三位に入賞する。父は素直に喜び、頑張りを称えてくれた。結果を出すことで母も渋々ながら認め、部活を優先するため日舞の稽古を週二回に減らし、時間も短くすることに同意してくれた。

高校生になってからは毎年インターハイに出場し、高二のときに女子学校対抗で全国三位、フルーレ個人で優勝した。三年で国体に出場したものの、準々決勝でロンドン・オリンピック代表候補だった社会人選手に僅差で敗れ、対戦後、ひとりトイレに籠もって号泣した。

涙が止まらなかった。生まれてはじめて心の奥から感情が溢れてきた。さんざん泣いて、泣き終えたとき、悔しさだけでなく、不思議と嬉しさも感じていた。

地元に近い体育大学から誘いもあったが、運動しかできない人間になってしまいそうなので断り、上京して明治大学に入学。そこでもフェンシングは続けた。

幸運にも一年生の時点でリオデジャネイロ・オリンピックの強化選手に選ばれ、国体では女子フルーレで個人準優勝。けれど、二年生になってはじめての練習試合の途中、右踵骨腱《みぎしょうこつけん》（アキレス腱）を断裂した。

自分のせいだと思った。試合に出たくて、勝ちたくて、ふくらはぎ周辺に出ていた痛みや疲労を隠して無理を続けたから。けれど、またすぐにピスト（フェンシングの試合場）に戻ってこられると信じていた。

休養とリハビリを経て、九ヵ月後の復帰戦となるトーナメントで準優勝。次の小さな大会では優勝。でもその次の大会の試合中、また右踵骨腱を断裂し、さらに右膝前十字《みぎひざぜんじゅうじ》靱帯《じんたい》も損傷した。

「自分でも終わったのがわかったんです。すごく悔しかったし、悲しかった。当時つきあっていた人が、とても気遣ってくれて、車で病院の送り迎えをしてくれたり、余計なことはいわず見守ってくれていたんですけれど、その優しささえ、鬱陶《うっとう》しくて嫌味に感じられて。結局別れてしまいました」

悠宇は床に細長く伸びる陽射しに目を落としながら、言葉を続ける。

「後悔もめちゃくちゃ感じていました。けれど、同時に、そこが自分の限界、頂点だったんだなって何となくわかったんです。高校時代から自分の体のケアはしているつもりでした。でも、周りの上位選手たちは、もっと徹底していた。ウォームアップでもクールダウンでも、それこそ普段の学校生活の中でも、自分の体を鍛え、同時に労《いたわ》ることを常に考えていた。三年後、五年後の自分をイメージして、今日の練習量をセーブしたり、休むことができた。私はただ次の試合に勝ちたくて、勝つことが楽しくて、練習を休めなかった。本当に強い人、勝ち残れる人は、コーチや周りにいわれる前に、その瞬間の自分に何が一番必要なのかを考え、理解し、実行している。必要なことだけを積み重ねている。それができる人たちが本物の一流アスリートなんだと思い知ったんです」

悠宇は嶺川に視線を向け、小さく息を吐いた。

「あまりお役に立つような話ではありませんね」

「ええ。話自体は」

嶺川が返す。

「怪我で引退した人間が、よく話すようなことでしたか?」

悠宇は尋ねる。

「はい」

嶺川がうなずき、悠宇は苦笑した。

でも、それも彼の誠実さゆえの直截《ちょくせつ》さだと感じられた。思ったままを口にしているのではなく、彼なりの偽りのない優しさを込めた言葉、反応なのだろう。

「ただ、今の下水流さんを見ていると参考になります」

「今の私が、ですか？」

「ええ。ひとつのことが終わったあとの生き方の手本として。喪失感を抱えながら警察官をしているようには見えません。有意義に第二の人生を歩んでいるように感じます」

「有意義でもないんですけれどね、実際は。仕事中は職務に関すること以外何も考えてないからそう見えるんじゃないでしょうか。警察官って意外と忙しくて、基本は地方公務員なのでいつでも書類作成に追われているんです。自分を省《かえり》みながら働く余裕なんてないですね。それに私、忘れっぽいんです。痛みも後悔も、時間が経てば記憶が薄れ、頭から消えてしまう。フェンシングも、怪我も、もう昔のこと過ぎて、記憶も所々薄れちゃってますから」

「忘れられるのも大事な才能です」

嶺川はいった。

「有用なことだけ覚えて活かし、不要なこと、自分を苦しめることは忘れる。本当の一流選手にはそれができる。でも、僕は引きずってしまう」

——彼が弱さを見せた。

ほんのちょっとだけれど、口調にも表情の中にも垣間《かいま》見えた。

驚きを感じつつも、静かに彼の次の言葉を待った。いくつもの訊きたいことが悠宇の中に浮かんでくる。だが、今は口に出すべきではない。

「どうして警察官になったんですか?」

嶺川がさらに訊く。

「深い理由はないんです。就職活動のタイミングで友人が地元に戻って警察官採用試験を受けるといい出したので、それをまねしただけで」

「自分に合っていると思いますか?」

「どうだろう?　考えたことがないし、考えないようにしているのかもしれません。いつまで続けているかもわからないし。明日には嫌になったり、とんでもない失態をおかして、懲戒免職になるかもしれないし。だから、ずっと歳を取ってから振り返って、そのときの自分がまだ警官だったころの記憶をちゃんと持っていたら、向いていたのか、いなかったのか考えてみます。でも——」

そこまで話したあと、ためらった。あまりに自分の思いを明け透けに話していることに気づき、照れ臭くなってしまった。

だが、嶺川は見ている。

やはり一流の選手だ。駆け引きに慣れている。つい今しがた悠宇がしたように、今度は彼が待つことで悠宇から本心を引き出そうとしている。

素直に話す覚悟を決めて、また口を開いた。

「仕事は面倒なことや怖いことだらけです。検察や上司を説得するために何回も書類を作り直すのは本当にうんざりするし、容疑者と向き合うときは、刺殺されたり、殴り殺される危険に怯《おび》えている。嫌だし、怖いし、避けたいし逃げたいけれど、それでも仕方がない、やらなくちゃって……義務とは違う性分みたいなものを、自分の中に感じることはあります」

もしかしたら――

とても小さな、なけなしの正義感が、私を動かしているのかもしれない。

嶺川はまだ見ている。

「正直に話しました。めっちゃ恥ずかしいので、もうこれで許してください」

「ありがとうございます。とても参考になりました」

何が参考になったのかわからない。けれど彼は、悠宇の前ではじめて笑顔を見せた。

「レースで走るのは怖いですか？　楽しいですか？」

悠宇はいった。悔しいから、こっちもひとつくらい訊いてやろう。

「怖いのも楽しいのも前日まで。スタートラインに立っているときは、もうどちらも頭にないです。別のことを考えていますから」

「誰よりも早くゴールに入ること、ですか？」

「その先にあるものです」

――勝つよりも大切なことって意味？　それともゴールしたあとのこと？

「もうお仕事に戻る時間ですよね？　すみません。長く引き留めてしまって」

嶺川が時計を見ながら立ち上がった。

「あ、待ってください」

悠宇は片手を上げ、彼を制した。

嶺川からゴールの先にあるものについて聞きたかったが、それよりも優先すべきことがある。

――その大切な仕事のために、私は今日ここに来た。

下を向き、息を短く吐いて自分の気持ちを引き締め、また顔を上げる。

「実はお伝えしなければならないことがあるんです。嶺川さんにとっては辛いお話になるかもしれません」

悠宇は彼の目を見た。

※

同時刻、乾参事官ら警察庁ＭＩＴの捜査陣がスポーツ総合研究所に到着した。ＤＡＩＮＥＸ本社の所在地である港区海岸二丁目を所管する三田警察署の捜査員も帯同している。

目的は賀喜慶子《かきけいこ》副所長に任意同行を要請するため。

現時点での嫌疑は、ＤＡＩＮＥＸ本社及びスポーツ総合研究所の所有する機密データ窃盗への共謀、嶺川選手恐喝への共謀など計四件。

賀喜は任意同行に応じた。

※

悠宇は午前零時過ぎに自宅マンションのドアを開けた。

玄関に雑に脱いだヒールがある。

母が帰っていた。彼女のお気に入りのヒールなのに、シューズクローゼットにかたづけていないし、片方倒れてもいる。機嫌が悪いな。

だが、静かだ。もう自分の部屋に引っ込んだか、眠ってしまったようだ。

そのほうがありがたい。

悠宇も機嫌がよくない。まあ、今夜だけでなくここ数日ずっとだけれど。

仕事のこと、事件のことで悶々《もんもん》としている。こんなときに母に小言をいわれたら、間違いなく派手に衝突してしまう。

手洗いうがいをして、冷えたリビングの明かりを点《つ》け、ヒーターと加湿器の電源を入れる。ローテーブルにラッピングされリボンのついた小箱がいくつか置かれていた。

「食べて」の付箋《ふせん》がついている。

——今日、いやもう昨日か、バレンタインデーだった。

母が周囲に配って余ったチョコだ。いまだに贈っているなんて、古臭いというか、あの人らしいというか。

ラッピングを外す。わ、Venchi《ヴェンキ》やん。イタリアの高級チョコレートメーカーで、もちろん値段も高い。母が渡しそびれたこと、もしくは母からのチョコを拒否して受け取らなかった男がいたことに感謝しながら、白くて小さなエッグ型チョコをひとつ口に放り込む。めっちゃ美味《うま》い！

中に入ったヘーゼルナッツの微かな塩味が、舌の上でほどけるように溶けてゆくホワイトチョコの柔らかな甘味と混ざり合う。

二個目のダークチョコを口に入れたところで携帯が震えた。

誰？　間明係長？

メールの着信、差出人はＤＡＩＮＥＸ鴨川ＥＲＰ陸上中長距離部門総監督、大園樹夫《おおぞのみきお》。

大園さんからメールなんてはじめてだ。だが、読まなくても用件はわかる。

〈深夜のご連絡、誠に申し訳ありません。本日、当研究所の賀喜副所長に関する突然の報告に触れ、混乱しております——〉

無理とはわかっているが、現時点で何か聞かせてもらえることがあれば連絡してほしいと書かれていた。中長距離部門はもちろん、研究所全体がひどく動揺しているという。情報の少なさも、その動揺に拍車をかけているらしい。さらに、賀喜に衣類などの差し入れはできないかと質問が添えられていた。

普段の大らかな口調とはかけ離れた、硬い文章。

すぐに返事を打つ。

しかし、〈今は何もお伝えできません〉程度のことと、お詫びの言葉しか書くことができない。賀喜には接見禁止命令が出ているので、しばらくは面会も無理だろう。

送信ボタンを押した。

口の中は優しい甘さで満ちている。だが、胸の中には切なさが広がってゆく。

さらにもうひとつ仕事が残っていた。

携帯のアイコンをタップし、下水流班の三人——二瓶、板東、本庶が今日の何時にどこにいたのか、行動をトレースしてゆく。MIT捜査員に支給された携帯にはすべて行動把握用のアプリが搭載されており、各班班長はこうして部下の行動を確認することが義務づけられていた。逆に悠宇も乾参事官に、捜査を含む自宅を出てから戻るまでの行動を、支給品の携帯を通じて把握されている。

悠宇は画面上の移動経路を見ながらため息をついた。

部下のひとりの動きに、やはり不審な点がある。向こうもプロの捜査員なので露骨にバレるようなことはしていない。ただ、四日ほど前から、班を離れて単独で聞き込みを行う際、不必要に人通りの少ない道を選んだり、無駄な遠回りをしたり——その間に報告していない誰かに接触している気配がある。

シロかクロかはっきりしないのなら、それを明確にする証拠を集めなければ。支給品ではない私用の携帯の通信状況を知る必要があるな。

間明係長に、いや、その前に乾参事官に連絡するか。

六日前、佐内佳穂の拉致未遂が起きた直後、嶺川選手と佐内の関係を知っていたのに報告しなかった点を、「手に入れた情報は必ず報告するように」と軽く釘を刺された。今後、報告義務を怠《おこた》った場合は懲罰対象になるという示唆《しさ》だろう。それに形式的にせよ、あのやたら背が高く一見物腰の柔らかそうな男が、今の私の直属の上司なのだから。

三つ目のチョコを半分かじって、ソファーに横になる。甘くて美味しいけれど、胸の中はよけい切なくなった。

部下、同期、そして上司にも、信頼しているのと同じくらい常に疑いの目を向け、少しでも不審な点があれば徹底的に調べなければならない。そんな冷静さと非情さが、MIT捜査員には求められる。

悠宇は乾へのメールを打ち込みながら、残り半分のチョコを口に入れた。

5

二月十五日　東京WCCRまで十七日

霞が関の中央合同庁舎第2号館内、大会議室。

午前八時半、MIT捜査員全員の参加する会議がはじまり、冒頭の印南総括審議官の挨拶に続き乾参事官が登壇した。

「一部にはすでにご存じの方もいらっしゃいますが、あらためて全員にご報告します。昨日、二月十四日、千葉県鴨川のDAINEXスポーツ総合研究所副所長、賀喜慶子に任意同行を要請し、聴取を開始、同日夜に逮捕いたしました。容疑は――」

賀喜容疑者は雑談には応じているものの、事件や容疑に関してはほぼ口を閉ざしている。彼女は「下水流悠宇さんが取り調べを担当してくれるのなら、すべて話します」といったそうだが、乾参事官は拒否した。

彼女の身柄は昨夜の取り調べを終えると、東京湾岸署留置施設内の単独室に送られた。勾留は逃亡や共犯者への連絡を絶つためではなく、自殺の防止が一番の理由だった。

賀喜の逮捕に対しては悠宇も異論はない。

乾は逮捕に向けた最終的な証拠固めに悠宇たち下水流班四人を参加させ、六日前、二月九日の小料理屋での懇親会の際には、彼女が何をしたか具体的に説明もした。その行為は同情の余地のない犯罪だった。

壇上では乾が過去の資料などをモニターに映しながら報告を続けている。

今から八年前、平成二十七（二〇一五）年十月――

複数の省庁にまたがっていたスポーツ関連機構を統合する機関として、スポーツ庁が発足した。その日、DAINEX本社に勤務していた菱木《ひしき》という女性が自殺する。

彼女の本来の職務は本社総務部次長。だが他にも、日本のスポーツメーカー数社とスポーツ庁職員やスポーツ関連担当議員との間に新たにパイプをつなぐ――利権を円滑に共有していく仕組みを作る――という裏の重要な仕事を任されていた。

スポーツ庁設置の最大の目的は、当初二〇二〇年に開催予定だった東京オリンピック・パラリンピックの大会成功と、日本のスポーツ競技レベルの強化・底上げと喧伝されていたが、実際は無数のオリンピック利権の「適正な」分配にあった。

DAINEXを含む日本のスポーツメーカーも、外国勢に対抗するため水面下でひとつになり、その利権を積極的に取りにいった。たとえばボールひとつとっても、その競技を統括する協会・連盟から公認や推薦を受ければ、シェアをほぼ独占し、莫大な利益を得ることができる。その公認、推薦を受けるためには、スポーツ庁から「あのメーカーの製品を使ってはどうか」と協会・連盟側に非公式な提言をしてもらうのが一番の早道だ。役人の天下り装置としての役割も持つ各スポーツ連盟・団体は、よほどのことがない限り、行政機関からの「アドバイス」を断らない。だから国内スポーツメーカーは団結し、スポーツ庁の役人、スポーツ行政に影響力を持つ政治家に働きかけた。

同時に、団結した国内スポーツメーカーの内部でも、この競技はA社の製品、さらには同一競技内でも、この用具はB社、この備品はC社と、業界内で談合し、皆に利益が行き渡るようシェアを調整・細分化した。もちろん各メーカーが得た利益は、議員が選挙区で経営している企業、天下り団体などを通して、各議員・元公務員たちに還元されてゆく。

だが、国内メーカーは、スポーツ庁の取り込み競争で外国スポーツメーカーに猛追されてしまう。役人・政治家とのパイプ作りは不調に終わり、シェアも予定していた四十パーセントほどしか獲得できなかった。

DAINEX本社の菱木総務部次長はこの失敗を一身に背負わされ、それに堪《た》えかね、自らの命を絶つ道を選んだ。

菱木と賀喜は、公表はしていなかったが、長年パートナー関係にあった。

賀喜に結婚歴がないのは悠宇も当然知っている。だが、同性愛者であることには、少し前に間明が送ってきた資料を見るまでまったく気づかなかった。

そして賀喜が四年前からデータを窃盗・流出させていたことにも。

賀喜の人生の伴走者――パートナーだった菱木は、表沙汰にできない違法な仕事をやらされた上、失敗の責任をなすりつけられ死んだ。自殺の理由も、職場の人間関係の悩みにすり替えられた。

　卑劣なＤＡＩＮＥＸ本社を追い詰め、破綻させるため、不正と癒着が常態化した日本のスポーツ用品業界に復讐するため、賀喜はＤＡＩＮＥＸが機密扱いにしている研究データを最短でも四年にわたり中国の工作員に譲渡していた。金銭が目的ではないため、彼女が報酬を得ていなかったことも事件の発覚を遅らせる要因になった。その中国の工作員がどんな人物かも特定されたが、残念ながら一ヵ月前にフィリピンに出国している。

　東京ＷＣＣＲを対象とした「上位入賞選手予想くじ」、愛称「ランベット」潰しを中国が画策していることも、賀喜は知っていた可能性が高い。「中国」と大雑把な表現をしているのは、ＤＡＩＮＥＸからの機密奪取、東京ＷＣＣＲの妨害、ランベットの信用と魅力低下など、各種の任務を中国の複数の政府機関が担当し、包括的な対日本経済戦略として推し進めていたためだ。本件は彼《か》の国にとっていわゆる国策であり、だからこそ日本政府も全力で阻止に動いている。賀喜個人はそうした大規模な謀略が進んでいることに気づきながらも、あえて踏み込まず、詳しく問うこともせず、自身の復讐のために中国の工作員と接触を続けていた。

　彼女は供述を拒んでいるが、乾の見立てた一連の経緯に間違いはないだろう。

　さらに、賀喜は中国がＤＡＩＮＥＸと嶺川選手への恐喝を主導しているのも知っていた。しかし、一方で嶺川の恋人の佐内へのストーキングや、乗っていたタクシーを襲うような、実際の暴力行為は行われないと信じていたようだ。賀喜と工作員との間で、嶺川や佐内には直接的な危害を加えないという取り決めを交わしていたのかもしれない。乾が取り調べ中、佐内への傷害未遂に触れると、口の重い賀喜が「申し訳ないことをしました」と苦渋の顔でつぶやいたという。

彼女もある意味、憎しみを利用されていたのかもしれない。

だが、悠宇には賀喜の犯行動機などどうでもよかった。この復讐に同情もしないし、蔑《さげす》むつもりもない。

問題は犯行が四年以上もの間続いていたことだ。

約一年前、都内墨田区にあった旧スポーツ総合研究所で、機密データの窃盗事件が発生。悠宇を含む、警視庁捜査三課七係と所轄署の合同チームは、研究所の男性職員二名を実行犯として逮捕した。

しかし、悠宇たちも逮捕されたふたりの容疑者も知らない、賀喜というまったく別のデータ窃盗犯が同じ研究所内に潜んでいた。

悠宇たちが解決したかに思えた未遂事件は、何らかのかたちで発覚しかけた賀喜の情報窃盗を覆い隠す目眩《めくら》ましとして、男性ふたりが逮捕されることを前提に仕組まれたものだろう。つまり、あの犯人の男たちも嵌《は》められた。

――私の手は事件の上澄みを掬《すく》っただけ。

濁った水の奥にある真実には、まったく届いていなかった。逆に、乾はこの未遂事件の裏にある何かに気づき、内偵を進めていたのだろう。

悔しい。けれど、悔しがっていても何も変えられない。反省と教訓だけを胸に留め、それを次に生かし、悔しさや恥ずかしさなんて捨ててしまうしかない。

十七日後の東京WCCR開催当日、MIT捜査員全員が警視庁や近隣県警の応援部隊と合流し、レースコースの警備に当たることが発表され、会議は終了した。

悠宇はいったん部下たちと別れ、中央合同庁舎第2号館を出ると、門の外で予定通り乾参事官と合流した。

桜田通りを渡って、三百メートルほど進んだ先。日比谷公園向かいの中央合同庁舎第6号館内に東京地方検察庁がある。

そこまで、乾と特に何をしゃべることもなく歩いた。

都内で逮捕されたほぼすべての容疑者は、逮捕から四十八時間以内に身柄を東京地方検察庁に送られ、そこで個々に担当検察官の取り調べを受け、十日間の身柄拘束が必要かどうか判断される。

地方検察庁の入る建物には、容疑者たちを男女別（性自認で例外もある）に一時収容しておく大きな区画があり、十人ほどに分けられ鉄格子の部屋で検事からの取り調べを待つ。順番が来ると手錠に腰縄をつけられた状態で各自取調室に連行され、終わるとまた鉄格子の中に戻される。

賀喜慶子の身柄も、今現在東京地検に送られていた。

これから悠宇は彼女に会いにゆく。正式な取り調べでも接見でもない。ほんの一瞬会うだけ。それが乾からの指示だった。どんな意図があるのかわからないが、命令には従わなければならないし、強く拒否する理由もない。

検察庁舎内のエレベーターホールで乾とともに待っていると、五分もしないうちに、手錠と腰縄をつけた賀喜が、女性警察官に連れられて廊下を歩いてきた。これからエレベーターに乗り、上階の取調室で待つ担当検事のもとに向かう。

こちらに気づいた彼女が微笑んだ。悠宇は表情を変えない。

エレベーターが到着するまでの一瞬、ふたりの距離が近づき、横に並んだ。

「ごめんなさい」

賀喜が小声でいった。

被疑者が意味なく館内職員などに話しかけることは本来厳禁だが、連行を担当している警察官は制止しない。事前に乾からMITの捜査の一環と伝えられているのだろう。

本来なら懲罰ものだけれど、MITならこんな規則破りも許されるのか。

「嶺川くん、大園さん、海老名《えびな》さん、権藤《ごんどう》さんにも、申し訳ありませんとお伝えいただけますか」

賀喜がさらに小声でいった。

「嫌です」

悠宇は前を見たまま返した。

「謝罪したいのなら、逃げずにご自分で」

エレベーターが到着し、彼女が警察官とともに乗り込んでゆく。

ドアが閉じる寸前、微笑んだまま目を潤《うる》ませる賀喜の横顔が見えた。

「よくやった。ありがとう」

乾がいった。そして、

「戻りましょう」

と目配せする。

悠宇は黙ったまま小さく頭を下げた。

自分の言葉が、賀喜の胸に楔《くさび》を打ち込んだのか？　それとも胸の楔を引き抜いたのか？　わからない。

警察庁まで、乾とともにまた無言で来た道を帰った。

これからＭＩＴ最高責任者との面談が待っている。

6

印南総括審議官の執務室には先客がいた。

「彼のことは気にしなくていい」

印南がそういうと、ピンストライプの背広の中年男性はソファーに座ったまま軽く頭を下げた。悠宇も頭を下げる。彼は外務官僚だろう。

促されるままソファーに座った。

「あとで迎えに来ます」

同席すると思っていた乾がドアから出てゆく。話すのは悠宇ひとりだった。

「楽にしてくれ。東京WCRの妨害を画策している首謀者に関する君の分析を、乾参事官から伝えられてね。私自身、直接話を聞きたくなったんだ」

呼ばれた理由を印南が説明したが、もちろん乾からも事前に伝えられていた。

「分析というほど正確なデータや事実に基づいたものではありません。それに、私ひとりではなく、私を含む当班全員で考えました」

「ではこういおう、現時点での下水流班の統一見解を聞かせてくれ」

「承知しました。細かくてすみません」

「いや、部下の貢献を正しく報告するのはいいことだ。まず伝えておくことがある。マスコミ発表はまだだが、WCR第五回の開催地が正式に北京に決まった。シドニーは落選だ。東京から北京までの全五回のレース結果で、今年度の獲得賞金一位の選手が決まる」

「わかりました」

「では、はじめよう。犯行の首謀者たちの狙いはあくまでレースの公正性の妨害で、レース自体の中止は望んでいないと君も考えているんだね？」

「はい、その点はＭＩＴ全体の見解と同じです。レースは成立させるけれど、その着順には疑念を残させる終わり方にする。具体的にどんな手を使うかはわかりませんが、ライブ中継されている画面の中で、先頭集団の複数の選手が不自然にペースダウンしたら、視聴者の多くが奇妙に感じるでしょう」

「ああ、世界中が不可解な場面の目撃者になる」

「ゴール後、妨害を受けた選手も不信感や不満を口にするでしょうし。その時点で日本版ブックメーカー第一弾『ランベット』への疑念が湧き上がる」

「金が絡んでいるだけに、かなりの騒ぎになるだろうな」

「ただ、その時点では、レース妨害の明らかな証拠はまだ提示されない」

「ネットなどを通じて画像や映像が出てくるのは、パリ、ロンドンが終わって、その次あたりか？」

「そう思います。パリでの第二回レース、ロンドンでの第三回レースは成功させ、ＷＣＲ全体の知名度を上げ、当たれば大金を手にできるスポーツギャンブルとしての魅力も浸透させる」

印南が小さくうなずき、また口を開く。

「続くベルリンでの第四回レースも無事終了したあとで、第一回の東京のレースで意図的な妨害があった証拠が全世界に発信されるわけか。しかし、次の北京での第五回はもちろん成功する。結果、東京だけがレース開催地として不適格で、日本版ブックメーカーは不完全でイカサマだという印象が世界に広がる。そして日本版ブックメーカーが広まるはずだったアジアやヨーロッパの市場に、後発の中国版ブックメーカーが入り込み、遠からず日本版は駆逐される。日本版ブックメーカーは、国内だけが市場のローカルギャンブルとなって細々と生き残るか、廃止される、という感じかな」

「はい」

「我々の見解も、まさにそれだよ。企業や選手への恐喝などは、その大きな企みを達成するための一要素でしかない。要は、有望な世界規模の新規事業のための潰し合い、市場の奪い合い。経済戦争ってやつだ。どうせシドニーとも裏で話はついているんだろう。今年度は諦めてもらうが、来年度以降、東京が外されたら代替地にシドニーを推薦しますとか何とか」

印南はソファーに背を預け、腕と足を組んだ。その横のピンストライプの背広の男は変わらず黙ったままだ。

「緊張したかな」

印南に訊がれ、悠宇はうなずいた。実際、手のひらに汗をかいている。

「いつもは狭い都内で窃盗犯罪を担当している若輩者が、ロンドンやベルリンなども関係した世界規模の案件について語るのは荷が重いです。そんな器ではないし、見識もまったくありませんから」

「謙遜しなくていい。犯罪の規模や目的は違っても、その分析と見立てに必要なセンスは同じ種類のものだと私は思うよ」

——謙遜なんてしていない。

でも褒められたようなので、いちおう「ありがとうございます」と頭を下げた。

なぜか数年前のことを思い出す。

まだ所轄の捜査課に勤務していたころ、冬場に一ヵ月近く、賽銭《さいせん》泥棒逮捕のためにあちこちの神社に毎夜張り込んだことがあった。重ね着して、迷彩の布を被って、落ち葉の中にうずくまって。辛かった。

今、あのときと同じように感じている。

疲れるし、息苦しい。カーテンが閉じられていて外の景色も見えない。見えるのはおじさんふたりの顔だけ、視線の逃げ場がない。

早く終わってほしいが、まだ話は半分程度しか進んでいない。

「続きを聞く前に、現時点での我々の成果を報告しておくよ。海外機関、国内の関係機関と連携して、すでに海外の要注意人物の動きはマークしている。宗教やイデオロギーによらない、いわゆる金のために働くプロのテロリストの動向はチェックしているということだ。中国の主要な工作員の監視も怠っていない。入国管理体制はすでに二ヵ月前から警戒態勢を最高度に上げているし、不審人物は日本への渡航以前に、航空機に乗ろうとする段階で阻止される。国内の外国人犯罪集団や半グレ等も抑え込めるだろう」

「そうですか」

悠宇はいった。

他に返しようがなかった。話のスケールは、もうとっくに悠宇のような一警官の理解の範疇を超えている。金で雇われたプロなんて、そんなやつ本当にいるのかよ。

けれど――

「そう見くびったものでもないよ」

悠宇の表情を見て印南が微笑んだ。

「今の話は決して希望的観測でいったわけじゃない。日本の防諜《ぼうちょう》やテロ対策は稚拙に描かれるのが映画やドラマの常だが、実際はそこまで悪くない。なかなかよくやっているよ。頼りにならないセクションも確かにあるが、全体としては高水準だ。公安をもう少し信用してやってくれ」

印南は目の前の茶を一口啜《すす》ると、片手を差し出し悠宇を促した。

「では、最も怪しい容疑者について、君たち下水流班の考えを教えてくれ」

「嶺川選手、ＤＡＩＮＥＸへの手紙を使った脅迫。嶺川選手の恋人・佐内さんへのストーキングと、先日のあからさまな襲撃。そして昨日の賀喜慶子の逮捕。加えて賀喜は、事前に第三者から警察の動きを知らされていた可能性が高いのに、逃亡もせず、自殺という極端な証拠隠滅方法も取らず、素直に逮捕された。あくまで想像ですが、この一連の露骨な行動はすべてミスリードを誘うためではないでしょうか」

「中国は我々の視線を逸らし、共犯者の存在を隠そうとしていると？」

「はい」

「その中国の犯罪の伴走者――パートナーは誰だ？」

「ヨーロッパには服、バッグ、ハイヒールなどの世界的に有名なハイブランドを統括している巨大なファッション・コングロマリットがいくつか存在します。そのいずれか、もしくは複数が中国と結託して東京ＷＣＣＲの妨害を画策しているのではないかと」

「そのコングロマリットの狙いは？」

「ＤＡＩＮＥＸがあのレースで投入しようとしている画期的な新型シューズやウエアの評価・評判を著しく落とすため」

「連中はなぜ落としたい？」

「彼らが今後、ＤＡＩＮＥＸとほぼ同種の最先端技術――それ自体、ＤＡＩＮＥＸのスポーツ総合研究所から賀喜が盗み出したものが、中国を経由して、彼らに譲り渡された確率が高いですが――ともかくそれを織り込んだ新型シューズ、ウエア類を発売していくからです。現在、ハイブランドの製品も世界的に売り上げが停滞・低迷しています。彼らも新しいマーケットを開拓しなければならない。しかし、低価格衣料品の市場はすでに飽和状態の上、利益も少ない。途上国の安い労働力を使い続けることにも、経済的搾取や児童労働廃止の観点などから非難が集まりつつある。そんな状況下で目をつける可能性が高いのがスポーツウエア市場です」

「そこもすでに寡占《かせん》状態じゃないのかい？　それに有名ブランドの高価格スニーカーが

もう何度か発売されているが」

「あくまでたとえばですが、グッチやプラダが中価格帯のスポーツウエア・ブランドを立ち上げ、日常使いのできるファッショナブルなスポーツシューズを発売する。そのシューズが派手過ぎず、履きやすくお洒落で、しかもナイキの『ヴェイパーフライ』シリーズのような画期性・高機能性を持っていたら——」

「少なくとも話題にはなるな、世界規模で。実際、アスリートがそれを履いて好記録を連発したら、新たな市場が一気に開拓できる。東京WCCRでまず標的になるのは、技術の盗用元のDAINEXのシューズを履いている選手たちか」

印南が組んでいる足先を揺らしながら話を続ける。

「中国は日本版ブックメーカーを潰し、アジア圏での市場を奪おうとしている。ファッション・コングロマリットはDAINEXの技術を奪い、それをより高いブランドイメージで包んで世界規模の新たな市場を作り出そうとしている、こんな流れでいいかな？」

「はい」

「その推論の証拠となるものは？」

「何もありません。ですから推論ではなく空想です」

印南が隣に座るピンストライプの背広の男に目を遣る。男はやはり黙ったまま小さくうなずいた。

それを受け、印南が悠宇の目を見つめる。

「君たち下水流班には明日から新たな任務に就いてもらう。そのファッション・コングロマリットからの依頼、もしくは命令を受け、東京WCCRの妨害を画策している者を絞り込み、特定し、排除してくれ」

「は？」

悠宇の口から思わず漏れた。

「もう動き出していたんですか？」

「ああ。すべての可能性を考え、あらゆる状況を予測し、その対策を立てるのが私たちの仕事だからね」

――総括審議官たちはとっくにこの推論にたどり着いていた。

「無意味でしたね」

この前、嶺川選手と話したときと同じ。今私が話したことは何の役にも立っていない。

「そんなことはない。私たちの考えを補強してくれた。君たち下水流班の着眼点、思考の展開のしかたには評価すべきものがある。それを明日以降の任務でも生かしてくれ」

「これまで、発生した事件の容疑者を探し、追いかけたことは何百回もあります。でも、まだ発生していない事件の容疑者を類推し、探し当て、未然に防ぐ任務には就いたことがありません」

警察では不文律であるはずの配置に関する疑念――いや不平が、つい口をついて出てしまった。

だが、印南は咎めもせず平然とした顔で言葉を続ける。

「これまでにも未遂犯を逮捕した経験はあるだろう?」

「それとは事情も状況もまったく違います」

「違うから何だい? 適性はこちらで判断する」

「ですが――」

「もう決定事項だ。知っているよね、能力のある者はどんどん登用してゆく。できそうなら何でもやってもらうし、やれなければ去ってもらう。それがMITだよ」

四章　リミット

1

二月二十二日　東京WCCRまで十日

「二十分で戻ります」

公園の前、本庶《ほんじょ》が生垣の奥に立つポールの先の時計を見ながらいった。

「いや、四十分後でいい」

悠宇《ゆう》も時計を眺めながら返した。

「集合は午後一時五十分。休めるときにしっかり休んでください。休憩が終わったら、また夜まで聞き込み続きの歩き詰めになるから」

「体力的には問題ありませんが」

「体じゃなくて心のほう。慣れない任務が続いて精神的に疲れているでしょう。昼食時くらいひとりになって、気持ちを切り替えてきて」

本庶はうなずいたものの、視線を風に揺れる木の枝に向けた。

「でも今日、かなり冷えますから。やっぱり班長も一緒にどうですか？　吹きさらしの公園なんて寒過ぎますよ。あの喫茶店、それほど混んでいなかったですし、斜め前にあったそば屋に入ってもいいし」

「気にしないで。私もひとりになって少し頭の中を整理したい」

「そうですか。でも、あの――」

本庶が話しかけて、口を止めた。

悠宇も口を閉じる。

彼は言い淀《よど》んでいる。

悠宇も待っている。

だが――

「いえ、何でもありません」

本庶がわずかに視線を逸らした。

それが答えなのか。

「すいません。メシに行ってきます」

「気になることがあれば、いつでも話して」

「わかりました。ありがとうございます」

彼が振り向き、離れてゆく。

その背中を見送ってから、悠宇も公園の中に向かった。

――本庶は何もいってこなかった。

遠回しに探りを入れてくるかもと思ったけれど、それもなかった。

まあいい。突き放すようだが、このほうが彼のためでもある。周りに客がいる店の中で、安易に切り出せるような種類の話でもないし。ひとりで食事させて、あらためて考える時間を与えれば、戻ってから話しはじめるかもしれない。

こんなやり取り、駆け引きの達人である間明《まぎら》係長に知られたら、鼻で笑われるだろう。

小さな子供たちが元気にはしゃいだり、泣いたりしている遊具広場を通り過ぎ、誰もいない木立の先のベンチに座った。

上を向いてため息を一回。

自分の中にある疲れや澱《おり》が一瞬かたちになったように濃い霧が広がり、目の前を曇らせ、青く晴れた空に消えてゆく。

この公園に来た理由は、本庶の話しやすい状況を作り、彼の反応と精神状態を確かめたかったからだ。そしてできれば、彼が直面している問題について、自分の口から報告してほしかった。

そう、不審な動きをしていた部下は本庶だった。

だが、捜査妨害や情報漏洩《ろうえい》の首謀者ではないし、進んで協力している様子も今のところない。不正へ誘われているものの、答えを延ばしつつ、どうにか自分ひとりで事態を解決しようとあがいているようだ。

上司や同僚にも打ち明けられないこと——本庶が抱えている問題とは？　そして彼に不正に加わるよう圧力をかけているのは誰なのか？

想像はつくものの、まだ決定的な証拠はない。

別れ際の、本庶の表情と言葉が頭をよぎる。

さっきの「でも、あの——」は、やはり彼なりの歩み寄りであり、救いを求める一言だったのだろう。もっと強く悩みがあるなら話してみろというべきだった？

いや——

他人に踏み込むことを躊躇してしまう自分を反省しかけたものの、あれで正しかったのだと思い直した。

彼は部下であると同時に、ひとりの警察官でもある。

手を差し伸べられ、気遣ってもらわねば重要なことも告白できないようでは、この先、人間の悪辣《あくらつ》さや狡猾《こうかつ》さ、欲深さを嫌というほど見せつけられる事件捜査の最前線で生き残っていけない。

それに彼の行動の責任は、彼自身に取ってもらわなくてはならない。

昼食から戻ったら、本庶は打ち明けるだろうか？

彼の置かれている状況を隠さず話してくれたら、上司として一緒に解決方法を探ればいい。もちろん罰するべきは罰するし、法を犯している者には厳正に対処する。

だが、本庶が話さず、あくまで自分ひとりで解決する道を選んだとしたら？

――私も、私なりに最善の解決方法を探ろう。

東京WCCR開催まで残り十日しかないのに、他にも考えなければならないこと、やらなければならないことが山ほどある。

はあっ、とまた大きなため息が出た。

MITの最高責任者である印南《いんなみ》総括審議官から、任務変更の命令を受けたのが七日前。以降、悠宇を含む下水流《おりづる》班の四人は、東京WCCRの撹乱《かくらん》・妨害を目論《もくろ》む実行犯の手がかりを追い続けている。

悠宇は警視庁捜査三課での経験を生かし、まず都内に散在する中国人、ブラジル人、ベトナム人、韓国人などさまざまな外国人犯罪集団の拠点を監視し、不審な動きや構成員に変動はないかを探らせた。レース当日のコースに隣接したビルやマンションを回り、不審者の出入りはないか、空室への不法侵入者はいないかなどの聞き込み、確認も指示した。嶺川蒼《みねかわあおい》選手の恋人、佐内佳穂《さないかほ》の乗るタクシーを襲った自称電気工事士――実際は金で雇われたいわゆる半グレ集団の構成員たち――を背後で操っていた連中への内偵も進めている。

だが、ここまで何の成果も上げられていない。もしかしたら実際は上げているのかもしれないが、悠宇自身には何の手応えもなかった。

毎日の捜査を終えたあと、乾《いぬい》参事官にメールする日報への返事は、〈お疲れ様でした。

明日もよろしくお願いします〉ばかり。

レース開催まで残り三週間を切った時点から、MITの全体会議が連日朝八時半に開かれるようになったが、その場で顔を合わせる上層部からも、これといって具体的な指示はない。あまりの放任主義に不安になり、乾にここまでの下水流班の捜査の問題点や、今後へのアドバイスを求めた。

が、返ってきたのは——

〈現状のままで結構です〉

この一文だけ。

自分たちがまったく戦力としてカウントされていないのなら、まだ納得できる。しかし実際は、下水流班を含む多くの捜査員たちに都内近郊を右往左往させ、カムフラージュ役に使いながら、その裏でMIT上層部は極秘の捜査計画を進行させているのだろう。

この上層部の度を越した秘匿主義、いや、何も隠していないような白々しい態度に、戸惑いを通り越して、いいかげん苛立ちはじめていた。

もちろんムカついているなんて、絶対に口にはできないけれど。

MITという大きな機構の中で、今自分が何をさせられているのか、これまで以上にわからなくなった。自尊心からなのか、責任感のせいなのか、宙ぶらりんな自分の立場が苛立ちに拍車をかける。

——私たちにテロリストの捜索なんて無理がある。

頭の中にまた愚痴《ぐち》が浮かぶ。

悠宇は本来窃盗捜査を主とする警視庁捜査三課所属で、これまで対テロリスト任務などに従事したことはなかった。部下たちも同じ。本庶は警視庁捜査一課第一特殊犯捜査二係所属で、専門は恐喝・脅迫の捜査。板東《ばんどう》は警視庁警備部警護課、二瓶《にへい》は警察庁警備局警備運用部所属だ。

そもそもテロの実行犯が都内近郊に潜伏している確証も得られていないのに、専門外の私たちに何をどうしろっていうんだ。

――やばい。

気持ちを鎮《しず》めるつもりが、よけい腹が立ってきた。

ナイロン製のエコバッグから温かいペットボトルの緑茶を取り出し、一口飲んでから、ちぎったメロンパンを口に放り込む。

面倒くさくて、すべてを適当に流してしまいたくなってきた。

「いや、よくない」

小声で自分に言い聞かせ、膝を手のひらで叩く。

考えることを怠け、与えられた任務を機械的に処理しようとすると、目の前にある証拠や痕跡も見落とし、犯人逮捕の機会を逃すことになる。加えて、思考が鈍化し判断が鈍れば、自分自身を危険に晒《さら》すことにもなる。

所轄時代のある同僚は、ノルマをこなすために気を抜きながら職務質問をしたせいで、相手にバッグの中に隠していた金槌《かなづち》で殴られ、左耳の聴力を失うことになった。

それだけではない。

私情を挟むのは危険だとわかっていても、ＤＡＩＮＥＸスポーツ総合研究所の大園《おおその》総監督、海老名《えびな》研究部門責任者、権藤《ごんどう》シューズ工房責任者、そして嶺川選手の顔が頭に浮かぶ。

あの人たちのためにもレースを無事にスタートさせ、そしてゴールさせなければ。

――仕事のことばかり考えてる。

気を紛らわすつもりで携帯を眺めたけれど、画面をスクロールする左手がどうしても東京ＷＣＣＲ関連のニュースのところで止まってしまう。

東京ＷＣＣＲのＰＲ動画に出演していたサウジアラビアの王子が、将来的な自国での開催を条件にＷＣＣＲへの出資金の大幅な増額を表明したという。

あんな暑い地域でマラソンなんてできるのか？　厳格なイスラムの国で、来年以降男子のレースとともに行われる予定の女子レースはどうするのだろう？

そんなことを考えながら、記事を読み進めてゆく。

以前の動画では、王子はオリンピック・パラリンピックとはっきり明言せず、一般的な大規模スポーツイベントに対する問題提起に留めていたが、今回は現行のオリパラへの疑問をはっきりと提示していた。

『世界規模で景気が後退している現在、たった一度のオリンピック・パラリンピックのために、競技場の新築、改修、交通網や宿泊施設の整備、警備の人員確保に莫大な資本を投下する意味があるのか？』

『そもそも全競技を一都市で、しかも短期間に集中して行う必要があるのか？　ＷＣＣＲのように競技を絞った上で、固定した各都市での巡回開催に切り替えたほうが、スポーツ競技全体の将来に活路を見出せるのではないか？』

さらに王子は、「その考えはマイナー競技の切り捨てでは？」という意見に対し、「競技としての知名度・人気を上げる努力をしていないからマイナーの座に甘んじている。他の競技とのパッケージでなければ継続的に世界大会も開けないなら、切り捨てられ、消え去って当然ではないか」と反論している。

たいして知識のない悠宇が見ても、人種的にも金銭的にも欧米に支配されている今のオリンピック運営に対する、中東からの挑戦であり、ひとつの回答だとわかる。

十日後に迫った東京ＷＣＣＲのレギュレーションもようやく正式決定した。

焦点となっていた、レース中のイヤホンなどの音声機器の装着は禁止になった。無線を通じてコーチなどから直接音声でのアドバイスを聞くことはできないという意味だ。ただ、スマートウォッチの着用と、それを通じてのやり取りは認められたので、大きな混乱はないだろう。腕につけたウォッチの小さな画面に表示される図形やパターンを通じて、コーチからの指示や情報を受け取ることもできる。

このイヤホン禁止を、マラソンを「チーム」で戦う大園総監督率いるＤＡＩＮＥＸ陸上部長距離班を標的とした、いじめ・嫌がらせだと非難する声も多い。

逆にどこかの大学のスポーツ・ビジネス学が専門という教授は、「マラソン競技の魅力を守るために必要なこと」と高く評価していた。

その教授によれば、DAINEX陸上部長距離班の手法は「極地法」と酷似しているそうだ。

調べてみると、大人数と大量の物資を使ったエベレスト、モンブランなどの難関高峰への登頂方法だった。はじめに比較的低く安全な場所にベースキャンプを設営し、そこから頂上に向かって次々とキャンプを設置しながら大量の物資を運び上げてゆく。頂上に立つのは一、二名だが、彼ら彼女らの背後には、無数の協力者がいる。しかも山にゴミとして放置された酸素ボンベやテントが、数多くの世界的高峰の自然を破壊していると二十年ほど前に大きな問題にもなった。

大園総監督と嶺川選手の戦い方は、恥知らずな上、倫理違反だといいたいのだろう。

他にもレース当日の交通規制に対する批判や、参加選手への真偽不明なドーピングに関するうわさ等々――

よくも悪くも東京WCCRは単なるマラソンレースを超えた規模で話題となり、世界的な注目も高まってきた。レースの入賞者を予想するギャンブル、愛称「ランベット」の投票券をネットを通じて購入するための事前登録者の数も、四百万人を超えたそうだ。

この中で何人が本当に投票券を買うのかはわからないけれど、儲けの予想総額はいくらなのだろう？

ぼんやり考えていると携帯が震えた。

2

間明係長からの着信。

悠宇は通話アイコンをタップした。

「何かありましたか？」

『いや、別に。ここんとこ連絡がなかったもんで、どうしてるかなと思ってさ。ご機嫌伺いみたいなもんだ。おまえ、ずいぶん働いてるそうじゃないか』

「どういう意味……ああ、逮捕のことですか」

『長期の不法滞在が十一人、不法就労が四人に不法就労斡旋《あっせん》が三人。一週間でこれだけ引っ張るなんて、立派なもんだ』

「聞き込みの途中で見つけただけで、偶然です。全員本筋とは無関係でしたから。所轄から情報を仕入れたんですか？」

『まあな』

「相変わらず、そんなところばかり早耳なんですね」

間明係長が気遣って連絡してきてくれたことはわかっている。でも、なぜかこんな突

き放した調子になってしまう。苛立っているから？　それとも甘えている？　まあいい、
係長に少しつきあってもらって、鬱憤《うっぷん》を吐き出させてもらおう。

『管理局（東京出入国在留管理局）の連中が、うちからの依頼もないのに派手にやって
くれてって、嫌な顔をしているらしいぞ』

「その連中に、文句があるなら警察庁の印南総括審議官に直接連絡するようにいってお
いてください」

悠宇は尖《とが》った声でいった——つもりだった。

『だいじょうぶか？』

と訊かれた。

「えっ？」

『毒づく声に勢いがないし、嫌味な感じも薄いからさ』

察しのいい人だ。

返す言葉に困り、一瞬黙った。

『どうした？　迷ってるのか？』

間明がさらに訊いてくる。

「困ってるんです」

ためらったものの、悠宇は素直に話すことにした。

『何に？』

「いろんなことです。たとえば、今後、どう捜査を進めていけばいいかとか」

『乾参事官はどういってる？』

「あなたの思う通りに進めてくださいと」

『だったらそうすればいい』

「簡単じゃないですよ。自由にしろっていきなりいわれたら、誰だって混乱するでしょう。私たちは指示通り動くことに慣らされた警察官なのに。しかも現状、今回のＭＩＴ傘下の三十の個別班が、具体的な捜査指針も示されないまま独自に行動している。こんなの聞いたことありません。上層部の勿体《もったい》ぶったやり方に、いいかげん腹が立ってきちゃって」

『大変なのはわかるが、慣れるしかないだろうな』

「従順なんですね」

『長いものに巻かれたわけじゃないぞ。上層部の考えのすべてを理解してはいないが、純粋に戦略としては悪くないと思ったんだよ』

「どう悪くないんですか？」

『聞きたいか？　教えたら何してくれる？』

「は？　上司が部下にものを教えるのに対価を求めるんですか？」

『うん』

「もう切りますね」

『冗談だよ』

「結構です。それから例の深川の事件の容疑者の元妻と係長の間に何があったか、数名の方々が知ることになると思います」

『あの件はこないだの情報提供で相殺されたはずだろ』

「係長のご家族や本庁内の者にはもちろん話しません。でも、係長の知り合いの多い、第六方面（上野、浅草、下谷、千住、西新井などの各警察署）の方々の間では、うわさになるでしょうね」

『汚《きたね》えな、おまえこそ脅す気か。俺は相談に乗っただけで、やましいことは何もしてないからな』

「ひとり暮らしの元妻の部屋に何度も通って、夜遅くまで過ごしていたのに？　芸能人みたいな言い訳をするんですね」

『事実なんだからしょうがないだろう。おまえを口止めするのも、あらぬ疑いをかけられて、捜査に支障をきたすような事態を避けるため。単なる危機回避だからな』

「わかりました。誰にもいいませんから、早く教えてください」

間明は聞こえるように舌打ちしてから話しはじめた。

『現時点でＭＩＴ上層部が明確な捜査方針を提示すれば、おまえを含む優秀かつ従順な全ＭＩＴ捜査員たちは、その方針に沿って捜査する。ただそれが、東京ＷＣＲの撹乱・妨害を企んでいる奴ら――便宜上敵って呼ぶぞ――にとって、いいことか悪いことか？　おまえがその敵だったら、まず何をする？』

「捜査員の動向を観察して、どこに焦点を絞って捜査が行われているのかを見極め、分析するでしょうね」

『それが普通だよな。下手に動けば、こっちの目論見を察知される可能性がある。だったら逆に、今の時点ではまだ具体的な指針を示さず、おまえたちを半ばフリーの状態で動かしておく。さすがにＭＩＴに選抜された連中だけに、自由に動き回らせたとしても完全に的外れな捜査はしないだろう。それに何といっても実際にランナーたちが走るレースコースは、おまえたち捜査員が日常職場にしているホームグラウンドにある。地の利は完全にこちら側にあるってことだ。慣れているだけに人脈もあれば、どのあたりに犯罪者が潜伏しているかも熟知している。その動きに敵側がどう反応し、対応するかを、俯瞰《ふかん》から監視していて、怪しい動きをする奴らがいたら一気に掬《すく》い上げる』

「そんなに上手くいきますか」

『上手くいこうが、いかなかろうが、それが現状最善の策だってことに変わりはないだろ』

「勝つためには、手の内を極力明かさないってことですか」

『簡単にいうとな。今回の案件は、個人や少数のグループの犯行を追う通常の捜査とは違う。大袈裟に言えば、こっちの陣地に紛れ込んだゲリラ部隊を壊滅させるとか、占領地に潜むレジスタンスを捕縛するとかに近い』

「だけど、私は軍人でも自衛官でもありませんから」

『わかってるさ。それでも、いつものおまえなら、ドライ過ぎるくらいに任務と割り切って、無理やりにでも順応しようとするだろ。状況判断の正確さと、対応力の高さがおまえの一番の取り柄だからな。今回はどうした？　未経験の仕事に就かされて浮き足立ってるのか？』

「そうかもしれません」

『素直に認めるなよ。心配になるだろ』

「なんだかやりにくいんです。通常の任務と違うとか、組織が別だとかいう以前に」

『ＭＩＴ上層部の官僚的なやり方が気に食わないっていってるように聞こえるぞ』

「たぶん、そういうことなんでしょうね。すべてが周到で段階的で、本当、自分が兵隊っていうかパーツとして使われているのがわかって息苦しいんです」

『ようやく本音が出たか』

間明の声が笑っている。

「助けてくれるんですよね？」

悠宇は訊いた。

『何のために電話したと思ってるんだ。ホテルや一般のウィークリーマンション系はＭＩＴ《そっち》の目も行き届いているだろう。俺のほうは、高級賃貸物件の二重貸し三重貸しを仲介しているブローカー周辺を当たってみる』

「そんな仕事があるんですか？」

『ああ、明らかな違法行為だけどな。あとヨーロッパ系の不法滞在者に便宜をはかっているエージェントにも話を聞いてみるわ』

「いかがわしい方面の人脈は、本当に広いですね。頼りにしています」

『自分が困ったときだけは下手《したて》に出やがって。卑怯《ひきょう》な奴だ』

「そんな卑怯な部下でも護《まも》ってやるのが上司でしょう？」

『そういうことだ。他には何を困ってる？』

「秘匿事項なんでいえません」

『どうせ部下と機密漏洩に関することだろう』

「やっぱり何か知ってるんでしょう？」

『何も知らないよ。これまでのＭＩＴ捜査で挙がった問題から類推しただけだ。ＭＩＴの中にいる奴らは、上層部の秘匿主義に文句をつけ、ＭＩＴに入れてもらえなかった奴らは、意地と悔しさから中の情報を嗅《か》ぎ漁る』

「本当に何も知らないんですか？」

『知らないって、今のところは。つまらんプライドで横槍を入れてくる奴らも馬鹿じゃない。足がつかないように周到にやるからな。もちろん今回の敵が捜査チームの切り崩しにまで手をつけてきた可能性もゼロじゃないが、まあその線は薄いだろうな』

「私もそう思います。急ごしらえで面識のない人間を集めた今回のＭＩＴみたいな組織では、はじめから連帯感が希薄で切り崩す意味がないし。希薄でも機能するよう、個々の能力の高い者を集めたのがMITなんだろうし」

『でも、個人プレーが得意な人間も、やっぱり使い方が重要だよ。どこまで放任し、どこで手綱を引き締め、班として任務を達成してゆくか。刑事事件捜査は個人種目じゃない。どうしたって集団競技だからな。チームとしての意識が強かろうが、弱かろうが、束ねてリードしてゆく班長の手腕に大きく左右されるのは変わらない』

「人を使うって、大変なんですね」

いうつもりはなかったのに、つい口を衝《つ》いて出てしまった。

『ようやくわかってきたか。俺の優しさと有り難みが身に染みただろう』

「だからそういうところが――」

思い切り嫌な声でいってやった。

『わかった、悪かったよ。でも、おまえのはじめての部下で、しかも優秀な連中だ。自分から進んで秘密を話すような馬鹿じゃない。つまらんことで将来を潰させるなよ。しっかり護ってやれ』

「頑張ります」

『気の無い声でいうな、また心配になるだろ。何かわかったら連絡する。しっかりしろ』

「わかりました。お待ちしています」

通話を切った。

──護ってやれ、か。

自分のことさえ持て余し気味の悠宇には重い言葉だった。

でも、護らなければ。下水流班は思っていた以上にバランスの取れたいいチームだ。その調和を、身勝手な私怨のために崩そうとするなんて許せるわけがない。

私の部下、本庶を使ってＭＩＴの捜査状況や摑んだ情報を引き出そうとしている奴らが、警察内にいる。

乾参事官によれば、以前のＭＩＴ捜査発動時にも、召集されなかった捜査員たちによる陰湿な嫌がらせや、些細だが執拗な捜査妨害が頻発したという。馬鹿みたいだけれど、警察にはそういう人種も多い。仕事が人生そのものになってしまい、傲慢《ごうまん》なまでに誇り高く、自分のやり方に少しでもケチをつけられたり、意見が受け入れられないと子供のように腹を立てる。本庁内でも少数派になりつつあるが、それでもしぶとく生き残っている。

まさに老害。

本庶には、そんな連中につけ込まれそうな弱みがあった。

半グレ組織への情報漏洩を疑われ検事を辞職した実兄のことだ。彼から情報を引き出そうとしている奴らは、恩や義理にかこつけるだけでなく、兄の疑惑も脅しのネタに使っているのかもしれない。

本庶や情報漏洩のことも含め、この先の捜査に対する不安が胸に広がってゆく。

わからない。けれど、今はやれることを全力でやるしかない。

何だか運動部の中学生みたいだ。そういう全力でやることが正義みたいな、甘くて青臭い考えはとっくに捨てたはずなのに。

「まあいいや、落ち着いて行こう」

悠宇は無理やり気持ちを切り替え、ちぎったメロンパンを口に放り込んだ。

3

二月二十四日　東京WCCRまで八日

午前十時三十分。

悠宇の乗ったバスは、DAINEXスポーツ総合研究所の正門を通過した。周りに座っているのは、今回のMITで警備担当要員として召集された警察官たち。毎朝警察庁近くから出発するバスでこうして研究所に運ばれ、仮眠・休憩を含む二十四時間の任務を終えると、交代の警察官たちを運んできたバスに乗ってまた都内に帰ってゆく。

今日はそのシャトル便に同乗させてもらった。

元副所長の賀喜《かき》が機密データ窃盗容疑で逮捕・起訴されたものの、総合研究所自体は、今も東京ＷＣＣＲに関連する警備重点地区に指定されている。

バスを降り、今度はカートに乗って陸上競技棟へ向かう。自分用のＩＤカードで棟内に入り、エレベーターで四階へ。

今回も嶺川蒼選手と会う約束をしていた。

だが、窓から眩《まぶ》しいほどに光が射し込むカフェテリアに入ると、嶺川だけでなく隣に恋人の佐内佳穂がいた。

こちらに気づき、ふたり揃って立ち上がる。

「どうしてもお礼をお伝えしたいというので」

上下トレーニングウエアの嶺川がいった。

「無理をいってついてきてしまいました。すみません」

灰色のコートを前に抱え、白のワンピースに白のニットを重ねた佐内が横で頭を下げる。

「どうかお座りになってください。こちらに移っていらしたんですね」

悠宇は笑顔で訊いた。

「はい、五日前に」

再度腰を下ろした佐内がうなずく。

彼女はタクシー乗車中に拉致未遂に遭って以降、しばらく巡回警備を受けながら自宅で過ごしていたが、警備警官が常駐し警戒している、より安全な総合研究所内に移ってきた。今は嶺川の暮らす選手用住居棟で同居している。

「先日は本当にありがとうございました」

彼女からあらためて礼をいわれた。

「どうかもうお気になさらず。あれが私たちの仕事ですから。それより、その後お加減はいかがですか?」

「まだちょっとしたことにビクビクしてしまいますが、それでもこちらに移ってからはだいぶ落ち着きました。住居棟の入り口やセンター内のあちこちに、警察の方が立っていてくれますから」

「それはよかったです」

言葉を聞いている限りでは、無理に明るく振る舞っているのではなさそうだ。周囲の目を気にする必要のない場所で、嶺川と暮らせていることが大きいのだろう。

ただ、佐内は少し緊張している。でも、それは怯えや怖さとは違う理由だ。

――私、彼女に警戒されている。

そう感じながら悠宇は言葉を続けた。

「少しでも気になることがありましたら、どうか遠慮せず申しつけてください。私でもいいですし、ここの警備責任者でもいいですし。電話番号は?」

「はい、いただいています」

悠宇は佐内の言葉にうなずき、さらに訊いた。

「今はずっとここで過ごされているんですね。お仕事のほうは？」

「警察庁の乾さんが間に入ってくださって、会社は短期の休職扱いにしてもらえることになりました。東京ＷＣＣＲが終わったあと、状況を見ながら復職しようと思っています。マスコミ対策にもいろいろ尽力していただきました」

乾参事官が手を回していたのか。あの人らしいというか、やはり嫌味なほどに目端が利く。変なことに感心していると、佐内がさっと立ち上がった。

「おじゃましました。私はこれで」

悠宇は驚き、片手を上げて引き留めた。

「あの、このままいらしていただいても——」

佐内が首を横に振る。

「いえ、本当に一言お礼を申し上げたかっただけですから」

笑みを浮かべた彼女が何度か振り返り、小さく頭を下げながらカフェテリアを出てゆく。きれいに切り揃えられた髪がわずかに揺れている。

「部屋まで送らなくていいんですか」

悠宇は嶺川を見た。

「だいじょうぶです。携帯の他に非常通報器も持たせていますから。彼女もリハビリのつもりで、少しずつひとりで歩く機会を増やしているんです」

佐内の姿が完全に消えると、向かい合って座る嶺川が頭を下げた。

「すみませんでした」

「気にしないでください」

悠宇はすぐに返した。

「佐内さんからどうしても私と会って話がしたいといわれたんですね」

嶺川がうなずく。

「お礼を伝えることが目的じゃないとすぐに気づきました。だからはじめは僕から説明しようと思ったんですけれど、言葉では伝わらないだろうと考え直して」

「わかります。こうして会って確認していただいたほうが早いですから」

佐内の視線の中に嫉妬が混じっているのを、会ってすぐに感じた。だが、その嫉妬の裏で彼女が申し訳なさを抱いていることも伝わってきた。

悠宇は確かに嶺川にかすかな共感を抱いている。嶺川も同じ気持ちなのがわかる。けれど、それは恋愛感情とはまったく違うものだ。

佐内も、悠宇と嶺川のつながりが恋愛的なものとは違うと察している。しかし、察しているからこそ焦《じ》れるのだろう。

ふたりの間に生まれつつあるものが恋愛なら、佐内も割って入り、争うことができる。けれど、まったく別の、アスリートとしての、もしくは人間的な共感だから、彼女にはどうすることもできない。

佐内の決して踏み込めない領域で、悠宇と嶺川はつながり合っている。

嫉妬したり焦れたりするべきものじゃないと頭では理解していても、これまで自分以外の女性に共感したことのない嶺川が、ほんのちょっとでも悠宇に心を開いている気配に、冷静ではいられなかったのだろう。

そんなふうに揺れる佐内のことを、悠宇は可愛らしく、そして少しうらやましく感じた。

――彼女みたいな気持ちに、しばらくなってないな。

「納得してくれたでしょうか？」

悠宇は訊いた。

「したと思います」

嶺川がいった。

佐内も感じ取ってくれたはずだ。私と嶺川の間にある共感は、愛情とも友情とも違う、尊敬に近いものだと。彼女が別れ際に見せたのは、挑戦や対抗心とは無関係の素直な笑顔だった――と思う。

「少し変な気分です」

嶺川が口元を緩めた。

「私もです」

悠宇もうなずいた。

何もやましいことはしていない。なのに申し訳なく思う。かといって佐内に謝罪したり言い訳したりすれば、よけいにおかしなことになる。

それより、大事なレース直前に同居することになった嶺川のほうの気分や精神バランスはどうなのだろう？　気になるが、もちろん口には出さなかった。それこそ悠宇が踏み込んではいけない、嶺川と佐内ふたりだけの領域だ。

もっと気になるのは……悠宇は口を開いた。

「嶺川さんはその後、いかがですか」

賀喜元副所長の逮捕に関することだと彼はすぐに悟った。

「下水流さんから任意同行の話を知らされた直後は、『まさか』と疑う気持ち、いや、あの人を信じようとする気持ちだな――それがあったから、まだ冷静でいられました。でもその反動で、逮捕後に真相を聞いたときは動揺しました。ただ、あの人は関係者ではあったけれど、レースに直接関わるスタッフではなかった。だから自分にはそれほど利害が及ばない、あまり影響のない存在と、切り離して考えることにしたんです」

嶺川はいつも通りの淡々とした口調で話す。

そんな彼を冷たいとはまったく思わない。

「さすがです」

悠宇は素直に気持ちを言葉にし、彼も冷静さを評価されているのだと理解した。

「いえ、下水流さんのおかげです」

「私の？」

「前回ここでお会いしたとき、あなたから学んだことを真似させてもらいました」

「は？」

「忘れられる才能のことです」

――確かにそんな話をした。

私は痛みも後悔も、時間がたてば記憶が薄れ、頭から消えていってしまうと。

「人や記憶や過去を、切り捨て忘れてゆく強さを僕も身につけたい」

嶺川は普段もレース中も、レース後の表彰台に上ったときでさえ、あまり感情を表に出さない。しかし、それは他人に見せないだけで、当然のように胸の奥には喜怒哀楽が渦巻いている。出さないんじゃない、出せない人なのだとあらためて思った。

彼は感情を内に封じ込めながら生きている。それが周囲の人々には孤高と映る。

複雑な家庭環境で育ち、そして十代から中長距離の有望選手として注目を浴び続ける中で、自分を護る術としていつの間にか体に染みついてしまったものだ。おこがましいけれど、十代のころ女子フェンシングのオリンピック強化選手に選ばれたことのある悠宇にも覚えがある。自分が勝つことで、勝ち続けることで、増えるのは喜んでくれる人ばかりじゃない。妬《ねた》む人、憎む人はその倍以上増える。利用しようとする人も群れてくる。

嶺川の携帯が震えた。

「部屋に戻ったそうです」

彼が画面を見せる。

佐内から〈到着〉のメッセージ。

悠宇は画面を見てうなずいたあと、カフェテリアの壁の時計に視線を移した。

午前十一時十分。あと二十分でここもランチタイムになり、職員や選手たちが昼食を取りに集まってくる。

そろそろ本題に入らないと。

「それでメールでお伝えしたことなんですが」

悠宇は切り出した。

「東京WCCR本番のレース中、もし違和感を持ったり、異変を感じたり、さらには妨害を受けた場合には、それが瞬時に周囲の捜査員に伝わるよう簡単なジェスチャーを決めておいていただきたいんです。もちろん走ることの妨《さまた》げにならないというのが大前提ですが」

「たとえば指で鼻先を二回摘んだあと、口を拭うとか？」

「あ、そうです。いいですね、それなら、テレビの映像を通じて、一瞬で周囲に配備している捜査員全員が理解できます」

それから少しの間、ふたりで野球のコーチのブロックサインのような身振りを見せ合い、動きを決めていった。

キッチンの奥から、白衣を着た中年の調理師たちが不思議そうな顔で眺めている。気持ちはわかる。真顔の男女が、下手なパントマイムみたいなことをやっているのだから。しかも、そのひとりは、冷静、無表情で知られた嶺川蒼選手だ。客観的に見たらさぞ変な光景だろう。

「ありがとうございました」

悠宇は決まったジェスチャーをノートに書き込むと立ち上がった。

「これから走るんですか？」

嶺川が訊いた。

「大園総監督が教えたんですか？」

悠宇は顔をしかめながら訊き返した。

「はい」

内緒だと念を押したのに。だから今日は部下を連れず、ひとりでここに来たのに。

「総監督、意外と口が軽いんですね」

「そのようですね。でも、聞いたとき、僕も見学したいと思いました」

「絶対だめです」

「行きません」

嶺川がにっこりと笑う。

「総監督からもそういわれましたから。立ち会うのは、安全管理に最低限必要な人数だけだそうです。楽しんできてください」

「楽しめるかな」

苦笑いする悠宇に嶺川はうなずいた。

「だいじょうぶ、心の中に吹く風を感じてください」

4

エレベーターで陸上競技棟の地下に降りると、女性スタッフに出迎えられた。

彼女のうしろに付いて、カードキーと虹彩《こうさい》認証で管理された二重ドアの奥、関係者以外立ち入り禁止のシューズ工房に入ってゆく。

「こちらです」

まず通されたのは更衣室だった。

バッグをふたつ渡され、「終わりましたら声をかけてください。ゆっくりで結構ですから」と残し、女性スタッフが出てゆく。

ジャケットを脱ぎ、着替えはじめた。

ひとつ目のバッグにはウエア一式とともに、着用方法の図解のついたガイドが入っていた。ブラとショーツも用意されたものに換えた上で、まず上下一体型の黒いボディースーツを「装着してください」と書いてある。

「着る」ではなく「装着」——すごく薄く軽い素材でゴムのように伸縮するけれど、実際何なのかはわからない。肩はランニングシャツ形状で、足の部分は膝下まである。

ここまでの長さがあるのは嬉しい。念のため、右足首と右膝にあるいくつもの手術痕《こん》を隠すためサポーターを持参したけれど、どちらも使わなくて済みそうだ。縫い痕《あと》の数は、回復を信じてそれだけ手術をくり返した証拠でもある。だが、膝も足首も以前のような動きには戻らなかった。

指先でボディースーツのあちこちに触れてみると、薄い中でも場所によって素材の厚みが違うのがわかった。膝裏、腿《もも》裏から内側、そして臀《でん》部《ぶ》から腰にかけての、主に体の裏側部分が他より厚く、素材もわずかに違っているようだ。

しかし、このスーツがすごく窮屈で、なかなか着られない。

私の体が太い？　いや、体重も体の各部のサイズも、一切サバを読まずに正直に事前申告した。なのに、なかなか腿や腰が入らない。十数年前話題になった、スピード社のレーザーレーサーという水着を思い出す。あれも着るのに数人がかりだったらしい。どうにか体を押し込んで、フロントにあるフリーザーバッグについているようなファスナーを胸まで上げると、あまり苦しさは感じなかった。さらに、ガイドに沿って屈伸したり腰を回したりしてゆくと、スーツが体に馴染んできた。
二、三分体を動かしたあとには、「えっ」と小さく声が出てしまった。
身につけている感覚がほとんどない。しかも、数歩歩いてみると、腰から下を緩やかに背後から押されている感じがして、自然と足が前に出る。自分の体重も三分の二くらいになった感じだ。

明らかにこのボディースーツの効力だ。

――すごい。

その上からよく女子マラソン選手が身につけているノースリーブを着て、ショートパンツを穿《は》いた。これもすごく軽い。靴下もナイロンとも綿とも違う素材で、くるぶしの上、足首までを覆ってくれる。

ふたつ目のバッグにはアウターとシューズが入っていた。

以前、嶺川選手がテストで着用していたのと同じ、一瞬で脱げるボレロのような白い上着に袖を通し、ハーフパンツを穿く。

最後に、裏面に半球状のブツブツがたくさん並んだ、あの「ちょいグロ」シューズを取り出し、インソール（中敷き）を入れ、履いた。前に見たものと較べ、色が黄緑から乳白色になり、ブツブツの数も増え、並び方も変わっている。これが最新型なのだろう。

ガイドはソール部分の特徴的な形状を「石けんの泡に似たフラクタルな突起」と表現しているが、とてもそうは見えない。半透明に近いロウソクみたいな乳白色のせいもあって、小学校の理科の授業で見せられたカエルの卵を思い出す。

あくまでプロトタイプなのだろうが、シューズの上半分はピンクとグリーンだし、このカラーリングじゃ絶対売れないだろうなと余計なことを考えてしまった。

ただ、あらためて見てもハイテクな一足だとわかる。目立つところに縫い目も接着部分も見えず、シームレスな構造になっている。なのに履くには、悠宇の子供のころと変わらず、穴に紐《ひも》を通し、結ばなければならないのは、古臭いような、ちぐはぐな感じがする。

椅子から立ち上がると、ちょっとふらついた。

はじめてこの鴨川の研究所に来て、部下の板東が試し履きをした際に指示されたように、少し慣れが必要だった。図解入りガイドにも「最初は無理に歩かず、まっすぐ立つことを心がけてください」と〝！〟マークとともに注意書きがある。

そろりそろりと前に出たり、左右に曲がったり、止まったりしていたら、五分もせずに慣れた。普通の「歩く」とはまたちょっと違う感じがするが、違和感や不快感はない。

今日、スポーツ総合研究所に来た一番の目的は、嶺川選手に会うことではなく、これを体感するためだ。

〈走ってみるかい？〉

電話で誘ったのは大園総監督だった。

東京ＷＣＲ当日に嶺川選手が身に着けるのとまったく同じタイプのものを用意するという。シューズもウエアもマスコミ等には一切発表されていない、ＤＡＩＮＥＸの社運を賭けた最先端製品だと説明された。

「走ります」

と、なぜあのとき答えたのか、自分でもよくわからない。確かに嶺川のテストランを見学させてもらったときは驚いたけれど、自分も走ってみたいなんて一切思わなかったのに。

着替えを終え、更衣室を出ると、案内役の女性の隣に禿げ頭《は》に無精髭の海老名研究部門責任者が立っていた。

「問題ありませんか？」

海老名が訊いた。

「ないと思います」

「歩き辛さは？」

「ありません。走り出したらどうかはわかりませんが」

「今はそれで結構」

「あの、おひとりですか？」

悠宇は訊いた。大園総監督と権藤シューズ工房責任者は来ないのかという意味だ。

「ふたりはあとで合流します。立ち会うのは彼女と私のふたりです」

通路を進み、走行実験ラボへ向かう。

「アウターとハーフパンツの脱ぎ方はわかりましたか？」

歩きながら海老名がこちらを見た。

「ガイドを見た限りでは。でも、嶺川選手がやっていたように一瞬で脱げるかどうか」

「無理に走行中に脱がなくてもいいんですよ。合図をくれたら、一回ランニングマシンを止めますから」

「でもどうせなら、嶺川選手のようにバッと外してみたいです」

「そうですよね。私も同じ気持ちです」

海老名が微笑む。

「このノースリーブの下のボディースーツの素材、ゴムですか?」

「ゴムのようなもの、ですかね。いうなれば」

「新素材ですか?」

「ええ。福井県にある素材メーカーが、新型スタッドレスタイヤの素材を研究している途中で発見した繊維《せんい》なんです」

「繊維?　一枚で成形されているんじゃなく、編まれているんですか?」

「そうです。これ面白いんですよ。編み方や重ね方によって、同じ厚みなのに、すごく柔らかでしなやかになったり、釣竿のように大きくしなって反発力を生み出したり、まるっきり性格を変えるんです」

へえっと悠宇も少し興味を感じた。けれど――

「高価なんでしょうね」

訊いてみた。

「一着、四百三十万円です」

うっと声が漏れそうになり、頬が引きつったのが自分でもわかった。

「心配しないでください。万一、汚れたり破れたりしても、弁償を求めることはありませんから。それに吸湿速乾作用が高いのに、とても丈夫なんです」

乾いた笑いが漏れる。海老名の言葉を今は信じよう。

またカードキーをスキャナーに通し、虹彩認証をしてラボの中へ入った。

通常のジムに設置されているものの二倍以上の大きさのランニングマシンが並んでいるが、周囲には前回はなかった大きなマットが敷き詰められていた。マシンの速度についていけなくなったときのための、体の正面にクリップで止めるケーブルタイプの安全停止装置もついている。他にも走りながら体が横に倒れたり、大きく揺れたりした場合に受け止められるよう、左右の頭の高さにもマットが据えつけてある。

どれも私の不安を取り除くためのものだ。

——そうだよな、やっぱり。

悠宇は思った。そして海老名に「ありがとうございます」と礼をいった。

「可能な限りの安全策を取るのは当然のことですよ」

「いつからお気づきだったんですか？」

その話はよしましょうというふうに海老名が首を小さく横に振る。

悠宇が自分から足の怪我や今の状態について話したことはない。嶺川には過去のことを知られてしまったが、彼も他人の秘密を誰かに話すような人ではない。

日本有数の陸上中長距離チームを率いる総監督の大園、定石《じょうせき》を覆すマラソンの走法・

戦い方を考案した海老名、日本最高峰のスポーツシューズ・フィッターと呼ばれている権藤の三人が揃っているのだから、当たり前か。

私の足の状態を見抜けないはずがない。私の普段の歩き方を見て、過去に膝とアキレス腱に怪我をしたことに気づきながら、それでも運動嫌いという下手な芝居につきあってくれていたのだろう。

ありがたいけれど、そんな優しさを見せられると、やっぱり胸が少し苦しくなる。

「はじめましょう」

海老名の言葉に悠宇はうなずき、マシンに乗った。

すぐ隣のランニングマシンには前回同様、頭部がなく、簡単な腕だけがついた二足歩行ロボットがいた。が、まるで疲れ切って休んでいるように、足を畳んでレーンに座っている。

悠宇はゆっくりと歩き出した。

レーンのベルトも体重の移動を感知し、動き出す。

少し早足になったくらいのところで、以前、板東がちょいグロシューズを履き走っている途中に漏らした言葉を思い出した。

〈走ってるんじゃない。走らされてる〉

その感覚が本当の意味で悠宇にもわかった。電動自転車にはじめて乗ったときの感触を何倍かにしたようだ。

同時にあの日、大園たち三人が、警察関係者とはいえ、初対面の板東にＤＡＩＮＥＸの最高機密ともいえるシューズを履かせ走らせた理由もわかった。東京ＷＣＲにＤＡＩＮＥＸが投入する最大の武器は、あのちょいグロシューズじゃない。このボディースーツのほうだ。

悠宇は走る速度を上げてゆく。

「ゆっくりでいいですよ」

海老名が横からいった。悠宇のもっと前に進みたがっている気持ちを抑えているのだろう。このシューズとボディースーツのセットで走った人間は、誰しも自然にペースが速くなっていったに違いない。

そう、速くなってしまう。

シューズのソールだけでなく、スーツの膝裏、腿裏から臀部《でんぶ》、腰にかけての生地が伸縮し、自分の体全体をうしろから押しているように感じる。自分の感覚以上に、足が回転し、前に進んでしまう。意識と実際の速さの乖離《かいり》に、ちょっと怖ささえ感じる。

だが、はあはあと息を吐き走っていると、本当にいろいろなことがわかってくる。

このシューズにスーツ、大園、海老名、権藤の技術、嶺川のアスリートとしての能力、さらにチーム全員の努力が重なり合えば、アジア人がマラソン界の上位に食い込むことも可能のように思えてくる。

——本当に世界を変えられるような気がする。

ただ、うしろめたさもつきまとう。自分だけじゃなく常に何かに助けられながら走っているような。単純にいえばズルをしているような感覚だ。

一般人の悠宇でさえこの速さで走れてしまうのだから、これはもう単なるスポーツアイテムではなく、走者の潜在能力を最大限引き出す装置だ。

この背徳感を大園総監督たち、特に嶺川選手はどうやって乗り越えたのだろう？　どう整理をつけたのだろう？

いや、そんな負の心理は一切ないのかもしれない。スポーツメーカーによる急激なシューズ進化競争の中では、開発者たちも選手も、すべての技術を正当化し受け入れていかなければ、すぐに取り残され敗者になってしまう。

息が上がってきた。が、まだ全然辛くはない。まだ走れる。

足も動く。海老名とスタッフの女性がこちらを見ている。でも、ふたりのことは意識から消えかかっている。

大園総監督に誘われ、どうして「走ります」と返したのか、自分の気持ちも少しずつわかってきた。

今の自分の限界を知るべきだと思ったからだ。

私は怪我をしたこの足で、どれだけの距離を何分、全力で走れるのか知らない。理解しておかなければならないのに、避けてきたし、逃げていた。

気持ちの整理がついたように感じていたけれど、まだ悔しさも悲しさも完全にはなくなっていなかったのだと思い知らされた。

嶺川選手には、「記憶が薄れ、消えていってしまう」なんていったのに。濁《にご》り、錆《さ》びながらも、足が思うように動かなくなった苦しさは、やはり胸の奥にこびりついていた。

それでも二十代のはじめは、警察学校を卒業できる程度の身体能力と走力が残っていた。しかし、歳とともに体力も筋力も落ち、傷の具合もさらに悪くなっているかもしれない。

いや、まだだいじょうぶ。

――だって今、こんなに走れている。

汗が出て、体も温まってきた。

三月四日の東京WCR当日、悠宇たち下水流班の四人もコース周辺の建物を巡回し、警備任務に就く。もし不審者に遭遇したら、呼び止めるし、無視して逃げ出したら、当然追わなければならない。

本来所属している警視庁捜査三課でも、先日の朝に行ったような容疑者逮捕――柄取りには無数に参加してきた。隠れ家や潜伏先に踏み込んだことも数多くある。しかし、いずれの場合も先日と同様、事前に建物や住居を丹念に調べ、万一逃走されたときにはなるべく走らず、追いかけず、その身柄を確保できる配置を探り出し、待機した。実際それで容疑者を取り押さえたことが何度もある。自分が走れないことを同僚に感づかれないよう、巧みに隠してもいた。

しかし、東京WCRの警備任務では、そんな事前調査はできない。ずっと苦手で避けてきた、刑事ドラマっぽい追いかけっこを最悪やることになるかもしれない。

だから心配していたが、まだ足は何ともない。

呼吸が苦しいが、今はそれさえ心地いい。

前に嶺川選手が練習中にやっていた、例の早着替えみたいなのも試してみる。上半身のアウターの胸元にある合成樹脂のファスナーを下ろし、布ごと摑んで引っ張った。

——おっ。

するりと剝けるようにアウターを脱げた。ハーフパンツもお腹のベルトあたりのフックを外し、抜くように引っ張ると、走りながら簡単に脱げた。

上手く脱げると気分がいい。

そしてこのボディースーツ、やっぱりすごい。汗を適度に吸い込むので、内側の肌に不快感や負担を感じない。

まだ行ける。もっと速く走れる。

走って気持ちいいなんて、いつ以来だろう？

でも——あ、えっ？

突然、右足の力が抜けた。

タイヤがロックしたように右の膝から下が動かなくなり、感覚も失った。

終わりはふいにやってきた。

体がふらつき、うしろに流され、安全装置のケーブルが外れる。ランニングマシンが停止した。けれど体は止まらない。

そのまま悠宇は仰向けに、防護マットの上に落ちた。

マシンのベルトの音が消え、静かになったラボの中で自分の荒い息遣いだけが聞こえる。

――こんなものか。

自分はこの程度なのか。

海老名と女性がすぐに駆け寄ってきた。

「だいじょうぶですか?」

海老名が訊く。

「はい」

仰向けのまま悠宇は答えた。ラボの白い天井が見える。

「どこかに痛みは?」

「ありません」

本当にどこも痛くはない。ただ、右膝と右足首の感覚は消えたままだ。

――私、今どんな顔をしているんだろう。

前に家でソファーに転がりながらテレビで配信動画を観ていたとき、突然、ルーターが壊れて、真っ黒になった画面に自分の顔が映ったことがあった。

たぶんあのときみたいな顔だ。現実の中にいたのに、走っている間は意識だけが現実とは違う場所に行って、でも、すぐに引き戻された。

「私、どれくらい走っていましたか？」

悠宇は訊いた。

「七分二十二秒です」

海老名がいった。

たったそれだけ？　体感よりずっと短い。

それが今の私のタイムリミット《限界》……

5

二十分ほど横になって休んでいると、少しずつ足の感覚が戻ってきた。

総合研究所のスポーツ専門ドクターとトレーナーにも診てもらったが、突然の足の停止の理由は「過去の怪我の後遺症によるもの」といわれた。もちろん悠宇もわかっている。「今のあなたの状態では、全力で走れるのは今日の距離・時間が限度でしょう」と断言もされた。

続けてリハビリの必要性を説かれたが、月に二回は施設に通っているし、これでもやっているつもりだった。そもそも聞き込みで歩き回ること自体、かなりのリハビリになっているはずだ。

ふたりに「続ければ回復しますか」と訊いたら、「それは何ともいえません」と返された。今より悪くなるのを遅らせることはできるが、膝と足首の機能が向上・回復する可能性は低いという。以前、十年来のかかりつけ医から聞いた説明と同じだった。

着替えを終え、あらためてシューズとボディースーツに関する守秘義務の説明を受け、誓約書へのサインをしたあと、女性スタッフの案内で同じ地下フロアにあるミーティングルームへ向かった。

海老名はついてこない。

「一緒に行かないのですか？」

悠宇が訊くと、

「あとのことはふたりに任せてあります」

と返した。

ラボの通路の先にある窓のないミーティングルームで大園と権藤は待っていた。

「どうだった？」

いつもの灰色のツナギ姿の権藤が訊いた。

「すごかったです」

悠宇は答えた。

「驚いただろ？」

「はい、特にあのボディースーツの値段に」

ヤニのついた前歯を見せながら権藤が笑う。

悠宇はラウンドテーブルを囲む椅子のひとつに座り、ふたりと向き合った。

「とにかくレース前に実際に体験してもらえてよかったよ。私たちがどれだけ本気で勝機を感じているか、下水流さんにもちょっとはわかってもらえただろうから」

白髪頭に眼鏡の大園の言葉に、悠宇はうなずいた。

「皆さんの期待と自信の裏づけになっているものを、私なりに理解できました」

「体の疲れのほうはどうだい？」

——あ。

権藤の言葉を聞いて、今、気づいた。

「ありません」

悠宇は答えた。

——私、疲れてない。

右足が動かなくなったことばかりに意識が向いて忘れていたが、あれだけ全力で走ったのに消耗感や倦怠《けんたい》感がほとんどなかった。

「体力消費を極力抑えてくれるのも、あのボディースーツの特性なんだよ」

大園がいった。

「体への負荷が小さいってことだ」

権藤が続ける。

「だからあれは普段のトレーニングには向かない。楽に走れるから筋力や持久力もつきにくい。競輪選手が電動サイクルで練習するみたいなもんだ。あのスーツは完全に本番レース専用。鍛えるためじゃなく、勝負で勝つために特化した道具なんだよ」

東京からはじまるWCRは約一年で世界五都市をサーキットし、その五回のレースの獲得賞金額の合計で年間チャンピオンを選出する。だが、過酷なフルマラソンを一年で五回走るのはトップアスリートでも体力的に無理があり、そのためWCRの参加登録選手には、年間三回の出場が最低ノルマとして課せられ、それ以上の参加は任意になっている。

各選手の各レースへのエントリー締め切りはスタートの一ヵ月前。たとえば東京、パリと第一回、第二回のレースで一位を獲得した選手は、第三回のロンドン、第四回のベルリンは欠場し調整に充て、第五回の北京でのレースを万全の体調・態勢で走るという戦略も採れる。逆にサーキット前半のレースで結果が振るわなかった選手は、後半に連続出場しなければチャンピオンになる可能性はなくなる。

ルール上は五回すべてに参加する権利があるが、体力的にそれは事実上不可能。どのレースに参加し、参加しないかを見極めることが重要。タイミングと状況次第で参加登録選手全員にトップでゴールテープを切る可能性がある――

と、約一年前、二〇二二年春にWCRの開催が全世界に向け正式発表された時点ではいわれていた。

しかし、状況は推移する。

近年マラソン界をリードし、世界記録を更新し続けているケニア、エチオピアなどアフリカ諸国出身の選手とその所属チームは、体力的・生理学的な常識と定説を破り、全五回すべてのレースへの出場を表明した。肉体改造とトレーニングを開始し、新規スポンサー獲得のため、トレーニング映像も積極的に公開。一年間で五回のレース出走が単なる理想ではなく、実現可能な範囲にあることを世界にアピールした。二〇二二年十二月の時点で、すでに年五回の出走が可能になったというニュースも一部で伝えられ、WCCR第一回の東京レース開始前から、ヨーロッパ勢、アジア勢の体力的な不利と劣勢が懸念されていた。

だが、このボディースーツで体力の消耗と疲労の蓄積が極限まで抑えられれば、日本人でも三回を超え、一年間で四回、五回のフルマラソン出場が可能になるかもしれない。

嶺川選手がその才能と努力で、大園総監督をはじめとするスタッフがその発想力とチームワークで、スーツの能力をさらに引き出す走法とレースの戦い方を見出せば、日本人がフルマラソンで世界の頂点に立つことも夢ではないかもしれない。

あのスーツはWCCRの戦略を根本的に変えてしまうかもしれない。いや、マラソンだけではない。他のあらゆるスポーツの戦い方を変える可能性を秘めている。

シューズとボディースーツについてさらに説明が続いたあと、大園がこう切り出した。

「それで、副所長とはあれから会ったのかな？」

逮捕された賀喜のことだ。ふたりとも彼女が逮捕・解雇された今も変わらず副所長と呼んでいた。

「一度だけ」

悠宇は答えた。

「元気そうだったかい？」

権藤が訊いた。

賀喜の接見禁止はまだ続いている。そのため、ふたりは彼女に直接会えず、弁護士から間接的に近況を聞かされるだけなのだろう。

「逮捕直後、本当に数十秒顔を合わせただけなので。私からは何とも」

「そうか。で、今後はどうなるのだろうね？」

大園が訊いた。

「すみませんが、何もお答えできません」

「そうだろうね。うん、わかってはいるんだけれどね。訊いてすまないね」

ほんの少し前の和やかさが消え、悠宇を含む三人の表情が硬くなってゆく。

「副所長のこと、嫌いになったかい？」

「嫌いとか好きとかいう感情はありません。ただ、まったく信用はしていません」

悠宇はそう口にしてから、逆に訊いた。

「私たちに用意してくれた部屋から何が出てきたか、お聞きになりましたよね」

ふたりが目を伏せうなずく。

悠宇たち下水流班がこのスポーツ総合研究所と嶺川選手の担当を任された直後、当時まだ副所長だった賀喜は、連日東京から通うのは大変だろうと、研究所内の選手用住居棟の数部屋を宿泊施設として用意してくれた。セキュリティに対する不安があったため使うことはなかったが、賀喜の逮捕直後、鑑識が部屋を捜査すると、懸念していた通り複数の盗聴装置が見つかった。

「申し訳ない」

大園がいった。

「やめてください。おふたりが謝ることではないですから」

「いや、私たちのほうは、やっぱり関係ないことにはできないんだよ。で、そんな私たちが副所長のことをどう思っているか、君にも知ってもらいたくてね。それが今日来てもらった一番の理由だ。本当に、年寄りたちの我儘《わがまま》な感情の押しつけでしかないんだけれどね」

――一番の理由？　どういうこと？

ふたりはこちらを見ている。

悠宇は意味を考えた。けれど、やっぱりわからない。

「今日、お嬢ちゃんの着たボディースーツ。俺たちの一番の切り札はあれだ」

権藤がいった。

――そういうことか。

賀喜はDAINEXが開発したシューズに関する機密を、以前から社外に漏洩させていた。

しかし――

「あのボディースーツについては、副所長は一切何も漏らさなかった。だからって罪が許されるわけじゃないけれどね。でも今日、着て試してもらって、私たちが一番護りたかったものは何か、下水流さんもわかってくれただろう?」

大園が申し訳なさそうに話す。

確かに賀喜がボディースーツに関する機密を漏らした形跡は見つかっていない。

「私たちの身勝手な解釈だけど、副所長は一番大切なものは最後まで護り通したんだ。そんな彼女を私たちは今も仲間だと、同志だと思っている」

「そういうことをさ、警察の他の人間にはどう思われていても構わないが、お嬢ちゃんにだけはわかっていてもらいたくてね」

権藤が椅子の肘掛《ひじか》けを指で叩きながらいった。

「でまあ、この先の話は三人だけの秘密にしてもらいたいんだけれど」

大園があらためて悠宇を真っすぐに見た。

「副所長の公判がはじまれば、犯行の動機になった彼女の恋人・菱木《ひしき》さんの自殺や、それにまつわるＤＡＩＮＥＸを含む日本のスポーツメーカーと官庁の不適切な関係も表沙汰になっていく。世間がどこまで信じるかはわからないが、報道されれば騒ぎになるだろう。いずれ私たちも、証人として出廷を求められることになる」

「そうしたら俺は喜んで副所長側の証人として法廷に立つよ」

「私も立って、真実を話すつもりだ。私が知っているＤＡＩＮＥＸとスポーツ庁をはじめとする官庁との裏取引についても隠さずに」

「でも、そうなりゃ俺たちはもうＤＡＩＮＥＸにはいられないだろう」

「企業を離れ、ただの老人に戻ってしまう私たちには、もし嶺川くんの身に何か起きてもどうすることもできない。今彼が副所長をどう感じているのか、マスコミはつきまとって強引に聞き出そうとするかもしれない。裁判の行方《ゆくえ》しだいでは、彼まで世間に叩かれる可能性もある。そんなときは下水流さん、すまないが嶺川くんをマスコミや世間の目から護ってやってくれないか。こんなことは信用している君にしか頼めない」

「いえ、私は――」

悠宇が先を口にする前に、大園と権藤は深く頭を下げた。

6

澄んだ二月の陽射しが雲間からアスファルトを照らしている。

午後四時、悠宇は総合研究所本館の車寄せからタクシーに乗った。

まず最寄りのJR安房《あわ》鴨川駅に行き、特急と在来線を乗り継いでJR本千葉駅へ向かう。

これから、部下の本庶譲《ゆずる》を使ってMITの極秘捜査情報を盗み取ろうとした連中と話をつける。

ようやく突き止めた。

以前、総合研究所で練習終わりの嶺川選手や大園総監督を待ち伏せし、無理やり聴取をしようとした千葉県警五人組の班長、あの頭の薄い中年男が首謀者だった。

名前は江添《えぞえ》。千葉県警捜査一課所属の主任で階級は巡査部長。

嶺川の聴取を妨害され、江添が「恥をかかされた」と悠宇を逆恨みしていることは間違いない。だが、それが理由で下水流班の部下を狙ったのではなく、本庶に目をつけたのはやはり彼の五歳年上の兄という「弱点」につけ込むためだった。

漏洩工作には江添だけでなく、警視庁本庁の三人、警務部人事二課勤務のA、総務部文書課勤務のB、本庶の本来の所属である捜査一課勤務のC、さらに神奈川県警本部刑事部捜査一課勤務のDが関わっている。

五人は警察庁主催の研修会や広域事件の合同捜査、さらには越境捜査などを通して知り合い、つきあいを深めていったようだ。

江添はまず神奈川県警のDに打診し、地方検事だった本庶の兄が半グレ組織への情報漏洩を疑われ、辞職に追い込まれた件について、これまで表に出ていない証拠や新情報をいくつか提供させた。

このとき入手した複数の情報の信憑性《しんぴょうせい》や価値について、悠宇は詳しく知らない。ただ、乾参事官によればまったくのうそや無根拠なものではなく、少なくとも数点の「本庶にとって価値の高いもの」も含まれていたそうだ。

江添はこの「兄に関する新情報」を取引材料として本庶からMITの情報を引き出すため、次に警視庁本庁のAとBに仲介役を依頼する。そしてふたりの「口利き」により、警視庁本庁捜査一課勤務で本庶の先輩でもあるCの協力を得ることに成功した。

Cは恩や義理にかこつけ本庶を呼び出し、こうした「取引」は新たな情報が得られる上、ある程度のキャリアを積んだ警察官なら誰でもやっていることだと懐柔《かいじゅう》した。

江添、A、B、C、Dの五人は当然、友情や仲間意識で動いていたわけではない。禁止されているはずの機密捜査情報の貸し借りが以前から行われ、その利害のしがらみで結びついていた。

もちろん上長や警察庁の許可なしに、現場の捜査員が他県警と捜査上の極秘情報をやり取りすることは禁止されている。警察の縦割り制度といわれればそれまでだが、被疑者だけでなく犯罪被害者の個人情報を守るためにも妥当な措置だと悠宇は思っている。

だが、警察庁や各県警のキャリア組上層部の知らないところで、こうした情報のやり取りが密かに常態化していたようだ。乾参事官は、警視庁本庁のAを仲介役とする警察内での情報取引のネットワークが作られていたと話した。

人事二課は警視庁管内の警部補以下の人事を主に担当しているため、Aが通常業務で与えられている人事権に加え、こうした不正な捜査情報のやり取りを仕切ることで、実際の階級や役職に縛られない強い影響力を手にしていた可能性も考えられる。

——警察内の裏の情報ネットワークと権力構造。

これに関しては警視庁内でも以前からうわさはあった。悠宇の耳にも届いていたほどなので、かなり広まっていたのだろう。他人の手柄に対して、あれは「別口」で情報を手に入れたから解決できたと、陰口を囁いているのを何度か聞いたこともある。

以前からMITの捜査情報の漏洩を問題視していた印南総括審議官は、関係者の特定と証拠集めをすでにかなりの段階まで進めていた。東京WCCR終了後、この不正なネットワークを徹底的に潰すつもりらしい。

ただ、それは今の悠宇には直接関係のないことだ。

——私がやるべきなのは、部下の本庶を救うこと。

まだ本庶は機密を千葉県警の江添には渡していなかった。データを不正にコピーするような行動も起こしてはいない。今なら彼の経歴に大きな傷をつけることなく、事態を収拾できる。ただ、不正に勧誘されながら、それを上司に一切報告していない点は、今後処罰の対象になるだろう。たとえそれが、機密漏洩の意思などまったくなく、自分ひとりですべてを解決するための沈黙だったとしても。

特急に乗って三十分、いつの間にか空には雲が広がり、雨が降りはじめていた。

窓ガラスにかすかに映る自分の顔に、外を流れてゆく沿線の街並みが重なる。悠宇は携帯も見ず、捜査資料に目を通すこともなく、それをただぼうっと眺めていた。

今はなるべく何も考えないつもりだった。

考えはじめたら、警察官でいることが嫌になってしまいそうだ。

だが、どんな人もうしろ暗い部分を持っているように、どんな組織もどこかに膿《うみ》を抱え込んでいる。問題は化膿している患部を見つけたとき、どう対処するかだ。

乾参事官や印南総括審議官はメスで切り裂き、警察組織が返り血を浴びて汚れ、非難されようとも、それを恐れぬ覚悟で膿をすべて絞り出すつもりだ。

——私は、どうしよう？

正直、まだ少し悩んでいる。

考えないつもりでいたのに、やはり考えずにはいられなかった。

※

傘を手に本千葉駅から五分ほど歩いたところに、千葉県警本部はあった。

受付で入館手続きを済ませ、指示された刑事部のある四階でエレベーターを降りる。

若い警察官に案内されフロアを進んでいる途中、周囲からの視線を感じた。皆、見慣れない部外者を意外そうに眺めていたので、悠宇が何者か知らされていないのだろう。県警本部の醜聞にかかわることなので当然か。ただ、薄らハゲの江添とともに以前総合研究所で会った四人の捜査員の姿が見当たらない。無駄な衝突を避けるため、今は別の場所で待機させられているのかもしれない。

約束の午後六時三十分、応接室のドアをノックすると、中から「どうぞ」と声がした。待っていたのは、江添主任、それに刑事部長と捜査一課長の三人。ソファーを勧められ、渋い顔をした中年男たちの前に悠宇も座った。

「乾参事官は何時ごろお見えに？　待ったほうがいいですよね」

刑事部長がいちおう敬語で訊いてきた。

「いえ、お待ちいただかなくて結構です」

「もうはじめろと？」

「はい。参事官はいらっしゃいませんので」

「は？　どういうこと？」

ワイシャツの袖をまくり、腕組みしていた捜査一課長がいった。

「本日は私ひとりです。このミーティングについては参事官から一任されていますので、問題はないかと」

「警視庁《そっち》の捜査一課の本庶くんってのは？」

「本庶も参りません。彼は乾参事官や私が内偵を進めていたことも、私が今日ここへ来ていることも知りませんので」

「何にも知らないの？　この話し合いがあること自体？」

「はい」

「じゃ、つまり本庶くんにはこの件に関する聞き取りも一切行っていないってこと？」

「はい。さらに本件に関係している神奈川県警所属の一名、警視庁所属の三名にも現段階では直接の聴取を行っていません」

「意味がよくわからんのだけど。誰も何の証言もしていないんだよね？　それじゃ機密漏洩云々ってのは、どこが出所《でどころ》で何をもって裏付けられたの？　まさかちょっと不審な点があるんで、まず千葉県警本部《ウチ》にカマかけてみたなんて、警察庁の参事官まで混じって、そんないい加減なことはしないよね？」

「もちろん裏付けはあります。まず本庶の行動に不審な点が見受けられたので、勤務中を含む日常行動を観察し——」

「身内に尾行をつけたのか」

「はい。電話、SNS、メールなどの通信の内容もすべて確認しました。これがその一部です。本件の核心に触れる部分のやり取りが書かれています」

　悠宇はバッグからいくつかのファイルを出した。

「人数分を用意したので、ご覧になってください。本庶だけでなく、他関係者五名の記録も一部抜粋ですが載せています」

刑事部長と捜査一課長がファイルを手にし、ページをめくりはじめた。

「監察官の真似事ですか」

ここまで黙っていた江添も軽口を叩きつつ手にした。

が、ページを読み進めてゆくにつれ、刑事部長と捜査一課長の表情が曇りはじめた。

江添の顔も険しくなってゆく。

当然だろう。任務用に支給された携帯やパソコンだけではなく、江添の私物の携帯やパソコンでやり取りしたSNS、メール、電話の内容が、発信元の電話番号やアドレスとともに克明《こくめい》に書かれているのだから。

江添だけではない。警視庁のA、B、C、神奈川県警のD、そして本庶。今回の情報漏洩に関わった者たちが、SNSやメールに書いたこと、電話で話したこと、さらに喫茶店で顔を寄せてこそこそ話した内容に至るまで、印南総括審議官の指示ですべてが記録されている。今、千葉県警の三人が見ているのは、その膨大な証拠の中の本当に一部分だけだ。

MIT首脳陣がここまで本気だとは三人とも思っていなかったのだろう。

江添は「昔の過激派捜査じゃねえんだぞ」とつぶやいたあと、下を向いて息を吐き、それからあらためて悠宇を見た。

「あくまで仮の話ですが、ここに書かれていることが本当に通話やメールを抜粋したものだとしたら、盗聴、データ窃盗であり、犯罪ですよね」

江添の口調は強気だ。

「被害届が出されれば、そうなる可能性もありますね」

「誰からも被害届が出されないと思いますか」

「思わせぶりな会話は苦手なので、直接的な言葉で説明させていただきます。今回のMITの指揮を執られている警察庁の方々は、裁判を含む事態に発展することももちろん織り込み済みです。MIT捜査だけでなく今後、警察内のあらゆる不正な情報のやり取りには、たとえそれが被疑者逮捕を目指した善意の行動であっても、厳しく対処すると」

「妥協はないし、容赦《ようしゃ》もしないってことか」

刑事部長がいった。

「はい。ただし印南総括審議官は、機密奪取を画策した五人が考えをあらため、今後決してこのような行動は取らないと誓うなら、今回に限り、処分を譴責《けんせき》程度にとどめるとおっしゃっていました」

「仏の顔を見せているうちに、悔い改めろと。寛大な処置をいただくには、何をすればいいのかな？」

「総括審議官は関係者全員に反省文の提出を求めるそうです」

「私と捜査一課長も？　この年になって書くのか。何年ぶりだ？」

刑事部長が苦笑する。

「で、君はどう決着をつけたい？」

「これ以上本庶を巻き込まず、今後、彼に一切関わらないと約束していただけるなら、それで結構です」

「あいつとデキてんのか？」

江添が独り言のようにいったが、捜査一課長にたしなめられ、すぐにまた口を閉じた。

「ただ、乾参事官と相談し、ひとつ提案を持ってまいりました」

悠宇はUSB端末をバッグから出した。

「何かのデータが入っているの？」

捜査一課長が訊いた。

「少し違います。キーのようなもので、これを挿したパソコンから警察庁の今回のMIT捜査に関するデータバンクにアクセスできるようになります。同時にアクセスしたのが江添さんを含む千葉県警捜査一課の皆さんだと記録もされます。入手できる情報は、私のような現場で実働任務に当たっている捜査員と同じレベルのものです。今でも嶺川蒼選手を恐喝した犯人を本気で特定・逮捕したいと強く考えているなら、アクセスしてください」

「今からMITに入れてくれるっていうんですか」

江添が薄笑いを浮かべた。

「はい。乾参事官指揮下に組み込まれ、捜査指示が出され、東京WCCR当日は警備任務に就くことになります。選抜されたのではなく、自己申告での参加になる分、求められる成果は若干高くなりますが、査定は必ず公平に行うそうです。自信と覚悟があるなら、ぜひ今からでも正式に捜査に加わり、嶺川選手恐喝の首謀者逮捕など目覚ましい成果を上げ、我々ＭＩＴ首脳の人選が間違っていたことを証明してほしいとおっしゃっていました。ただし、能力が基準に達していないと判断した場合は、即刻捜査から外され、江添さんを含む千葉県警の皆さんが、悪い意味での先例となるそうです。なので、中途半端な気持ちでは参加しないようにと」

江添は黙った。考えている。

刑事部長と捜査一課長も、迷惑そうな表情を浮かべ黙り込んだ。

二分ほど過ぎたところで、江添は悠宇を見た。

「挑発に乗るだけの度胸はない、と思ってるんでしょうね」

「いえ、逆です」

悠宇ははじめて江添を真っすぐに見据えた。

「同じ警察官として、市民の安全を守る者として、必ず結果を出すという気概を持って、皆さんにもＭＩＴ捜査に参加していただきたい。そう強く思っています。以前、総合研究所でお会いしたとき、別れ際に『借りは必ず返す』とおっしゃいましたよね。あれは私にではなく、意思半ばで中断しなければならなかった嶺川選手恐喝犯捜査に対する言葉だったと信じています」

本千葉駅のホームで乾参事官への電話報告を済ませると、悠宇は到着した快速に乗り込んだ。東京方面行きの車内に空いている座席はなく、ドア脇にも人が立っていたので、つり革を摑む。

※

午後七時、夜になっても雨は降り続いていた。

走る電車の白く曇った窓に、またぼんやりと自分の顔が映る。

さすがに疲れて見える。総合研究所で嶺川選手と佐内佳穂に会い、ラボでボディースーツとシューズを装着して走ったあと、大園、海老名、権藤と話し、さらに千葉県警まで移動して中年警察官三人と交渉した。自分でも今日は働いたと思う。

結局、江添からMITに参加するかどうかの回答は、あの場では聞けなかった。千葉県警の刑事部長と捜査一課長が、江添の情報漏洩工作をどこまで知り、関わっていたのかも不明なままだ。しかし、構わない。その先を明確にするのは、悠宇ではなく乾参事官の仕事だ。

携帯が震えた。

本庶からの電話だ。

出ずに、〈電車内なので降りたら折り返します〉とメッセージを送った。

すぐにまた携帯が震え、本庶から返信が届いた。

〈本当に申し訳ありませんでした。ありがとうございました〉

乾参事官が千葉県警本部でどんな話し合いがあったのか教えたのだろう。まだ本庶に感謝されるような結果は出ていないが、まあいい。

薄らハゲの江添がとんでもない馬鹿でない限り、この先まだ本庶から情報を引き出そうとつきまとうようなことはしないはずだ。万が一、あの男が度を越した馬鹿だった場合は、印南総括審議官と乾が、今度こそ厳罰をもって対応することになる。

あとは、江添が神奈川県警の人間を使って掘り起こした、本庶の兄に関する「新たな情報」についてだ。

本庶自身は当然知りたいだろう。

彼がその気持ちを抑え、妙な行動を起こさなければ、特に何もいうことはない。だが、もし密かに神奈川県警の連中と接触して情報を入手し、兄のために生かそうなどと考えていたら——かなり面倒なことになる。

少し釘を刺しておくべきか？

本庶からもう一通メールが来た。

〈漏洩疑惑をかけられた兄の名誉を回復するために、誰かが漏洩させた情報を利用する気はありません〉

乾参事官がもう先に注意喚起をしてくれたようだ。本当に周到な人だ。

今は、このメールの言葉が本庶の本心だと信じよう。

ただ――

こんなふうに乾参事官が、周囲の動きをずっと先まで読み取り、素早く行動に移せる人だからこそ、よけいなことを考えてしまう。

印南、乾は、嶺川選手の心を開かせるため悠宇を総合研究所に送り込んだように、情報漏洩に関わっている疑いの強い江添から決定的な証拠を引き出すため、本庶を意図的に下水流班に配属したのではないか？

ＭＩＴに反感と対抗心を抱いている江添のような人間にとって、身内に疑惑を抱えた者がいる本庶は格好の餌《えさ》になる。

本庶を取り込もうと江添が動くことを予測していた？　いや、状況がそう推移する確率はあまりに低い。そんなに上手く――私たちにとっては悪く――事は運ばない。だが、印南も乾も、可能性がほんの数パーセントでもあれば万全の対策を立てて臨む人々だ。

総合研究所の駐車場で、下水流班と江添率いる千葉県警の連中が鉢合わせしたのも、実は偶然ではなく、陰で乾があの印象の悪い「出会い」を演出していたのかもしれない。

空想が過ぎるのはわかっている。

けれど、もし本当にそうなら、あまりにも非情でやり切れない。

ＭＩＴ捜査員の家族の不祥事や不幸までつぶさに調べ、任務に利用しようとするなんて、それじゃ私たちは、ＭＩＴという機構のいちパーツどころか、任務達成のための単なる消耗品じゃないか。

――いや、そんなことない。

疲れていて、無駄なことを考え過ぎているだけだ。

――私の馬鹿みたいな妄想。

走る電車の窓に映る自分を見つめながら、言い聞かせた。


翌日、二月二十五日。

下水流班は主に都内で聞き込みの任務を行ったが、二瓶と板東の本庶に接する態度は、これまでとまったく変わらなかった。

あまりに自然過ぎて、本当は何も知らないんじゃないかと錯覚しそうになったけれど、もちろんそんなことはない。乾参事官から「ふたりにもこれまでのあらましと千葉県警との交渉の経緯を伝えました」と連絡があったし、昨日の夜遅くには、二瓶と板東から、それぞれ〈さすがですね、班長。ハゲいい気味〉〈本千葉まで遠征、おつかれさまでした〉と労《ねぎら》いだか何だかわからないメールが届いた。

二瓶も板東も、それだけプロフェッショナルなのだと納得することにした。

この日、千葉県警本部の江添からＭＩＴ本部のデータベースへのアクセスは確認できなかった。

さらに翌日の二十六日も、その後三日、四日と経過しても、江添からのアクセスはなかった。

7

三月一日　東京WCCRまで三日

悠宇は鍵を開けると、暗い玄関でパンプスを脱いだ。

午後八時三十分。

昨日から母は東京WCCRに向けて混み合う東京を離れ、気の合う友人と九州を旅行している。レース前日からの交通規制で、どこに行くにも渋滞に引っかかるのが許せないらしい。

都内にいてイライラされるより、出かけていてくれたほうが悠宇もありがたかった。ただ、気の合う友人とはどこの誰のことなのか、まったく知らない。

リビングの明かりをつけ、ヒーターと加湿器のスイッチを入れ、ジャケットとコートを脱いだ。「あーっ」と声を出しながら背伸びをして、バスタブに湯を張る。

手洗い、うがいのあと、リビングのソファーに倒れるように横になった。

浮かんでくる捜査のことを、頭を振って吹き飛ばす。

夕食は何にしよう？　レトルトや冷凍食品は太るし、ローファットのクラッカーに低糖のアプリコットジャムでもつけるか。どっちも母のものだけれど（あの人は自分の所有物を勝手に食べられると娘に対しても本気で怒る）、あとで買い足しておけばバレないだろう。

こんなに早く帰れたのは久しぶりだ。ゆっくり湯船に浸かれるかと思うと、それだけでちょっと嬉しくなる。

携帯が鳴った。

間明係長？　乾参事官？

画面の表示を見てすぐにソファーから起き上がった。

嶺川選手から。

『こんばんは。今、よろしいですか？』

「はい、だいじょうぶです」

『明日朝から宿舎に入ってしまうので、その前に連絡させていただきました』

「わざわざありがとうございます」

東京ＷＣＲはマラソン競技であると同時に、公営ギャンブル「ランベット」の対象でもある。競輪、競馬、ボートレースなどの他の国内公営ギャンブルに準ずるかたちで、東京ＷＣＲ出場選手も不正防止のため、レース前々日から運動施設に付属する指定宿舎に入る規則になっている。少数のコーチやトレーナー以外との接触、メールやＳＮＳ

などを通じての外部との通信も禁止。もちろんそこにはドーピング防止の意図も含まれていた。

『佳穂と僕の家族のことをよろしくお願いします』

「承知しました」

嶺川の恋人・佐内佳穂は今も鴨川のスポーツ総合研究所内の選手用住居棟にいて、警察に警護されている。静岡にある嶺川の実家に暮らす祖母、叔母も同様に警護されていた。

会話が途切れる。

頑張ってくださいと一言いって切ればいいのだろうけれど、そんな励ましにもならない安易な言葉はかけたくなかった。

「もう少しだけ話してもいいですか?」

悠宇は訊いた。

『もちろん』

「前に、レースのスタートラインに立ったら、もう怖いも楽しいも頭にないとおっしゃっていましたよね?」

『覚えています。どちらも考えません』

「ゴールの先にあるもののことを考えているって。その先にあるものって何か、教えてほしいんです」

それから一時間、悠宇と嶺川は話し続けた。

※

三月四日

午前九時。

新宿区都庁前にスターターピストルの音が響き、第一回東京ＷＣＣＲははじまった。

五章　SUB《サブ》2

1

『各班行動に移ってください』

右耳につけた骨伝導イヤホンから乾《いぬい》参事官の一斉送信が聞こえた。

パンツスーツの上にコートを着込んだ悠宇《ゆう》も、咽喉《いんこう》マイクを通して自身の部下に指示を送る。

「はじめましょう」

『はい』

すぐに本庶《ほんじょ》、板東《ばんどう》、二瓶《にへい》の声が返ってきた。

下水流《おりづる》班はすでに午前四時から行動を開始しており、悠宇がこのタイミングで発した一言に具体的な意味はない。そう、鼓舞のようなもの。これからはじまる最重要な二時間に向けて、自分を含む班全員の気持ちを引き締め、高めるための合図だ。

三月四日、第一回東京ワールド《World》・チャンピオンズ《Champions》・クラシック《Classic》・レース《Race》、スタート直後。

午前九時一分。

レースのコースは二〇一九年に行われた東京マラソンとほぼ同じ。

都庁前を出発後、靖国通り、外堀通りを進み、日本橋、浅草、門前仲町、銀座、芝、高輪《たかなわ》、日比谷の各地点を通過し、東京駅前でゴールする。この一連のコースの中でもゴール近辺、日比谷や丸の内を警戒する第七ユニットに悠宇たち下水流班は組み込まれていた。

ただ、便宜上組み込まれているだけで、行動に制約はなく、直属の上司である乾の許可さえ得られれば、どんな動きを取ることもできる。

悠宇は左手の携帯に目を遣《や》った。

NHKが地上波と同時配信しているレースの中継動画が映っている。世界ランキング上位の招待選手三十名と国内外の学生を中心とするアマチュア選抜選手十名、計四十名のランナーたちが今はまだ海原を泳ぐ魚群のような大きなひとかたまりとなり、西新宿の高層ビル街を駆け抜けてゆく。

天候は曇り。現在気温五度、風速は北の風六メートル。

嶺川蒼《みねかわあおい》選手は17のゼッケンをつけたランニングとショートパンツの上に、以前、DAINEXスポーツ総合研究所のトラックで見たのと同じ、ボレロのような七分袖の上着と丈の長いトランクスを身につけている。だが、ロシアや北欧出身の数名、そしてアマチュア選抜選手を除き、レースに参加している選手のほとんどが同じようなウェアを着ているため、彼だけが突出して目立つことはなかった。目的は皆同じ、レース開始直後の温まり切っていない体を、この時季の朝の気温と強い北風から保護するためだ。DAINEXの研究成果が漏れたためなのか、それとも各スポーツメーカーが同じような発想で開発を続けた結果なのかはわからない。いずれにせよ、あの奇抜な上着とトランクスの恩恵を受けているのは嶺川選手だけではなかった。それに今のところ、DAINEXのウエアやシューズが飛び抜けた性能を発揮しているようにも感じられない。ただ、集団になって進む選手たちの中で、ランニングとショートパンツの下に膝まで覆う黒いボディースーツを装着しているのは嶺川だけだった。

冷たい風に街路樹が揺れ、観客の髪やコートの裾がなびいているのに反して、どの選手のボレロ型の上着もほとんど揺れていない。DAINEX製のものと同じく、空気抵抗が極力抑えられた設計・縫製がされているのだろう。嶺川選手の上着は日の丸を模した白地に赤の配色。他の選手も青、ライムグリーン、クリムゾンレッドなど色はさまざま。しかしオリンピックと違い、どの選手の上着にも製造したスポーツメーカーのロゴだけでなく、航空会社、出版社、ファストフード、ゲームメーカーなど協賛スポンサーのロゴがびっしりとプリントされている。

『本当に――』

イヤホンを通して板東の声が聞こえてきた。が、すぐに二瓶が遮った。

『Ｆ１に喩えるのはもういいから。板東くんまでやめてよ』

二瓶の声は呆れながらも笑っている。

『でもＳＮＳやネットの書き込みはそればかりですよ』

横から本庶がいった。

「これがマラソン？」「走る広告塔だな」「Ｆ１の車体かよ」など否定的な意見から、「キレイ」「地味なユニフォームより見栄えがいい」という肯定的なものまで、多様な言葉で溢れているという。

戸惑いに近いその気持ちは、悠宇にもわかる。

スタート前から中継映像を確認していたが、見慣れないウエアをつけた選手たちがスタートラインへと歩み出てきた瞬間、群衆から歓声とは違ったどよめきが起こった。以前、嶺川選手の練習をはじめて見学したとき、悠宇たち下水流班の捜査員も同じように感じ、声を漏らしたのを思い出す。東京ＷＣＣＲの映像は、ランニングにショートパンツの選手たちが群れをなして走るこれまでのマラソンの光景とはあまりに違いすぎる。

『英語の書き込みでは、中継に関する文句も多いですね。平等にこだわって泡沫《ほうまつ》選手を紹介する必要はない、もっとトップ選手を映せと』

本庶がさらに報告した。

不穏な書き込みを選別するため、警察庁のレース警備本部が日本語だけでなく各国語のＳＮＳも監視しているが、情報は各捜査員にも送られ、必要に応じてチェックできるようになっていた。

『チャイニーズだともっと辛辣だよ』

中国語での日常会話ができる二瓶がいった。

レースはNHKのライブ映像に、世界七十二の国と地域のテレビ局・ネット局が現地語での実況と解説をつけ配信している。

『ゼッケン1のカイルングと24のルツーリだけでいい。東京でのレースだからって勝ち目のない日本人選手なんか映すなって。それにレースのオッズをテロップで出せってさ』

中国語圏だけでなく、アメリカやヨーロッパのスポーツメディアも、レース前から「王者カイルングvs.新星ルツーリ」の戦いを煽《あお》っていた。日本の政府やマスコミも、東京WCCRを世界的にアピールするため、このふたりのアフリカ大陸出身選手の名前を最大限利用してきた。

実際、このレースに導入された新型スポーツ振興くじ「ランベット」での投票人気――露骨にいうと賭金の額――もふたりが群を抜いている。

クリア・カイルング。

ケニア出身の三十三歳、現在のWA《ワールドアスレティックス》公認フルマラソン世界最速記録・二時間四十四秒の保持者。非公認ながら、すでに一時間五十九分七秒と一時間五十八分二十秒という二回の二時間を切るタイムを出し、今回の東京WCCRでは世界初のフルマラソン一時間台の公認記録が期待されている。

　彼は以前、アメリカに本拠を置くナイキの陸上チームに在籍していたが、八ヵ月前、「Nextep《ネクステップ》」という中国上海の新興スポーツメーカーのチームに電撃移籍。今回のレースには、スイスに本拠を置くNextep陸上チーム所属のプロランナーとして出場している。

　Nextepはこれまでにもアメリカのプロバスケットリーグ NBAのスター選手との契約、シューズの供給で世界的な知名度を伸ばしてきた。アパレル展開にも意欲的で、パリで開催されるファッションウィークにも毎年出展している。最近ではゴルフ、そして陸上やライフスタイル・シューズの分野へも本格的に進出し、「UNLEASHED《アンリーシュド》」（解き放たれたという意味らしい）というシューズ＆ウエアブランドを立ち上げ、アメリカ、ヨーロッパの主要都市、日本の原宿にもフラッグショップを開店した。画面の中のカイルング選手はまさにそのUNLEASHEDのウエア、シューズを身につけている。

カウボ・ルツーリ。

　南アフリカ共和国出身、二十一歳。十七歳のときに世界クロスカントリー選手権大会ジュニアレースに初出場で優勝し、注目を集める。その後トラック競技に進出し、世界陸上五百メートルでも優勝。フルマラソン初参加は二十歳三ヵ月で、いきなり二時間六分台の記録を出す。以降、現在までのわずか十ヵ月の間に、フルマラソンに四回出場し、毎回確実に記録を更新するという強靭な体を持っている。東京ＷＣＣＲ直前のオランダ・ロッテルダムのレースは二時間三分十一秒で走り切った。

彼はフルマラソン初参加の際、フランスに本社のある「Rapide《ラピッド》」というスポーツメーカーの陸上チームと契約した。ただし、Rapide の筆頭株主は中国系投資企業で、中国本土深圳《シェンチェン》の電子機器メーカーと提携し、スマートメディアとスポーツウエアの融合を進めている。

南アフリカ共和国の大学の学生であるルツーリ選手は、現在、フランスの名門パリ第二大学経済学部に留学中。マラソン選手にしてはかなり高い百八十二センチの長身と褐色の肌、瞳、整った顔立ちに知的な雰囲気でヨーロッパ圏ではアイドル的人気も獲得している。

海外メディアの注目は完全にこのふたりに集まっていた。嶺川は注目のひとりではあるが、決して優勝候補ではない。

『NHKの中継じゃ全然触れていませんけど、フランス語の放送では Rapide の陸上チームの監督が文句をいっていると伝えていますよ』

板東がいった。

『フランス語わかるの？』

二瓶が訊いた。

『翻訳ソフト』

と板東が返す。

『で、Rapide の監督曰く、レース五日前に確認したときとコース周辺の外観が変わりすぎているって』

『どういうこと？』

『沿道の風景が違っているってことらしいです。伸びていた街路樹の枝や葉が大きく刈り込まれていたり、目立つ大きな看板が別のものに差し替わっていたり、特徴的な外観のビルが防音シートに包まれて工事中になっていたり』

『それって重要なの？　走っているときに、どこでペースを上げ下げするかの目安にするのかな？』

『みたいですよ。そういう目印が消されたんで、Rapide の監督が心理的妨害だと怒っているそうです。スマートウォッチを介したレース中の情報交換の是非とか、ハイテクウエア競争とかいわれている中で、街並みがどうのこうのなんてちょっとアナクロで微笑ましい気もしますけど。でもフランス語の実況だと、アナウンサーも解説者もその点を批判していますね。東京は姑息《こそく》だって。日本人にも同調する声が多いですよ。スポーツであると同時にギャンブルなので、国内の見方や意見も相当シビアですね』

『海外にも中継されるから、単に街の見栄えをよくしただけじゃない？　本庶くんどう思う？』

『でしょうね。とにかく警備とレース妨害を目的とするテロ防止にせいいっぱいで、日本人選手に有利になるようにコース周辺をレイアウトするなんて余裕は、正直、レース主催者にも大手スポンサーにもないと思います』

るだろうし』

『だよね。もしそんなことすれば、表向きは公正・公明が大好きな警察庁も嫌な顔をす

「この通信、乾参事官にも聞かれているのを忘れないで」

悠宇は苦笑しながらいった。

三人の声が急に聞こえなくなる。

任務中のこうした部下たちの会話——いわば雑談を悠宇は許可している。呑気《のんき》におしゃべりしているようだが、悠宇も含め下水流班全員が、いつレース妨害の実行犯に遭遇するかわからない任務に緊張していた。自分の普段の職務とまったく違うことをしているという苦手意識を、四人ともまだ完全に拭い切れていない。不慣れさから生まれる不安を取り除くには、こんな他愛もない会話が一番だと悠宇も経験上わかっていた。

まだレースのための交通規制もはじまっていない日比谷通りを一本入り、大きなテナントビルの裏に回ってゆく。

通用口の横にある警備員室に悠宇は挨拶した。

「おつかれさまです」

制服姿の壮年男性が笑顔で挨拶を返し、マスターキーを持って出てきた。これからこの警備員とともにテナントビル内を巡回し、安全確認する。

事前に警視庁から所轄警察署経由でビルに連絡を入れ、三日前には悠宇自身も「レース当日はよろしくお願いします」と挨拶に来ている。

日本の警察が得意とする、顔つなぎをしっかりした上での人海戦術。古臭く地味な手法だが、効果は大きい。

まずエレベーターで最上階に上がり、警備員と当たり障りのない世間話をしながら、各フロアを順に見ていった。飲食店が入っている一階以外はオフィスで、土曜の休業日ということもあり人はいない。レース開催当日は、安全確保と防犯上の観点から、「沿道ビル上階からの観戦はなるべく控えて」という警察からの依頼が、このビルでは守られている。

途中、悠宇の手にしている携帯の画面で小さな変化があった。

トップ、第二、第三と選手たちの集団が分かれつつある中で、トップ集団にいた金髪のスイス人選手がコース左側に寄り、うしろに他のランナーがいないのを確認した直後、身につけていたボレロ型の上着とトランクスをぱっと脱ぎ捨てた。

沿道の観客からどよめきが上がる。

それを合図に他の選手も次々と上着を外し、見慣れたゼッケンつきのランニングとショートパンツのスタイルに変わっていった。画面の隅ではレース係員が路上に落ちた選手たちの上着を慌てて回収している。

キャップを被りサングラスをつけた嶺川選手も上着とトランクスを脱ぎ、ランニングとショートパンツの下に着けたボディースーツがはっきりと見えるようになった。

スタート直後から「嶺川のチラ見えしてるあれ、レギンス?」とSNSでわずかに反応があったが、その書き込み数が一気に跳ね上がった。

「タイツ？」「ボディースーツじゃね？」「また秘密兵器かよ」

書き込みはさらに増えてゆく。

序盤の牽制と探り合いの時間が終わり、本格的なレースがはじまった。

2

担当する三番目の建物のチェックを終えたと、二瓶から通信で報告が入った。

彼女や板東だけでなくＭＩＴに参加しているほとんどの捜査員が、今、悠宇と同じように担当のビルや商業施設、駅などを巡回し、安全確認を進めている。

携帯の画面を確認した。

レース開始から十八分と少し。先頭集団はスタートから六・五キロ地点、飯田橋近辺を進んでいる。たった十八分で西新宿から飯田橋か。地下鉄丸ノ内線とＪＲ線を使って、乗り継ぎをどんなに急いだって十五分はかかるのに。

――すごく速い。

あらためて実感する。やはりあの選手たちは選ばれた存在、常人とは違う。

これは世界新記録を出せるペースだと、実況のアナウンサーがＮＨＫらしい控えめな口調ながら何度もくり返している。

『下水流班長、どうでしょうか？』

イヤホンを通して乾参事官が呼びかけてきた。定時報告だ。

「Ｅです」

アルファベットは現在の状況を示す。Ｅは何も問題の起きていない状態。Ｄ、Ｃ、Ｂと危険度が上がっていき、Ａはレース中の選手だけでなく一般人にも危険が及ぶ状態を表す。

『わかりました』

続いて乾から警備本部全体の状況が伝えられた。

『こちらは現状三件です』

逮捕や身柄確保につながる事例がこれまで三件あったという意味だ。ただし三件ともレースの妨害を目的としたテロではない。

『今の内閣を糾弾しようと垂れ幕を用意していた男がひとり。レース中継に乗じて経営する飲食店のＰＲを企んでいた男女が一組。通行止めの警告を無視して、レースコースに侵入しようとしたワゴン車が一台。駐車場までの遠回りを嫌っただけのようですが、車内検査を拒否したため道交法違反の疑いで逮捕しました。いずれも日本人です』

「了解しました」

『引き続きよろしくお願いします。ではまた二十分後に』

通信が切れた。

ため息を吐《つ》いた。だが、それくらいでは気負いは抜けない。緊張は背中や肩にも張りついたままで、むしろレースが進むにつれ、重く大きくなってゆく。このまま何事もなく終わるはずがないと、ＭＩＴの捜査員ほぼ全員が感じているだろう。

ＭＩＴ上層部が外務省を通じてアメリカ、ヨーロッパの各諜報機関に協力を要請し、提供された情報・資料によっても、今日のレースが危険に晒されていることは事実だと裏づけられている。東京ＷＣＣＲの妨害に乗り出している外国企業や国家組織の存在も、それらから依頼を受けたテロリストが都内に潜んでいることも、捜査員たちはもはや疑ってはいない。

今調べてみたら、このレースの「ランベット」での投票券売上額は、暫定《ざんてい》で五百八十億円を超えていた。これはＪＲＡ（日本中央競馬会）の一レースでの歴代馬券売上額の第九位と並ぶ金額だそうだ。

それほどの大金が動き、しかも世界新記録まで飛び出すかもしれない未曾有のレースに対して、どんな謀略が仕組まれていたとしても不思議ではない。成功すれば日本政府や経済界・スポーツ界に莫大な利益をもたらす反面、レース中に事故や事件が発生し、「ランベット」の結果に疑惑や不信を抱かれる結果になれば、日本に甚大な損害とイメージの失墜をもたらすことになるのだから。

今日までの一ヵ月間、警察庁、警視庁及び首都圏の各県警は、外国人犯罪集団の大規模な摘発を進めてきた。人種や国籍差別と騒がれるのを避けるため、マスコミに協力要請し、逮捕に関するニュースの映像や記事は短く伝えられ、ネットでも配信されるものの、大きく取り上げられることはなかった。

勾留されている容疑者の数は首都圏全体で百八十人を超えているが、レース妨害を画策するテロ実行犯につながる明確な情報や証言はいまだ得られていない。

同じように国内の暴力団や半グレ組織の動きも徹底マークしている。

公表していないが日本各地の国際空港での入国管理も厳格化され、二百人以上もの外国人を入国不適格として出発地に送り返している。国際問題化する懸念はあるものの、今のところそうしたニュースは届いていない。悠宇たち現場の人間のあずかり知らないところで、警察官僚たちが情報操作、いや情報管理をしているのだろう。

日本という国の威信と新たな財源が懸かったレースだけに、捜査は徹底している。しかし、レースがはじまった現時点でも、テロ実行役たちの具体的な動きは摑めていない。

ただし、わずかながら手がかりはある。

悠宇は次の担当場所である七階建ての雑居ビルの前に着いた。

一階がカフェで、そこの店員に警察の身分証を見せながら声をかける。オーナーから話は聞いていますとビル全体のマスターキーを渡してくれた。

いつもは店先のスペースにも椅子とテーブルを並べ、オープンカフェにしているようだ。しかし、今日はレース観戦客での混雑を見越して、すべて撤去し、テイクアウト販売だけに切り替えていた。

カフェのバックヤードを確認したあと、二階の食品輸入会社、三階の司法書士事務所と休業日で誰もいないオフィスを確認しながら階を上がり、七階の巡回を終えると鉄のドアを開けて狭い屋上へ出た。

北風はおさまっていた。

朝方は冷え込んでいたが、「風が止むとポカポカ陽気に」という天気予報通り、気温が上がってきた。携帯画面では、漆黒《しっこく》の肌のアフリカ勢がレースの先頭集団を牽引している。給水所でドリンクを手にしてゆくその集団に嶺川選手の姿も交じっていた。

悠宇はコートのポケットに携帯を入れると、高置水槽《こうちすいそう》の梯子《はしご》に右足をかけた。水槽の点検口の蓋は施錠されているか？　内部に不審物が入れられた形跡はないか？　屋上の物陰に爆発物などは隠されていないか？　杓子定規《しゃくしじょうぎ》ではあるけれど、それを確認するのも任務のひとつだ。

登る前、梯子にかけた右足を見つめ、軽く膝を、そしてアキレス腱のあたりを撫でてみた。自分でもなぜそんなことをしたのかよくわからない。

――ちゃんと動いて。

たぶん、そんな気持ちを込めたのだと思う。

――変な感じ。

以前、自分の体に祈ったことが一度だけある。大学二年、右アキレス腱を断裂し、手術とリハビリを経て、九ヵ月ぶりにフェンシングのピスト（試合場）に戻ったときだ。あのとき確かに右足は動いてくれた。その日のトーナメント戦は準優勝だった。優勝を逃してすごく悔しかったけれど、それでも右足が元通りになったと思い嬉しかった。でも四ヵ月後、また右アキレス腱を断裂し、右膝前十字靱帯《みぎひざぜんじゅうじじんたい》も損傷した。それから悠宇は二度とピストに戻ることはなく、祈ることもなくなった。

――今さら何やってるんだろ。

と感じながらも、今日だけはまともに動いてほしいと本気で願っている。もしもの状況に遭遇したとき、この思うように動かない右足のせいで容疑者を取り逃したくはない。今日のレースをぶち壊されたくない。

嶺川選手のためでも、警察官としての義務でもなく、自分のために。

――私は私の戦いをやり遂げたい。

おおげさだけれどそう感じている。

旧式の水槽に登り、点検口に鍵がかかっているのを確認した。眼下にはレースコースに組み込まれている日比谷通りが見える。レース展開に合わせ、少しずつ交通規制がはじまっている。曇り空が裂け、周りを高いビルに囲まれた七階建ての屋上も明るい陽射しで照らされてゆく。

八日前の二月二十四日。

悠宇はＤＡＩＮＥＸスポーツ総合研究所に行き、今、レース中の嶺川選手とほぼ同じウエアとシューズ一式を身につけ、ランニングマシンで走った。

そしてDAINEXが新たに開発したボディースーツとシューズの革新性を体感した。特にボディースーツの生地が伸縮し、まるでうしろから押すように人を走らせてくれる力には感動さえ覚えた。

実はあのあと、今日までの間にさらに二回試走に行っている。

〈あのボディースーツがどんなものなのか本当に理解したいのなら、あと数回は走ってもらいたいな〉

二月二十四日の別れ際、大園《おおその》総監督が笑顔でいったその一言が気になったからだ。開発した製品の素晴らしさをさらに感じ取ってもらいたいのかと思ったが、やはり違った。大園、海老名《えびな》、権藤《ごんどう》の三人が意図していたのは、その逆のことだと、鴨川まで行き、ポンコツの膝で三回走ってみてわかった。

あのボディースーツは身につけた誰もが簡単に高速で走れるような、無から有を生み出す魔法の道具《ギア》でないことを教えたかったのだ。

あのウエアをつけて走った直後は、疲労感や倦怠感がほとんどなかった。だがその夜、そして翌日、自分の体が重いことに気づいた。走ることに直接関係しているような腿やふくらはぎだけではなく、背中、腰、臀部、腹など全身が筋肉痛になっていた。

考えてみればあたり前のことなのに、「走らせてくれる力」や自分の速さにばかり気を取られ、その場ではまったく気づけずにいた。

速く走るには原資になるエネルギーが必要になる。

自動車は高速で走るほどガソリンやバッテリー内の電気の消費も早く大きくなる。家のキッチンにあるガスレンジも強火で使い続ければ、相応のガス代を支払う必要があるし、オーブンレンジも高い温度で使えばよけい電気代がかかる。

それと同じだ。

あのボディースーツは、人間の体中に散在している筋力を最も効率よく走る力に変換するための道具だ。体への負荷は小さいといっても、ゼロになるわけではない。まして素人が調子に乗って普段より速く走ろうとすれば、当然負荷は大きくなる。

日常的に運動していない人があのボディースーツを身につけても、ほんの一瞬速く走れるようになるだけで、すぐに体力が尽きてしまう。一般人ではあのスーツを着て四百メートルトラック一周だって、高速で走り切ることはできないだろう。

二瓶にまた苦笑されそうだが、やはりＦ１を思い浮かべてしまった。一般人がＦ１マシンを運転しても、コース半周すらまともに走れない。アメリカのメジャーリーグ選手のバットもそうらしい。最高級の木で作られ飛距離も段違いだけれど、一般人が硬球を打つと、すぐに芯を外し、バットを折ってしまう。

あのボディースーツを普通の人が使ってもただの高価なおもちゃになってしまうだろう。真の性能を引き出せるのは、才能を持ち、それを磨く努力を怠らない選ばれたプロだけ。

そう、嶺川選手のような。

彼は今、世界の頂点にいる精鋭ランナーたちとともに走り、戦っている。

3

ビル一階に戻り、カフェの店員にキーを返し、確認証にサインをもらって店を出た。

またレースに関するSNSの書き込みが騒がしくなっている。

十日前、将来的な自国での開催を条件にWCCRへの出資額の引き上げを表明したサウジアラビアの王子が、新たに何か発言したらしい。

ネットで調べてみると、来年、自国の首都リヤドでWCCRが開かれるなら、そのレースの一位賞金は通常の一五〇〇万ドルから倍の三〇〇〇万ドルにすると、自分のSNSアカウントに書き込んでいた。

それだと年間獲得賞金ランキング一位の選手に支払われるボーナス三〇〇〇万ドルの価値が薄れてしまう――という書き込みに対しては、こう返している。

〈ボーナス額も倍の六〇〇〇万ドルにする。サッカーやNFL（プロアメリカンフットボール・リーグ）のスター選手が五〇〇〇万ドル以上の年収を得ているのだから当然だろう〉

レースの進行中に発信するなんて、やはり王子はやり手の商売人だと思った。

また、賭博行為禁止のイスラム教国らしく、リヤドでレースが開催される際は優勝選手予想のチケットはサウジアラビア国内では販売せず、スイスの企業を窓口として海外向けにだけ発売する計画も進んでいるそうだ。

第一回のレースがゴールもしていないのに、いろいろなところで大金が絡んだ思惑がうごめいている。

悠宇たち日本のいち警察官にとっても関係のない話ではない。その思惑の延長線上で、今日のレース妨害テロも画策されているのだから。規模はとてつもなく大きいものの、この案件も実態はよくある金と利権の奪い合いだと、今では感じるようになった。

携帯画面ではレースの先頭集団が浅草雷門前を通過していた。直後に右に曲がり、蔵《くら》前《まえ》方面へと進んでゆく。スタートから十五キロ地点の通過タイムが、速報値で四十分七秒だと画面に表示された。

『世界記録更新ペースです』

落ち着いていたアナウンサーの声が熱を帯びてくる。

そこで画面が暗転した——直後、大きなCの文字が浮かび、携帯が震え出す。

警察支給の携帯にだけ組み込まれているアプリが起動し、中程度の危険事態が発生したことを伝えている。

『下水流班長』

イヤホンに乾参事官からの通信が入った。

『27番からサインです』

ゼッケン27、レースの先頭集団にいるエチオピア人選手が妨害を受けたと合図を出した。悠宇が嶺川選手との間に、作為的な妨害を感じたときに伝えるブロックサインを取り決めたように、MITは他の招待選手にも簡単なサインの提示を依頼した。選手の中にも妨害工作に加担している人間がいる可能性を考慮した上での、上層部の決定だった。

『光かレーザーによる妨害のようです』

「私たちも現場に向かいますか?」

悠宇は訊いた。この交信は部下の本庶、板東、二瓶にも聞こえている。

『いえ、現状任務を優先してください。蔵前担当班に状況を確認させ、コース先の両国、清澄白河《きよすみしらかわ》担当班には警戒レベルを上げさせます』

平凡だが妥当な判断。まずは相手の出方を見なければ。疑うようで嫌だが、ゼッケン27の選手が、テロ実行犯側と通じている可能性もゼロではない。

だが、乾との交信に別の声が割り込んできた。

『板東です。駅員から不審物発見の連絡がありました』

彼は今、地下鉄日比谷駅構内にいて、日比谷線と千代田線のホーム及び周辺通路を巡回している。

『千代田線、日比谷交差点方面改札側、A10出入口付近のATM横に、十五分前にはなかった白い紙袋が放置してあるそうです。中を確認せず離れ、通行人を近づけないよう駅員に指示しました。俺も今向かっています。ただ、A14出入口付近の券売機カウンターの隅にも同様の紙袋を発見したと、別の駅員からも連絡がありました。そちらには制服警官を向かわせています』

「私もA10に向かいます。二瓶さん、A14のほうをお願いします」

悠宇は応えた。

『わかりました』

二瓶が即座に返してくる。

『爆発物対策係に連絡を入れました。すでに処理班が向かっていますが、NBCも追加で向かわせます』

乾がいった。

NBCとは核・生物・化学兵器を使用したテロのことで、それらに対応する専門部隊が警視庁にも設置されている。

「本庶くんは現在地をそのまま動かないでください」

悠宇は念のため伝えた。

『わかっています』

本庶が答える。

彼は巡回には加わらず、警視庁の間明《まぎら》係長が伝えてきた情報に沿って、ある生花店を監視中だった。

本庶は本来、メールや電話、文書による企業などへの恐喝・脅迫犯罪を取り締まる、警視庁捜査一課第一特殊犯捜査二係所属で、下水流班の中では最も張り込みや尾行任務に精通している。

悠宇は日比谷通りを早足で進んだ。これくらいなら、膝も足首もだいじょうぶだ。痛みはなく、負担も感じない。

さらにイヤホンから他の場所でも不審物が発見されたとの報告が入ってきた。場所はレースのコースに近い都営浅草線泉岳寺《せんがくじ》駅の構内。そして国道十五号線沿いにあるコンビニ店の前。発見されたのはいずれも白い紙袋。

——同時に仕掛けてきた。

走行中の選手への妨害に加えて、これから選手たちが走るコース付近計四ヵ所への不審物の設置。このタイミングで見つかったのは偶然とは思えない。

ただ、いずれも陽動だろう。

携帯の画面では、妨害をジェスチャーで訴えた27番の選手がレースをリタイアすることなく走り続けている。妨害は一時的なものだったようだ。不審物が置かれた場所も、選手たちが現在走行している場所からは離れており、先頭集団の通過予定までまだ四十分以上の余裕がある。

警察の現場到着までの時間と、その後の対応を観測するためだ。本気で妨害するなら、より直接的な行動に出ている。

テロ計画者たちの目的は、ＷＣＣＲサーキット自体の中止や妨害ではない。東京でレースを行うことへの不安や不満を煽り、「ランベット」という日本政府が主催するギャンブルへの不信感を募らせること。さらには、ＤＡＩＮＥＸを含むいくつかのスポーツメーカーの製品を身につけた選手を下位に沈めることにある。

もし爆破や薬物による被害で一般人にまで死傷者が出てしまったら、東京に続くパリ、ロンドンのレースまでもが延期や中止になりかねない。

やはり狙うとすれば、個々の選手だろう。

ただし、選手たちは時速二十キロ以上でコースを駆け抜けてゆく。一瞬で走り去る「標的」に何かを命中させ、レース続行不能にするのは一般人ではほぼ不可能。銃にせよ、弓にせよ、スリングショットのようなものにせよ、実行犯は何らかの訓練を積んだ、技術を持つ人間だろう。

道具を使わず、コース脇から走行中の選手の前に飛び出す可能性もあるが、確率は低い。露骨な妨害が世界中に映像中継されることは、テロの依頼者も好まないはずだ。容疑者が拘束されれば背後関係を調査される。日本の警察が追及に弱腰だったとしても、今後開催予定のパリ、ロンドンの公安関係者はそんな手ぬるいことで許しはしない。

それでも万が一捨て身でコースに飛び出そうとしたら、すぐに拘束される。沿道には国賓《こくひん》が来日したときと同じ規模の制服警官が配置されている。さらに観衆の中にも多数の私服捜査員が混じっている。スタート地点の新宿都庁付近や靖国通りなど、選手たちがすでに通過したコース上の地点では、交通規制が解かれるとともに警備も解除され、即座にバスで人員を次の警備地点にピストン輸送している。先頭集団の移動に合わせて、常にコース周囲を五百人規模で警備していることになる。

その状況をかい潜《くぐ》り、妨害工作をするのだから、少なくとも相手はセミプロ以上ということだ。

ただ、一介の警察官がこんなことを考えているなんて気恥ずかしくもなる。内閣情報調査室職員や外務省国際情報統括官室の専門分析員のようなつもりになって、何を一丁前に分析しているんだろう。

そして怖くもなる。

普段、窃盗犯の捜査しかしていない警察官が、もしかしたら本物のプロと対峙《たいじ》することになるのだから。

※

日比谷公園内にある地下鉄A10出入口の階段前には、規制線ではなく「工事中立ち入り禁止」「漏水注意」の紙が貼られたカラーコーンが並んでいた。

横には制服を着た壮年の民間警備員が立っている。

悠宇は首にタグ付きの警備従事者証をかけ、警察の身分証も提示した。

警備員と互いに会釈し、A10出入口の階段を下りてゆく。その悠宇のすぐうしろで、中年の女性ふたりが警備員に声をかけた。

「入れないの？」

「はい、申し訳ありません」

「マラソンのせい？」

「いえ、天井からの漏水です。かなりの量で、お客様が通られると濡れてしまわれる恐れがありますので」

「あの人はどうして入れるの？」

中年女性にうしろから指をさされ、悠宇は階段の途中で振り返った。

「工事関係者です。ご迷惑をおかけして申し訳ありません」

階段の上から見下ろしている女性たちに頭を下げる。

「別の入口をご案内させていただきます」

すかさず警備員が地図を出し、説明をはじめた。

あの人、元警察官だ。一般人への対応に慣れている。こういう場合に備え、規制や誘導に長《た》けた元警察官の警備員を配置しておくよう、事前に警備会社や東京メトロ側に要請していたのだろう。所轄警察に較べ、細部への指示にもＭＩＴは抜かりがない。

ただ、本当に水が垂れてくる。漏れているというのは事実のようだ。

悠宇は髪に落ちた滴《しずく》を手で拭った。

不審な紙袋の置かれているATMの周辺にも、漏水注意の紙が貼られたカラーコーンが遠巻きに並べられ、天井からぼたぼた水が垂れていた。

「許可をもらって水を吹きつけたんです」

板東がいった。

こちらは偽装で、漏水を演出するため、人の流れの隙を縫って駅員とともにホースで天井に水をかけたそうだ。

この周辺はオフィス街で、土日・祝日は地下通路の通行人も少ない。レースの観戦者もすでに大半が沿道に陣取っていて、改札を通る人数もごくわずかだった。

あちこちの天井からまだ水滴が落ちている。強引なやり方だが、「危険です」と声を張り上げるより有効だ。騒ぐほど人は寄ってくるし、事件性があると知られれば、沿道でカメラを構えているマスコミを呼び寄せることにもなる。

すでに近くの日比谷公園前交番に詰めている制服警官や爆発物処理班、NBCテロ対応専門部隊の数名も到着していた。

白い紙袋が爆発物や危険物である可能性は低いという。携行式の簡易透過装置（そういう便利なものがあるそうだ）での解析によると、中に入っているのは菓子や食品の空箱と、クォーツ式のデジタル腕時計がひとつ。爆薬や雷管、遠隔装置のようなものは確認できなかった。

これから回収して、さらに詳しく鑑定する。

「二瓶さん、そちらは？」

悠宇はマイクを通して呼びかけた。

『こっちもほぼ同じです』

少し離れたＡ14出入口付近にいる二瓶が答えた。

『処理班によると、紙袋に入っているのは小型の電卓がひとつと空き缶類。爆発性、引火性のものは確認できていませんが、これから詳しく調べるそうです』

「ありがとうございます。周辺に人は？」

『いません。ときどき通りすがりの人がちらっと見ていく程度です。同じ手を使わせてもらったんで』

「天井に水をかけたんですか？」

『はい。まずかったですか？』

「いえ、的確な判断です」

『よかった』

二瓶がいった。

近くで悠宇の声を聞いていた板東も、少しだけ口元を緩めうなずいた。

ふたりはやはり優秀だ。間明係長に似てとぼけた雰囲気なのに、緊急時は的確な状況判断を下す。

そう思うと、少し残念にも感じる。

どんな結果になろうと、このレースが終わり、報告書をまとめて提出したら下水流班は解散する。板東も、二瓶も、本庶も本来の持ち場に帰ってゆく。悠宇も警視庁捜査三課七係に戻り、また都内で発生した窃盗事件の容疑者を追いかける日々がはじまる。

この三人ともう少し一緒に働いていたい。そんな欲がわずかに芽生えていた。

だが、今はそんなことを考えている場合じゃない。

「乾参事官」

悠宇はまたマイクに呼びかけた。

『聞いています。そちらの状況はわかりました』

乾が返す。

「ここは処理班に任せ、下水流、二瓶、板東の三名は本来の任務に戻ってよろしいでしょうか」

『結構です。それから蔵前のコース上で、ゼッケン27番の選手の走行妨害をした装置を発見、押収しました』

「は？　不審者ではなく装置ですか？」

悠宇は思わず漏らした。

『はい。タイマー式のものです』

――妨害した人物を取り押さえたんじゃないのか。

また容疑者の確保には至らなかった。

乾から画像が送られてくる。

場所はオフィスのようだ。フロアの一角のデスクが片づけられ、ブラインドが下りた窓辺に向けて四つの三脚が並んでいる。三脚にはそれぞれ十本ずつペン型レーザーポインターが設置され、ポインターの照射先は、ブラインドの隙間から窓の外に向けられていた。

『レースの先頭集団が路上を通過する五分前にタイマーをセットし、ポインターの電源を入れたようです』

乾がいった。

仕掛けは単純だが、使われている機器は精緻《せいち》なものだ。画像を見る限り、オフィスの入っているビルはコース沿道には建っていない。窓前の左右に別のビルが建ち、コースとなっている国道六号線、通称江戸通りの路上はわずかに見える程度。ネットで地図を確認したが間違いない。該当ビルからコースの路上まで、直線距離で三百メートル近くある。

そんな遠くから路上を一瞬で駆け抜けてゆく選手の目を、レーザーポインターの光は狙い、捉えた。

もうひとつわかったことがある。

ポインターの光はコースを走る選手に向けられたものに間違いないが、27番の選手だけをピンポイントに狙ったものではない。そこまで厳密に照準を絞れてはいなかったはずだ。

そう、選手なら誰でもよかった。

実行犯のスポンサーが擁するスポーツメーカーの契約選手に光が命中しても、ほんの一瞬なので、それほどレースに影響は出ない。いや逆に、特定のチームの選手にはスポンサーを通して、「この区間を通過するときは、コース上のこの位置を避けろ」と事前に知らせていたのかもしれない。

詳しい分析は乾参事官やMIT上層部の方々に任せよう。

それよりも、あんな短時間でレーザーポインターの設置場所を割り出せるなんて、MITの分析官もすごい。27番の選手が照射を受けた瞬間のビデオ画像を分析したのだろう。

「ビルの位置を特定したのはどなたですか」

訊いてみる。

『専門家の方です。詳しく知りたいなら、レース後にお伝えします』

と乾は返した。

少し前、板東が仕入れてきたうわさを思い出す。

〈遠方からの弾丸やレーザーによるテロ攻撃者の位置を特定するために、MIT上層部は、自衛隊だけでなく在日米軍の弾道分析官にもレース当日の協力要請をした〉

そこまでするかと冗談半分に聞いていたけれど、事実のようだ。

『では引き続き警戒をお願いします』

乾の声に、悠宇、板東、二瓶は揃って「はい」と返事をした。


板東と別れ、地下鉄構内から地上に出る階段の途中でレースの状況を確認した。

先頭集団はすでに二十一キロの中間地点を通過していた。通過タイムは五十八分〇六秒、一時間を切っている。

ゼッケン1、優勝候補のクリア・カイルング選手は、先頭集団の中にいて現在五位。同じく優勝候補のゼッケン24、カウボ・ルツーリ選手は七位。

それぞれのオッズもすでに発表になっていた。

カイルング選手の一位単勝は三・二倍、ルツーリ選手は五・四倍。カイルング、ルツーリの連勝複式は七・三倍。それが高いのか低いのか、悠宇にはよくわからない。というか、任務に関係ないし興味がなかった。

ただ、悠宇もゼッケン17の投票券だけは買っている。

その17番・嶺川選手は現在先頭集団からわずかに遅れて十二位につけている。

画面ではレース先頭を走る選手が二十五キロ地点を通過した。通過タイムは一時間九分三十秒。二十四キロから二十五キロまでの一キロラップは二分五十秒。

驚異的な速さらしい。

『人類がいまだ経験したことのないタイム、速さで選手たちは走り続けています』

実況アナウンサーはもはや興奮を隠さず話している。

SNSの書き込みにも、「サブ2」や「SUB2」の文字が無数に登場していた。

「Sub Two Hour」の略で、フルマラソンを二時間未満で完走することを指す。未満なので一時間五十九分五十九秒までが範囲となり、このタイムを世界陸連の公認レースで達成した者は、現時点でひとりもいない。

四十二・一九五キロメートルのマラソンレースを公式に一時間台で走り切ることは、すべてのランナーにとって未到の領域だった(周回コースや高低差がわずかな特設コースでカイルングが二度記録しているが、どちらも非公認)。

だが今日、この東京WCCRでサブ2の領域に踏み込む選手が、人類史上はじめて誕生する可能性が高いという。

悠宇は地上への階段を上ってゆく。

出口の先、空の雲はもう消え、青く晴れている。春をかすかに感じさせるまぶしい光が階段の奥まで射し込んできた。

4

地上に出たところで、乾から残り二件、泉岳寺駅とコンビニに置かれていた不審な紙袋に関する続報が届いた。

『どちらも爆発や薬品拡散の危険はないそうです。泉岳寺駅構内の紙袋に入っていたのはそちらと同じ、クォーツ時計と菓子の空箱。ただし、国道十五号線沿いにあるコンビニ店前の袋には、それらに加え、使い捨てのガス注入式ターボライター二個、電池、ビニール線が入っていました』

一見愉快犯のようだが違う。

挑発しているふりをして、こちらの対応をここでも測っている。

警察が綿密に警備計画を立て、それに沿って行動しているように、テロ犯側も計画に沿って行動を進めている。しかも統制がとれている。

悠宇が日常追っている窃盗犯とはやはり違う。外国人であれ日本人であれ、窃盗グループは精緻に計画を立てているようでも、やはり犯行の細部に粗《あら》さや雑さがあり、結束も決して固くない。

やりにくい相手だ――あ、いけない。

また湧いてきそうになった苦手意識を、首を軽く振って捨て去った。

――直さなければ。

楽観視や気の緩みを心配するあまり、逆に自分に不利な要素ばかりを過剰に考え、集め、並べて、自分を無駄に追い込んでしまう。

――私にはそんな癖があるそうだ。

三月一日の夜、嶺川選手との電話の途中で、彼が教えてくれた。

日比谷通りの交通規制がはじまり、上下八車線の路上から自動車やバイクが消えた。制服警官が路肩に並び、人の柵を作ってゆく。

もうすぐレースの先頭集団がここを通過する。

歩道の先に警備が一段と厳重な一角があった。停車したバンの後方ドアから担当者が警官に囲まれながら下ろしたのは、「関係者以外開封厳禁」のテープが貼られたいくつものクーラーボックスだった。選手たちのスペシャルドリンクが入っているのだろう。

このまま日比谷通り沿いを進み、一瞬でも嶺川選手の走る姿を見るか？

考えたが、やはりやめた。

任務中で声援を送ることもできないし、彼は彼の戦いをしている。

――私も私の戦いに集中しよう。

右に曲がって裏道へ。

それでもやはり、三月一日の夜の、彼との会話が頭に浮かんでくる――

レース前最後の電話で、悠宇はずっと気になっていた質問をした。

嶺川選手はレースのスタートラインに立ったら、もう怖さも楽しさも頭にはなく、ゴールの先にあるもののことだけを考えているといった。

その「先にあるもの」とは何なのか？

捜査上の理由があって質問したわけではない。彼が何を目指し、求めて走っているのか、ただ知りたかった。

『ものではなく、光景のようなものです』

嶺川選手は少し照れたような声で返したあと、こう訊いた。

『アキレウスのことを話してもだいじょうぶですか？』

ギリシャ神話に登場する人間の父と神の母を持つ英雄で、ラテン語ではアキレス。ホメーロスの叙事詩「イーリアス」の中では、俊足のアキレウスと呼ばれ、足の速さだけでなく、戦場では無類の強さを誇った。

生まれた直後、母親はアキレウスを不死身にするため冥界《めいかい》の川に全身を浸したが、赤ん坊の両足のかかとを指先で持っていたため、そこだけは不死身にならず、後年、アキレウスは戦場でかかとの腱を射られ命を落とすことになる。この挿話からアキレス腱の呼び名が生まれた。

そのアキレス腱を断裂したことが一因となりフェンシングができなくなった悠宇を、嶺川は気遣ってくれた。

「だいじょうぶです。続きを教えてください」

悠宇は自宅のソファーで膝を抱えながら、携帯に答えた。

『マラソンやトラック長距離のトップランナーの中に、そのアキレウスの背中を見たという人がいるんです。レース終盤、苦しみながらも競っていた選手を振り切り、自分がトップに立った。あとは残る力を振り絞り後続を引き離すだけ。でも、ゴールテープまで自分の前には誰も走っていないはずなのに、誰かの背中が見える。その背中は信じられないような速さで進んでゆくけれど、決して自分を置き去りにはせず、まるで導くように走っている』

悠宇は黙って聞いていた。彼も相槌を求めず話し続けた。

『いわゆるゾーンに入ったときに見える幻影なのかもしれません。だけど、何人もが共通して同じ姿を見たといっている。そして共通して、背中を追い続けるように走り、気づくとゴールテープを切っていたと話している。その瞬間、アキレウスの背中も消えたそうです。東京WCRで一緒に走るクリア・カイルングも、一昨年話したとき一度だけ見たことがあると教えてくれました。そしてもう一度、あの背中を見たいと。僕は一度も見たことがありません。でも、見たいんです。きっと人を超えた神の領域に近い走りをした人間の前にだけ、その姿は現れるのだと思います。勝つことも、一位になることも大切だけれど、それ以上に誰よりも速く走り、僕もアキレウスの背中を見たい、近づきたい。何よりもそう考えているんです——オカルトめいた話ですみません』

「いえ、素敵な話でした」

電話はそれで終わらなかった。

嶺川も訊きたいことがあるといった。

『大学を卒業されて警察学校に入学するとき、名字を澤智《さわち》から下水流に変えられましたよね』

「ええ」

『その理由を訊いてもいいですか』

軽く息が詰まる。

彼は続ける。

『ご存じだと思いますが、僕は実の父の顔を覚えていません。忘れたのではなく、たぶん意図的に記憶から消したのだと思います。一方で、実の母とも疎遠です。会いたいと思わないし、もうあの人が自分の母であるという意識もほとんどありません。両親とは何者か知らない僕に、父と母の間で揺れる気持ちとはどんなものか、失礼とはわかりつつも教えてほしいんです』

胸の奥の疼《うず》くような痛いような場所に、指先で軽く触れられたように感じた。

嬉しくはない。でも、嫌だというのとも違う。

ちょっと考え、自分でも感情を摑み切れないまま「はい」と返事をした。

あんな話を彼から聞いたあとだけに、自分も話さないわけにはいかない。

――いや、それは言い訳かな。

私も話したかったのかもしれない。

「父は母と結婚して旧姓から母方の姓の澤智になりました。でも、二十数年後にふたりが離婚したとき、父だけが旧姓の下水流に戻るのが可哀想な気がしたんです。父だけが澤智じゃなくなる。それと同時に私たち家族もあの人から離れて、消えてしまうような気がして。だから、私はまだ家族で、あなたの娘ですという気持ちを込めて、それを言葉にする代わりに父と同じ名字に変えた――と思っていました。でも、そう思い込もうとしていただけなのかもしれません。深く理由を考えるのが怖くて、避けていたのかも」

嶺川も黙って聞いている。悠宇は話し続けた。

「名字を変え、警察官になった理由を深く考えてしまうと、フェンシングができなくなったことを、自分がどれだけ悲しんで苦しんでいるのかを、あらためて思い出してしまうから。本当は、下水流になったのも、警察官になったのも、自分を変えたかったから――ただそれだけだった気がします。下水流になって警察官になれば、フェンシングができなくなった悔しさをずっと引きずって苦しんでいる自分を、その苦しさを他人に知られないように平静を装っている馬鹿な自分を、変えられるように感じた。そう、すごく苦しくて、月並みですけど、私はたぶん、新しい自分になりたかった。でも、そんなありきたりなやり方でしか、過去を忘れられない自分に気づくのが嫌で、考えるのを避けていたのだと思います」

悠宇は淡々と、でも一気に話した。

言葉が口からこぼれ落ちていくようだった。

「なのに嶺川さんと話したことで、嫌でも考えなければいけない気持ちにさせられてしまいました。しかもこうして他人に、嶺川さんにその思いをペラペラ話してしまった」

少し無音が続いたあと、嶺川は受話口を通してこう訊いた。

『話をさせたことを謝ったほうがいいですか、それとも、話してくれたことに感謝したほうがいいですか』

「どちらも必要ありません」

悠宇は返した。

「恥ずかしかったけれど、すっきりしたので」

声が上ずり、顔や首筋がほんのり熱い。

『だったら、よかったです』

「いいのかな？　『話してすっきりした』なんて誰でもいいそうなベタなことを口にしても気にならないというか、今夜だけ羞恥心《しゅうちしん》が壊れてしまったみたいです」

『それはお互い様。自分がなぜ走るのか、自分は何を求めているのか、こんなに何も包み隠さず人に話したのは僕もはじめてです。しかも、調子に乗って下水流さんの御両親に関することまで訊いてしまった』

悠宇の顔が、体がさらに熱くなる。

――でも、今の気分、悪くない。

『ただ、やっぱり照れ臭いですね。僕も黙っていますから、できれば今日話したことは誰にもいわないでください』

「もちろん」

他人にとってはどうでもいい、下らないことを、互いに打ち明けあった夜。

あの夜から、嶺川選手は私にとって大切な友人になった――

※

レースで通行規制がされている晴海《はるみ》通りの横断歩道を、悠宇は警察の身分証を見せながら渡ってゆく。

ザ・ペニンシュラ東京の裏手、丸の内仲通りに入った。

北から南へ、途中アスファルトから石畳へと姿を変えながら東京駅丸の内駅前広場まで延びるこの道が、レース終盤、最大の舞台となる。

そしてテロを企む連中との勝負の場にもなるだろう。この先の沿道に、今、本庶の監視している生花店がある。

歩道にはすでに観客が並び、それを整理する制服警官の姿も見える。

悠宇はまた携帯のレース中継画面に目を遣った。先頭集団はスタートから三十キロ地点の銀座を通過。通過タイムは速報値で一時間二十三分〇六秒。世界記録更新のペースを維持したまま進んでいた。実況アナウンサーだけでなく、解説者や、ゲストで来ているどこかの大学の駅伝部監督も「サブ2」「二時間を切るタイムでのゴール」とくり返し語っている。三人の声は揃って興奮していた。

嶺川選手は現在十位。だが、中継のカメラは集団の先頭を走る二人、ゼッケン1のカイルング選手、ゼッケン24のルツーリ選手を映し、さらに二人の足下、カイルング選手の履くUNLEASHEDのシューズ、ルツーリ選手の履くRapideのシューズを映し出した。

『異論はあるでしょうが、これからのマラソンはシューズの性能、そして選手とシューズのマッチングが、戦いをより左右する。この流れはもう変えられない』

ゲストの駅伝部監督の男性がいった。

『加えてコーチとの連携の重要性ですね。選手個人だけでなくチームとしてレースに挑み、戦う。その方向に流れてゆくことを今日のレースは証明していると思います』

女性解説者もそう話し、各選手が腕につけたスマートウォッチを介してコーチ陣からアドバイスを受けながら走っていることを説明した。

画面がレースの先頭集団から、ゴールのある東京駅前に並んだテントに切り替わる。

各テントに出場選手の所属するチームの監督、スタッフたちが詰め、何台もの中継モニターや機器を見ながら、スマートウォッチを通じて選手の体調を確認し、場面や展開ごとに指示を送っている。

さまざまな人種からなる各チームが紹介されたのに続き、DAINEXの大園総監督、海老名研究部門責任者、権藤シューズ工房責任者が画面に映った。

SNSにも「チームで戦うマラソン」について数多くの書き込みがされているが、それ以上に、悠宇が「ちょいグロ」と命名したDAINEXのシューズ、ケニア人とエチオピア人選手の多くが履いているナイキの新シューズ、さらにカイルング選手とルッーリ選手の履いているシューズに関する書き込みで溢れていた。

とりわけツイッターでは話題上位のほとんどが「#シューズ」で占められている。UNLEASHEDとRapideはレース開始直後、自社の契約選手が履いている新製品シューズと、レース序盤で身につけていたウォーマーの情報を解禁。YouTubeなどの動画投稿サイトでCMを大量に流すと同時に、来月発売される、選手が履いているのとまったく同じ製品の予約受付を開始した。

悠宇のうしろ、晴海通りの方角から歓声が聞こえた。

ちょうど今、先頭集団が通過しているのだろう。この先、選手たちは日比谷通りを南下し、品川駅の手前で折り返したあと、三十分もせずにこの丸の内仲通りにやってくる。

『班長、来ました』

うしろの歓声が消えると同時に、イヤホンから本庶の声がした。彼が監視している生花店に対象者がやってきたという意味だ。

「ひとり?」

悠宇は即座に訊いた。

『いえ、金髪碧眼《へきがん》の対象者と、日本人らしい黒髪の男性がもうひとり。ふたりとも大きなナイロンバッグを肩から下げています』

　悠宇は携帯画面のアプリをタップした。これで乾参事官だけでなく、機動隊銃器対策部隊、ＳＡＴ（警視庁特殊部隊）にも連絡が行く。ただ、そのナイロンバッグの中身が銃器とは限らない。何も入っていないかもしれないし、花器やハサミ、もしくは化学兵器かもしれない。

　金髪碧眼の対象者はオーストリア出身のリオン・フリッシュ。日本女性と結婚後、帰化し、三浦・フリッシュの名字となる。だが、当人がそう主張しているだけで、実際はセルビア生まれで、名前もニコラ・ミトロヴィッチという。本庶が監視している生花店の系列店勤務となっているが、勤務実態は不明だった。

「私もすぐ行く」

『はい、俺は待機して――』

　本庶の言葉が終わらないうちに衝突音が聞こえてきた。

　道の先で何かが起きた。

「どうした？」

『店のすぐ近くの交差点で事故です。通行止めエリアに入ってきたミニバンを制服警官が誘導しようとしたんですが、そのミニバンが急発進して歩道の鉄柱に衝突しました』

「気を取られず、対象者に注目して」

『はい。対象者も一瞬事故現場に目を向けましたが、すぐに店内に入りました』

その声が終わらないうちに、今度は火災警報器が鳴り出した。

どこだ？

悠宇は走りながら見回した。

丸の内仲通りから左に入った細い道沿いにあるビルの四階だ。窓が開き、黒煙がかすかに流れ出ている。レース観戦に集まった人々もすぐに気づき、「火事だ」と声を上げ、何人もが携帯を煙の出ている窓に向け撮影をはじめた。

だが、炎は見えない。発煙装置からの煙か、あるいは本当に何かが燃えているのか、ここからでは判断がつかない。

制服警官が通行人を遠ざけながら無線で消防に連絡している。

悠宇は煙を無視して、二百メートル先にある本庶が監視を続ける生花店に急いだ。

――はじまった。

悠宇たちのマークしているミトロヴィッチ以外にも、何人もが動き出すはずだ。どこかレースコースを見下ろせるビルに侵入する気か？　植え込みや歩道のモニュメントの陰に何かの機器を隠し、立ち去るつもりかもしれない。

悠宇は急ぎながらもすれ違う通行人の動きを探った。誰もが怪しく見える。

――落ち着け。最悪を想定しながらも悲観するな。

そう、自分を追い込むな。

嶺川が教えてくれたことを胸の中でくり返す。

『対象者、店から出てきません』

本庶が報告する。

うしろから消防車のサイレンが近づいてくる。前からは救急車のサイレン。衝突事故で怪我人が出たのだろう。事故と火事に集まった人だかりが、乾参事官や機動隊銃器対策部隊、ＳＡＴを乗せた車両の到着を妨げる。

あと三十分もせずに選手たちがやってくるコースの近くで、ほぼ同時に起きた交通事故、火事騒ぎ。これが偶然であるはずがない。

テロ実行犯が行動を開始した。

六章　目覚め

1

騒然とする丸の内仲通りを、悠宇《ゆう》は視界を広げ、通行人たちを観察しながら早足で進んでゆく。

『各員、再点検を』

乾《いぬい》参事官が無線を通じ、捜査員に担当区域の安全確認を呼びかけている。同時に周辺各員の交信も悠宇のイヤホンに聞こえてきた。

ミニバンが事故を起こしたのは、丸の内仲通りと馬場先通りの交差点にあるティファニー・ショップの前。しかし、重傷者はおらず、軽傷者の病院搬送作業が現在進行中。現場周辺には目隠しのブルーシートが展開され、事故車を移動するレッカー車もすでに到着していた。皇居外苑前の駐車場に待機していた交通事故処理班とその車両だ。現場検証もはじまり、完了しだいミニバンの運転手と同乗者の身柄は近隣の警察署へ移送される。

雑居ビルからの黒煙も、火元は巡回中の警察官とビルの警備員によって消し止められていた。書類やOA機器類、壁の一部が燃えたものの、被害はそれだけに抑えられた。火災警報器の音も止まり、到着した消防隊員によって、現在、他の部屋や天井裏に火が残っていないか確認が進められている。現場で発煙筒のようなものが見つかっており、ビルの監視カメラ映像の確認もはじまっていた。現時点ではテロ等による出火ではなく、MITからの要請により、「空調機器の接触不良による発煙の可能性が高い」と発表されることも決まっている。

事故が起き、黒煙が見えてからここまで七分。

迅速で的確な対応。だが、当然でもある。

MITに召集された捜査員全員が、今日の東京WCCR中に起こりうる各種の妨害行為のシミュレーション映像をしつこいほど見せられ、それに対処するための実地訓練を嫌というほど重ねてきたのだから。

悠宇をはじめとする下水流《おりづる》班の四人も、他のMIT捜査班とともに晴海にある大学の体育館に集まり、連携強化のための合同演習をくり返した。捜査と並行しての演習は面倒だったし、体力的にもきつかったけれど、今のところ無駄にはなっていない。

――いつもこうなら。

そう思わずにはいられない。

警察という組織は、海外からも注目が集まる今回のようなイベントには心血を注いで取り組む。民間の会社でも似たような傾向はあるだろうけれど、警察の場合は上層部に限らず、組織全体が威信とか体面に異常なまでにこだわり、それを全力で守ろうとする。だから、重大案件には費用だけでなく、寝食を削ってでも、という全員の労力と熱意が注ぎ込まれる。

ただし、通常捜査ではまったく違う。

悠宇が本来所属している警視庁捜査三課七係では、捜査に新型の極小カメラやマイクをひとつ導入しようとするだけでも、何枚もの書類提出と承認を必要とする（しかも今時、電子申請ではなく、紙の書類に捺印してもらう）。窃盗犯グループの一斉逮捕のために同じ警視庁捜査三課内の他の係と事前の合同演習を行おうなんて提案したら、即座に「俺たちには必要ない」「年季が違う」と、中高年のロートル捜査員からブーイングが上がるだろう。

外面《そとづら》を良くしたいときしか警察官は頑張らないのだから、本当に嫌になる。

いや、身内のことを愚痴っている場合じゃない。

悠宇はヒールの低いパンプスを響かせていた足の速度を緩めた。二十メートルほど先の中年カップルが少し前から気になっている。

『班長』

本庶《ほんじょ》から通信が入った。彼は対象者ニコラ・ミトロヴィッチと、彼の入っていった生花店の監視を続けている。

「動いた？」

悠宇は咽喉マイクに囁いた。

『はい。対象者と一緒に店に入った男が出てきました』

「ひとり？」

『ひとりです。先に店内にいた女性二名もまだ残っています』

出てきたのは対象者ではなく、同行者だった。

悠宇の携帯に画像が送られてくる。東洋人の中年男性が、「東晶花壇　TOSHOU KADAN」と書かれたガラスドアから出てゆく姿が三枚。他にガラス張りの店内で、開店準備をしているエプロンをつけた中年女性と若い女性のふたりを写したものが数枚。どれにもミトロヴィッチの姿はない。バックヤードに引っ込んだままのようだ。

これで生花店の中に残っているのは推定三名。

あくまで推定で、先ほど対象者たちが運び込んだ大きなナイロンバッグに人が潜んでいたかもしれない。生花店内はバックヤードを含め、三日前に一度警察官が点検しているが、それ以前から天井裏などに誰かが隠れ、今もじっと息を殺している可能性もある。

『店を出た男のほうはリレーしました』

ゴール周辺の警備及び監視は、悠宇たち下水流班を含むＭＩＴ第七ユニットが担当しており、ミトロヴィッチ以外に生花店を出て他の場所に移動する者がいた場合、他の班に監視を引き継ぐことになっている。

「私のほうは現着《げんちゃく》が数分遅れるかもしれませんが、よろしいですか」

『何か問題でしょうか』

「はい」

悠宇は視界の隅に気になる中年カップルを捉えていた。

「こちらも制服組にリレーできるようなら、すぐに任せてそちらに向かいます」

『わかりました。また変化がありましたら連絡します。銃対《じゅうたい》のワゴンも到着済みです』

機動隊銃器対策部隊のことだ。

この通信は乾参事官も聞いている。悠宇の行動に異論があればすぐに口を挟んでくるはずだが、何もいわないので許可してくれたのだろう。

やはりあのカップルを見過ごせない。

どちらも痩《や》せ型で、外見は東洋人。有名ブランドのダウンジャケットを身につけ、男はリュックサック、女はショルダーバッグを持っている。

交通事故の処理が進み、黒煙も収まり、沿道の群衆はまた落ち着きを取り戻しつつある。道幅の狭い丸の内仲通りに観客が殺到するのを防ぐため、すでに立ち入り規制もはじまっており、それほど激しく混雑もしていない。

行き交う人のほとんどは、携帯でレース中継を観ながら、先頭集団がこの通りに入ってくるのを待っていた。沿道に並ぶ高級ブランドショップのウインドウ内は、マラソンやランニングをコンセプトにした期間限定の装飾がされ、それを撮影している人も多い。

だが、悠宇が目で追うカップルはウインドウに背を向け、携帯画面に目を遣ることもなく、東京駅方面からこちらへ歩いてくる。

顔を伏せ、周囲を警戒しているのは明らかだが、獲物を物色しているスリや置き引き犯の動きとも違う。ふたりの間の距離は常に一定、歩くときの歩幅もほぼ同じ。カップルでのレース観戦や散策を装ってはいるが、式典で行進している軍人のようだ。

中年カップルのさらに向こうから、二十代の男性がこちらへ歩いてくる。

彼も下水流班と同じMIT第七ユニット所属の捜査員だ。悠宇より早く、この場にそぐわないふたりの態度や動きに気づき、追ってきたのだろう。

男性捜査員が軽く髪を掻《か》き上げ、悠宇に合図を送ってきた。

職務質問をかける気だ。

が、カップルは立ち止まり、店でも探しているような素振りで進行方向を変えた。

彼と悠宇の動きに気づいたのか？　交通事故と火事の騒ぎがすぐに沈静化してしまったため、予定を変更するのか？

カップルがまた歩き出し、丸の内仲通り沿いに建つ国際ビルヂングのエントランスへ進んでゆく。

ほぼ同時に、乾から通信が入った。

『下水流さん、支援をお願いします』

あのふたりへの職質、そして確保に協力しろという意味だ。

「わかりました」
小声で返し、二十代の同僚とともに悠宇もカップルを追って国際ビルへ。うしろから
さらに制服警官三人が支援のため駆けてきた。乾が手配したのだろう。
鼓動が速くなる。
国際ビルは帝国劇場に隣接している。昭和に造られた建物の内部は、直線の広い通路
が日比谷通り側の出入り口まで延び、アパレルや飲食店などのテナントが数多く並んで
いる。土曜の午前十時半過ぎ。大半の店がまだ開店前なのに加え、まもなくレースの先
頭集団がやってくることもあり、人が沿道に出ていてビル内に残っている客は少なかっ
た。
標的の中年カップルが進んでゆく向かい側、日比谷通り側の出入り口からも背広・制
服あわせて四人の警察官が入ってきた。ここでも日本の警察が得意とする人海戦術を使
う。カップルを前後から挟み、悠宇も入れて九人で囲む。
「すみません、少しお話を聞かせていただけますか」
同僚の男性捜査員が身分証を見せながら物腰柔らかに語りかけ、近づいてゆく。
痩せた男が背負っているリュックサックを下ろした。
「あ、動かないで。持ち物も調べさせてもらいたいのですが」
困惑した表情を作るカップルに英語で再度同じことを伝える。
その途中、カップルがパスポートを取り出すような素振りで、ふたり同時にリュック

サックとショルダーバッグの中に手を忍ばせた。囲んでいた悠宇を含む警察官たちが一斉に間合いを詰める。

が、中年の女が警察官を押し退《の》け走り出した。男も悠宇に向かってリュックサックを投げつけ、同時に飛びかかりながら肘打ちを仕掛けてきた。

悠宇はリュックをかわし、持っていたバッグと両腕を即座に前に出しガードする。囲んだ九人の警察官の中で女は悠宇だけ。狙われる覚悟はできていた。

しかし――

肘打ちを受け、悠宇の体はうしろに飛ばされた。

一撃がとても重い。

――こんな細身の男で、しかもバッグの上からなのに。

よろけた悠宇の髪を男の左腕が摑み、引き起こす。さらに男は右腕を自分が着ているダウンジャケットの内ポケットに入れた。

――凶器を出し、私を人質にする気だ。

男が内ポケットに入れた腕を、悠宇は自分の左手で摑んだ。強く押さえつけ、そのまま右腕の肘を男の胸に押しつける。

懐に入り肘を突き上げ、髪を摑まれたまま投げ飛ばした。

悠宇の頭皮が引っ張られ、細身の男とともに一回転し倒れてゆく。どすんと響き、仰向けに床に落ちた男を悠宇は押さえつけた。さらに四人の警察官が飛びかかり、制圧する。最後にＭＩＴ第七ユニット所属の捜査員が、男をうしろ手にして手錠をかけた。

女のほうもすでに確保され、手錠をかけられていた。

通行人が携帯のレンズを向ける前に、増援の制服警官たちが駆けつけ人垣を作る。

「だいじょうぶですか？」「怪我は？」

尋ねる制服警官に無事を伝え、悠宇は立ち上がった。

自分の着ているパンツスーツが破れたり、汚れたりしていないか確認し、落としたバッグを拾い上げたときには、すでに確保された男女は前後左右を固められ連行されていた。容疑者を囲んだ警察官の一団が、「立ち入り禁止 PRIVATE」と書かれたドアの奥のバックヤードへと消えてゆく。

――素早い。

これも訓練の成果だろう。ただ、この案件も、〈レース警戒中に万引き犯に遭遇し、逃走を図ったので緊急逮捕した〉と発表される。

悠宇はずっとサボり気味だった逮捕術と柔道の練習を、今回ＭＩＴに配属されて以降、再開させた。それが少しは役に立ったようだ。

――でも、まだはじまり。

杞憂《きゆう》であってほしいが、海外の巨大資本が仕掛けてくる妨害がこの程度で終わるはずがない。

『無事ですか？　外傷などは？』

乾参事官から通信が入った。

「髪を引っ張られたせいで頭皮が痛いですが、その程度です」

『では、担当現場に復帰願います』

「はい」

これは前兆にすぎないと、乾も当然わかっている。

パンプスを響かせ本来の持ち場に急ぐ。何度か深呼吸したものの、胸の鼓動は収まることなく速い速度で刻み続けていた。

2

悠宇はペットボトルの緑茶を飲むと大型モニターに目を向けた。

「板東《ばんどう》さんと二瓶《にへい》さんは下で待機しています」

パイプ椅子に座り、同じモニターを見ている本庶が報告する。

「乾参事官もあと数分で店に着くそうです」

「わかりました」

返事をして悠宇も座った。

テーブルの下、右足の膝あたりを軽く撫でてみる。

少し張りが出てきている。さっきの揉み合いの際、人間ふたり分の荷重がかかったせいだろうか。

――せっかくこの靴が守ってくれているのに。

今履いているローヒールのパンプスは、嶺川《みねかわ》選手と一緒にレースを戦っているDAINEXの大園《おおぞの》、海老名《えびな》、権藤《ごんどう》の三人が贈ってくれたものだった。パンプスとはいってもスニーカーのような履き心地で、新品なのに悠宇の足に馴染んでいる。

「それからこれ」

本庶が自分の携帯の映像を見せる。

「班長が確保した男女の所持品です」

照射距離の長いペン型レーザーポインターが四本。五十分ほど前のレース中盤、国道六号線、通称江戸通りの路上を通過する選手に向けて仕掛けられていたのと同型だ。

これでゴール直前の選手たちの目を狙おうとした？　どこかに仕掛けて遠方から照射するつもりだったのか？　それとも沿道の観客に混じって至近距離から？

モニターを見ながら考える。

今、悠宇と本庶がいるこの場所は、丸の内仲通り沿いに建つ東亜ビルの七階。

国際ビルとほぼ同時期の昭和四十年代に建設されたテナントビルで、丸の内という場所にふさわしく、大理石やステンドグラスなどの豪華な意匠がエントランスや各階のエレベーターホール、トイレなどにふんだんに施《ほどこ》されている。

その空きオフィスのひとつを、監視作業のため、MITの最高責任者である印南《いんなみ》総括審議官がダミー会社を通じて借りたものだった。

室内には悠宇たちの他にMIT捜査員が四名。

全員が見つめているモニターには、ここから二十メートルほど離れたビルの一階にある、本庶が監視を続けていた生花店をさまざまな角度から撮ったライブ映像が流れている。

本庶が機動隊銃器対策部隊に任務を引き継ぎ、この部屋に移動してきたのは、悠宇が到着する少し前。それまでは生花店とは通りを挟《はさ》んだ斜向《はすむ》かいの位置にある、高級ハンバーガーショップから監視を続けていた。

「臭いますか?」

本庶が小声で訊いた。

「少しだけ」と悠宇は返した。「炒《いた》めた玉ねぎと――」

「チリビーンズです」

彼のコートやスーツから漂ってくる。

仕込み中のバーガーショップの店内にいたのだから当然だ。許可をもらい、テイクアウト用カウンターの小窓から監視場所への人の出入りをチェックしつつ、事態が急変したら駆けつけられるよう待機していた。

待機場所の臭いが移ってしまうのは、張り込みではよくあること。ただ、普段ならこんな会話で緊張がふっと緩むのに、悠宇は笑えなかった。話を振ってきた本庶の顔もこわばったままだ。

「班長のほうは怪我はありませんか？」

国際ビル内で中年男女を確保した際に騒ぎがあったことは、本庶も音声を通して知っている。

「ええ。だいじょうぶ」

そう返したものの、悠宇の左腕はまだ痺れていた。

男の肘打ちを受け止めたせいだ。ブラウスの袖のボタンを外して確かめたら、きっと腫《は》れているだろう。緩衝材にしたバッグに入れていた携帯の画面も割れてしまった。任務用のものだけでなく私用のほうまで。

確保したあの細身の中年男、外国人で格闘技の経験がある。

そしてたぶん元軍人だ。

髪を摑まれ、顔を引き上げられた瞬間、わずかに視線が合った奴の目は、悠宇が日常相手にしている窃盗犯とも、脅しと威嚇《いかく》が仕事のヤクザとも違う種類のものだった。我欲にまみれているのでも、自暴自棄になっているのでもない。黙々と単純作業をこなしているときのような目。

これまでにあんな目と二度対峙したことがある。

最初はベトナム国籍の女で、次がタイ国籍の男。どちらも窃盗団の一員で、グループの一斉逮捕の際に抵抗され、数人がかりでも確保するのに手こずった。

取り調べと本国への照会の結果、女はベトナム人民軍特工隊に所属していた元軍人、男もタイ王国海軍特殊部隊に過去所属していたことがわかった。

あのふたりと同じ、いや、さっきの男の目はさらに冷静だった。人を傷つけることに慣れているというより、覚悟を決めていたのだろう。

万一のときは、誰かを殺し、自分も殺す覚悟を。

悠宇の判断があと少し遅かったら、奴が取り出した凶器――たぶんナイフ――を首に押し当てられ、人質にされ、最終的には頸動脈《けいどうみゃく》を切られていた。

決して大げさな想像ではない――間明《まぎら》係長から聞いた通りだ。

ディープスリーパー。

そう呼ばれる人々がいると、一週間前、夕方の公園での情報交換の際に教えられた。

東欧や中東諸国内には、政争や昇進レースに敗れたり、罪（冤罪《えんざい》含む）を犯したりして、投獄や命の危険が近づいているのを感じ、国外逃亡を望む軍人、政府特殊機関職員、警察官が常に一定数いるという。

ヨーロッパの密出入国ブローカーたちは、そうした人々を「Д《デー》」や「Φ《エフ》」など――ロシア語の単語の頭文字らしい――と呼び、一般の密出入国希望者と区別している。自国政府に監視されている場合が多く、出国の手間も危険度も格段に上がり、しかも、国外に脱出させたあとも、執拗に捜査や追跡の手が伸びてくるためだった。

だが、「Д」や「Φ」の客たちが脱出後により安全な生活を送れるようにするサービスを、一部のブローカーは用意していた。ヨーロッパ各国から、偽造身分証・パスポートとともに南米や日本を含む極東に出国させ、現地での偽装結婚を経てまったく違う人間になり変わらせる。もちろんそのサービスを受けるには高い代価が必要になる。

金を払うだけでなく、ブローカーからの指示があった場合、過去の仕事を生かし、犯罪や違法行為に協力しなければならないというオプションがつく。拒否すれば身分偽装などで通報され、よくても現地国内での逮捕・収監。悪ければ脱出した自国に送り返され収監、もしくはそれ以上の厳しい処罰を受ける。さらに悪ければ、拒否した時点で殺され、失踪・行方不明というかたちで存在が消される。

「今のはヨーロッパ圏の話で、この逆のパターンもある。アジアのどこかの国を逃げ出した奴が、南米のいずれかに紛れ込む。南米を逃げ出した者は、ヨーロッパかアフリカのどっかに身を潜める。現地の人間と結婚して家庭を作り、生まれた子供を育てながらな」

間明はコートの襟を立て、白い息を吐きつつ話した。

「家庭を持ち、安定した職に就けていても違法行為に協力するんですか」

「仕方ないだろ。そういう契約なんだから」

「生花店勤務のリオン・三浦・フリッシュこと、本名ニコラ・ミトロヴィッチは、本国ではどんな仕事をしていたんです？」

「そのあたりは、おまえの口からこの一連の流れをＭＩＴ上層部に報告したあと、乾参事官に詳しく調べてもらえよ。麻薬絡みのビジネスで揉めた元軍人、元警察官、そんなところじゃないか？　勝手な想像だけど。でも、自国から逃げるときにアメリカやヨーロッパの人権団体には一切頼っていないところを見ると、純粋な民主推進派とか反体制運動家とかではない、どっかうしろ暗いところのある奴なんだろう」

「さすがというか。詳しいですね、本来の職務とは違う範疇《はんちゅう》のことなのに」

「生き残ることに必死なだけだ。俺のような英語も中国語も話せない中高年警察官は、他の何かに活路を見出さないとな」

「レース前にそのミトロ何とかを逮捕しない理由は？　公文書偽造、入管法違反、容疑はいくらでもあるはずです」

「ミトロヴィッチが逮捕されて使えなくなっても、別のディープスリーパーが起こされ、目を覚ますだけだからだよ。だったらミトロヴィッチを泳がせておいて、寸前に逮捕なり拘束なりしたほうがいい」

「でも、起こされるスリーパーはひとりとは限りませんよ」

「もちろん複数だろうな。だからおまえたちの班は当日ミトロヴィッチに、他の班は他のスリーパーや要注意人物に張りつく。あの印南総括審議官や乾参事官が動いているんだ。俺の引っ張ってきたこの情報《ネタ》以外にも、いくつも仕入れているに決まってる」

――またか。

聞きながら思っていた。

ＭＩＴに配属されて以降何度か経験したように、このときも現実感がなかった。自分とはまったくつながりのない、遠い世界で起きている出来事のようだ。

「古いスパイ映画かよ」「こんなん地方公務員の仕事やない」と胸の奥でつぶやいていたが、その気持ちが顔にも出ていたのだろう。

「作り事のように感じるのは仕方がないが、すべて本当のことだ。今回の任務でおまえが相手にする連中には、そんな元軍人、元政府機関職員、元警察関係者が間違いなく混じっている。しかも多数な」

間明が諭《さと》すようにいった。

公園の時計塔と滑り台が夕陽に照らされ、長い影を作っていた。

「でもな、俺たち世代より、警官になった直後から外国人空き巣団や日本人と外国人の混成窃盗団を追いかけているおまえたち若手のほうが、実はこういう状況をよりリアルに感じられるんじゃないか？　俺が現場で走り回っていた二十数年前とは、犯罪の質も内容もまるで変わった。昨日、羽田や成田に着いた中国人やベトナム人が、翌日には東京で窃盗事件を起こし、八時間後にはもう上海やホーチミンに帰ってやがる。しかもその一時間後には、盗品がネットオークションに出品されている。ダークウェブじゃなく、有名プロバイダーのオークションにな。そんな時代に東京で現役の刑事をやってるおまえなら、東欧のどっかの国の元軍人や元警察官が、名前も出自も偽って日本に帰化し、穏やかに暮らしていたのに突然テロに手を貸すなんてことがあっても、抵抗も矛盾もなく受け入れられるはずだ」

「仮に矛盾なく受け入れられたとしても、上手く対処できるとは限りません」

「理屈ではそうだが、おまえなら上手くやれるよ」

「根拠のない励ましですか」

「ああそうだ。何の裏づけもないとわかっていても、部下に『だいじょうぶだ』と声をかけてやらなきゃ。それが上司の役目だからさ」

間明は口元を緩めた。

「上長の心得を教えていただき、ありがとうございます」

「嫌味か？　でもまあ、今のおまえには釈迦《しゃか》に説法かもな。本庶くんの件、上手く処理したじゃないか。あれならあの一課の坊やは、誰からも責められないし、恨まれることもない。代わりにおまえと乾参事官が憎まれるだけだ」

「本当に早耳だな。誰から聞いたんですか」

「いろんな人たちからだよ」

「どうせ警視庁本庁内に本庶くんを取り込もうとしている変な動きがあることも、だいぶ前からわかっていたんでしょう？」

「まあな。でも、俺が手を貸さなくても、おまえは的確な対応をした。お世辞じゃないぞ」

「ただ、私は自分の事件をじゃまされたくなかったから解決しただけで、別に本庶くんのために動いたわけじゃないので」

「それでいいんだ。部下のため、同僚のためなんて奉仕の気持ちで動いたら、必ずいつか手ひどく裏切られて、逆に誰かを恨んだり憎んだりすることになる。純粋な献身なんてごく限られた聖人にしかできやしないよ。部下を守ることは自分を守ること、すべては自分自身のため、それでいい」

この人、本当にごく稀《まれ》にいいことをいうな。

だけど――

「係長、他に私に話さなきゃならないことはありませんか」

「へっ？　何だよ、急にうちの奥さんみたいなことというなよ」

「やめてください、気持ち悪い。本当は関連人員じゃなく、今回のＭＩＴに係長も正式召集されているんですよね」

「そのことか。いい加減バレるころかもな。乾さんももう話すつもりみたいだったし」

警察庁に呼ばれ、悠宇がＭＩＴへの召集を告げられた直後、乾と間明が見せた小芝居を思い出す。係長は正式なＭＩＴ捜査員に選ばれず、自分は警視庁本庁との連絡及び情報管理責任者――本庁からのやっかみや横槍を和らげる役――だと聞かされ、〈貧乏くじを引かされるのには慣れてるよ〉と無念そうにしていた。

あれにまんまと騙《だま》された。少し前まで、あのときの係長の顔と言葉が忘れられず、ちょっと心配もしていた。

しかし、やっぱりこの人はうそつきおやじだ。

「情報収集と内部監視が担当ですか」

「そんなとこだ」

反社、半グレ、違法入国者などを含むあらゆる相手から情報を集めてくるだけでなく、今回のMIT捜査員たちの中に情報漏洩者や内通者がいないかも探っていた。

「でも、よくわかったな」

「私も自前の情報ネットワークぐらい持っていますから」

「うそつけ。二瓶さんか板東くんが探り出してきたんだろう」

その通りだった。

「あのふたり鼻が利くからな。でもまあ、今回みたいな役回りってのは、隠れてコソコソやるもんだろ。MITの肩書があったほうがやりやすい仕事もあれば、ないほうが抵抗や反発を受けずに進められる仕事もある。しかもMITに呼ばれる奴の大半は、能力も高いがプライドも高い。俺みたいなロートルが内部監視担当の肩書つけて、堂々と連中の仕事ぶりを見張っていたら、それこそ露骨に反発する」

これも確かにその通りだ。

「レース当日の警備には加わらないんですか」

「ああ。物騒な仕事はおまえたち若い連中に任せる」

「まだ若いくせにサボらないでください。今年で四十二？　あれ三？」

「もう四十五だよ。人混みをかき分け、どこまでも容疑者を追いかけたりはできないさ。若いつもりになって、おまえたちに混じって足を引っ張るようなことはしたくない」

——足を引っ張るか。

悠宇は黙った。

公園の周囲にはもう街灯が点《とも》っている。マンションの谷間に沈む寸前の夕陽は、傷口の上で固まった血のように濃い色をしていた。

「くり返しになるけど、おまえなら上手くやれる」

沈黙の理由を見透かしたように、間明はいった——

監視モニターを見る悠宇のコートのポケットから歓声が漏れてくる。

携帯から出ているレース中継の音声だった。

何か新たな展開があったのだろうか。携帯を取り出しボリュームを上げ、割れてヒビだらけの画面を見た。

が、よくわからない。

『意表をつく行動でしたが、ルール上は問題ないのでしょうか？』

実況アナウンサーが上気した声で質問し、元女子マラソン選手の解説者が『ありません』と即答した。

『今回の東京ＷＣＣＲでは、他の選手の走行やレース全体の進行の妨げにならない限り、給水地点でのシューズの交換・変更が何度でも認められています。といっても途中でシューズが脱げたり、壊れてしまった選手のための救済的な規定で、あえて自分から脱いでまで交換する選手がいるなんて想定していなかったでしょうけれど』

「シューズを履き替えた？」

悠宇は画面を見ながらつぶやいた。

「そのようです」

横にいる本庶が答える。彼は携帯でＳＮＳの書き込みを検索している。

「嶺川選手が？」

レースの約一ヵ月前、下水流班の四人はスポーツ総合研究所のトラックで、大園、海老名、権藤などのスタッフとともに、嶺川がシューズの底面を剝がし、反発力を回復させるテストを行う様子を見学した。その後もレース中のシューズ交換の練習をする光景を何度か見ている。だが、上手くいかなかったようで、交換する案も履き替える案も見送られたのだと思っていた。

「いえ、嶺川選手じゃありません。ゼッケン24――」

「ルツーリ選手」

優勝候補のひとり、南アフリカ共和国出身の二十一歳、カウボ・ルツーリ。

実現させたのは、ＤＡＩＮＥＸチームではなかった。

ようやくＮＨＫのレース中継が、ルツーリ選手がシューズを交換した瞬間のＶＴＲを流した。

テーブルにドリンクが並ぶ給水地点を通り過ぎた直後、身長百八十二センチの彼が走行中、長い右足をそのまま体のうしろに軽く蹴り上げ、長い手もうしろに伸ばし、振り返ることなく履いているシューズの甲に触れた。と同時に、シューズが真ん中から前後半分に折れ曲がり、右足から離れるように落ちていった。左足でも同じことをくり返した直後、彼のストライドに合わせコース端に左右離して置かれていた新しいシューズの上に、ルツーリ選手は片足ずつを乗せた。

すべては一瞬の出来事だった。

走る速度をほぼ落とすことなく、ラバーが磨耗《まもう》した古いシューズを脱ぎ、高反発を得られる新品のシューズを装着した。

ＶＴＲが終わると、現在トップを走っているルツーリ選手の足元、彼の出身地・南アフリカの国旗の配色と同じ、赤黒青緑の四色と白黄のラインで彩られた「Rapide《ラピッド》」社製のシューズが画面に大きく映し出された。

『手をまったく使わず着脱するアイデアを取り入れたシューズ自体は、すでに製品化されていて、一般販売もされているんです』

女性解説者がいった。

二〇二一年二月にナイキが発売した「ゴー　フライイーズ」のことだ。

『でも、ルツーリ選手のシューズは脱ぐときに一瞬手を使っていましたし、特許などの難しいことはわかりませんが、既存のものとは仕様が違うようですね。ただ、レース中にあの早さで交換できるのはやはり凄いし、シューズをリフレッシュすることで得られる効果も計り知れないと思いますよ』

ゲストに呼ばれている大学駅伝部監督の男性が言葉を続ける。

『だけどね、メリットは大きいけど、それだけ危険も大きいわけですよ。いくら練習を積んだとはいえ、本番のレースで、しかも世界新記録を更新するペースで進んでいる中でシューズを交換するのは、本当に度胸が要ることですよ。転倒リスクなんていくらでもつきまとうし、しかもすぐうしろに付けているのが彼ですから』

トップを走るルツーリ選手から二メートル後方には、ゼッケン1、ケニア出身で現世界記録保持者の三十三歳、クリア・カイルング選手が続いている。

『交換に手間取ってわずかでも失速すれば、すぐにカイルング選手が前に出て、そのまま一気に差をつけられてしまう。にもかかわらず彼はやってのけた。ルツーリ選手のメンタルの強さも相当なものだと思いますよ』

ルツーリ選手、カイルング選手からさらに五メートルほど後方、ふたりのエチオピア人選手に続き、ゼッケン17の嶺川選手は五位で走っていた。

スタートから三十五キロ地点の暫定通過タイムは一時間三十七分〇八秒。レース後半にもかかわらず、トップ集団の走行速度は時速二十・九キロに達し、スタート直後よりペースが上がっている。このまま行くとトップのルツーリ選手から五位の嶺川選手まで現在のマラソン世界記録二時間四十四秒を切る可能性が高いという。

『このレースは異常』

画面隅のワイプの中に映っている大学駅伝部監督が嬉しそうにいった。

『いや、これまでとは別次元っていう意味ですよ』

『そうですね』

女性解説者の声も弾んでいる。

『ウエア、シューズ、戦術、そのすべてにおいて今日のレースは、今後のマラソン及び長距離離陸上競技界の新たなスタンダードになると思います』

『歴史的なレースだよね』

『ええ。今私たちは歴史的瞬間に立ち会っているといったら、ちょっと大げさでしょうか』

監督と解説者が揃って笑った。

画面が切り替わり、ゴールの設置されている皇居前和田倉門交差点付近が映し出された。

丸の内仲通りを進んできた選手たちが左に曲がり、東京駅丸の内駅舎をバックに十数メートル皇居に向かって走ったこの地点でレースは終わる。

周辺はすでに無数の群衆で埋められていた。ゴール横には優勝選手がインタビューを受けるステージと、レースのライブビューイング用大型モニターが設置されているが、野外フェス会場のようにステージ寸前まで人が押し寄せている。

　世界記録を上回るペースでレースが進んでいることを携帯の中継やニュースで知った人々が、歴史的瞬間を見ようと続々と集まってきたのだろう。

　レース妨害を目論むテロ犯にとって絶好のロケーションのように思えるが、実際犯行を行うには不利な状況だ。まず人が多すぎて身動きが取れない。しかも、ゴール周辺は他の場所を遥かに上回る数の私服、制服の警察官が配備されている。ゴール前などはコース両側に二重に警察官が並び、それをかき分け飛び出すことは不可能だ。

　走る選手を狙って何か投げ込もうとしても、その前に取り押さえられてしまう。コース左側に建つ郵船ビルディングの窓は内側からマスキング処理がされ、各フロアを警察官が巡回している。右側、防音シートに囲まれ建て替え工事中の東京海上日動ビルも、同じく巡回、警備がされている。テロ実行犯がビルや工事現場内に侵入して、何かを照射したり狙撃したりすることも不可能に近い。

　それに較べ、丸の内仲通りは左右の歩道の幅がかなり広く、アート作品や街路樹が並び、はじめから散策用に設計されている。しかも、レース開始前の早い段階から警察官が出てブロックごとに区分けし、立ち入り制限もされていたため、まだ人が自由に通行できる余地が十分にある。沿道のカフェも営業している店が多く、そこに客として潜んでいることも可能だ。

仕掛けてくるのは、やはりゴール時ではなく、その前、丸の内仲通りのどこかだろう。

『下水流さん』

乾参事官からの通信。

『到着しました。今、生花店の手前十メートルのところです』

「我々も降りてゆきます」

悠宇はパイプ椅子から立ち上がった。本庶も続く。

『残り時間があまりありません。プラン2でお願いします』

乾がいった。

「わかりました」

「気をつけて」と同じ部屋に詰めていたMITの捜査員たちが声をかけてくる。

「ありがとうございます」

振り返り、彼らに向けて明るい声でいった。

携帯には、高輪にある三十五・七キロの折り返し地点を駆け抜けてゆく先頭集団が映っている。

『通過タイムは一時間三十九分五十二秒、何度もいってしまいますが、やはり驚異的な数字です』

アナウンサーが実況している。

『はじめて人類がフルマラソンを二時間未満で走破した瞬間の、私たちは目撃者になるかもしれない。そんな期待が刻一刻と高まってゆきます』

トップを走るふたりから画面が切り替わり、ゼッケン17、嶺川選手が映し出された。彼はエチオピア人選手ひとりを抜き、五位から四位に順位を上げていた。

『ルツーリ、カイルングも凄いですが、嶺川も凄い。マラソン日本記録を更新するだけでなく、世界新記録、そしてアジア人初の二時間を切るタイムも視野に入っています』

彼の顔がアップになった。

『嶺川、戦っていますね。必死でルツーリ、カイルングに食らいついている』

大学駅伝部監督がいった。

確かに嶺川選手は戦っている。

だが、いつもの精悍《せいかん》な表情を崩さず、淡々と走り続ける彼が戦っている相手は、ルツーリ選手やカイルング選手ではない。

〈日本人がマラソンでアフリカ勢の選手たちに勝つことはできない〉

〈アジア人が二時間を切り、一時間台のタイムで四十二・一九五キロを走り切ることは、肉体の構造的にも運動生理学的にも不可能〉

彼は大園総監督はじめＤＡＩＮＥＸのスタッフたちと、そんな常識や固定観念の壁に挑み、戦い、そして越えようとしている。

越えた先で、彼の求めている光景に出会うために。

——そう、アキレウスの背中に。

『このまま行けば、本当に凄いことになりますね。あとは選手たちが、最後まで無事走り抜いてくれるよう祈りま――』

女性解説者の言葉の途中で中継アプリを終了し、携帯をバッグに放り込んだ。

3

廊下を早足で進み、エレベーターのボタンを押す。

「やっぱり指示きましたね」

本庶がいった。

「ええ」

悠宇は短く返した。

下水流班の四人で、「東晶花壇」に聞き込みに向かう。

あと十五分もせずに、東京WCRを戦っている選手たちはコース終盤の丸の内仲通りに入ってくる。だが、レース妨害テロの実行犯のひとりである可能性が高いニコラ・ミトロヴィッチは、いまだ東晶花壇のバックヤードに潜んだままだ。選手たちが店の前を通過するときに合わせて奴が動き出さないよう、悠宇たちが直接店を訪れ揺さぶりをかける。

そう、挑発役だ。

店内でミトロヴィッチの身柄を確保・連行するか、最悪でも店を封鎖し、奴を外に出さないようにするための先鋒を任された。身柄確保のために、悠宇たち以外にも乾参事官を含む三十人の私服捜査員が、裏口など店の周辺に展開している。可能性は低いが、爆発物や化学薬品を発見した場合に備え、爆発物処理班やNBCテロ対応専門部隊も近くに待機している。

何かあれば全員が十五秒以内に突入できる態勢を整えていた。しかも、店のすぐ前で観戦している一般客にはほとんど知られることなく。

ミトロヴィッチ逮捕のための理由も、乾参事官とMITの最高責任者である印南総括審議官が用意している。とりあえず出入国管理法違反と公文書偽造を適用するそうだ。

「無事に終わりますよね」

降りてゆくエレベーターの中で本庶がいった。

「任務のこと？　レースのこと？」

「両方含めた全部です。無事に終われればいいなと」

横の悠宇を見ることなく、視線を前に向けたまま話す。

――私と同じ。彼も怖いんだ。

本庶は本来、グリコ・森永事件のような恐喝・脅迫案件を担当し、状況に応じて誘拐や人質事件、爆破事件などの捜査にも参加する。その過程で、彼なりに危険な目にも遭ってきただろうし、凄惨な状況や無残な現場にも立ち会ってきただろう。

悠宇も本庶も、危険な任務から逃げたいわけではない。命を失うのが怖いのでもない。テロ防止という慣れない任務に就き、未知の容疑者と対峙したとき、自分の判断ミスや能力不足で任務を失敗してしまうことが、同僚や一般市民を巻き込み傷つけてしまうことが怖い。自分の小さな過失が、自分だけでなく他人の人生や命も奪ってしまう。

「だいじょうぶ」

悠宇も前を見たまま、本庶の背中をぽんと叩いた。

「無事に終わるし、私たちが必ず無事に終わらせる」

根拠がなくとも、自分に自信がなくとも、前を向いて部下が任務に臨めるよう、そっと背中を押すのが上司の仕事。本当にその通りだ、と間明係長の顔を思い浮かべた。

もうひとつ。

今になって気づいたことがある。

本庶譲《ゆずる》、二瓶茜《あかね》、板東隆信《たかのぶ》。今回部下になった三人は、MITに選抜された人材というのを抜きにしても優秀だ。こちらが指図しなくても、自分で考え、判断し、動ける人たちだった。だからあえて余計な口出しをせず、自由に動いてもらった。

――でも、実際は放任主義にかこつけて、私は怠けていただけ。

確かに彼らの提案を率先して取り上げ、チームとして動くことを心がけていた。しかし、悠宇は自分の考えや推測をほとんど三人に明かさなかった上、迷っていることに関して彼らに助言を求めもしなかった。

さらに三人が何を考え、どんな思いで任務を続けているかについて、考えを巡らせたこともなかった。不平を口にせず、表情を曇らせることもない本庶、二瓶、板東を見て、特に問題ないだろうと思い込んで、感情のケアや不安を取り除く配慮を一切せずにいた。慣れない任務を手探りで進めているのは、悠宇も三人も同じだったのに。親切心ではなく、任務を達成するため、自分のために、三人の心のことをもっと思いやるべきだった。

——なのに、私にはできなかった。気づけなかった。

自分が他人に踏み込んでこられるのが苦手だから、他人にも踏み込まないようにしようなんて、そんな安直な逃げや言い訳が許されるのは二十代前半までだ。

駄目な班長。

——上司になるって難しい。

しかし、反省している余裕はない。そして取り返す機会もゼロではない。残された時間、四人揃って無事に任務をまっとうできるよう、全力で臨もう。

嶺川選手が教えてくれたことをもう一度思い出してみる。

私には、楽観視や気の緩みを心配しすぎて、逆に自分に不利な要素ばかりを過剰に集め、自分を無駄に追い詰めてしまう癖がある。

——だが、追い詰めるのは自分じゃない。テロ実行犯だ。

目を開き、視野を広げ、周囲の音を逃さず聞き、状況のすべてを冷静に判断し、そして危険人物を逮捕する。

それが我々のやるべきこと。

一階に到着し、エレベーターのドアが開くと笑顔の二瓶と緊張した面持ちの板東が待っていた。

「はじめましょう」

四人で足早に現場へ向かう。

「あの、お伝えしておきたいことがあるんです。任務に関係することじゃないんですが、話してもよろしいですか」

悠宇の横を歩く板東がいった。

「構いませんよ」

「班長は、俺や二瓶さんが前の職場で何をしたかご存知だそうですね」

「ええ」

板東は以前第一機動隊に、二瓶は警視庁生活安全総務課ストーカー対策室に所属していたが問題を起こし、それぞれ警視庁警備部、警察庁警備局へ異動となった。

「仕事は全力でしていたつもりですが、同じ部署の人間とは上手くいきませんでした。前の部署ではパワハラ、モラハラをしている上司を誰も諫《いさ》めず、皆関わることを避けていた。被害に遭っている同僚に対してもドライに接していて、器用に立ち回れないおまえが悪いという態度でした。警察がそんなことを許しているのを俺は許せなかった。それでパワハラ上司と揉めて喧嘩両成敗のような結果になり、今の部署に移ったんです。けれど、やっぱり周りとは噛み合わなくて」

同僚たちには板東の正義感が、和を乱す迷惑なものに映ったのだろう。

「こんな話なんですが――」

板東が不安そうにこちらを見る。

「だいじょうぶ。続けてください」

「二瓶さんも同じ。自分の流儀と理屈を通して対策室内に居場所を失った。本庶も部署こそ異動になっていないけど一緒です。父親が弁護士でお兄さんも検事の、いわゆる上級市民の出で、本人も優秀。周りより二歩も三歩も先を考え、何事もそつなくこなす。そのせいで部内の年長者から妬まれていたところに、お兄さんが疑惑を持たれた。結果、何も悪くない本庶本人まで白い目で見られるようになった」

「その件も知っています」

「警察はおかしな組織だと思っていました。一方で俺自身もおかしいんじゃないかと感じるようになっていたんです。周りは適度に自分の立ち位置を調整しつつ、組織に適応している。要するに配属されたグループの枠にちゃんと嵌まっているんです。でも、俺や二瓶さん、本庶のような人間はどうしても周囲と合わない」

「自分は他と上手く嵌まらない、歪んだかたちのパズルのピースだと？」

「そうなんです。いびつなピースだから、あぶれ、余ってしまうのだと思っていました」

少し前を歩く二瓶と本庶にも聞こえているはずだが、彼らは何もいわない。

ふたりもきっと同じ思いなのだろう。

板東が続ける。

「でも今回、乾参事官はそんな不良品のピースであるはずの俺、二瓶さん、本庶を、他の数多くの捜査員の中から選別し、下水流班という枠の中に入れた。そして組み合わせによってはひとつに収まることを証明してくれた。俺たちは下水流班というきれいなかたちの図形になった、と自分では思ってるんですけれど」

「ええ、私も思っています」

以前、千葉に向かう車内で二瓶と話したことを思い出した。あのときは乾の意図に気づけなかったが、今ははっきりとわかる。

「ただ、きれいなかたちになったのは、やっぱり班長がいてくれたからです」

「私が？」

「中心のピースが班長だったから、俺たちははみ出したり重なったりせず――あの、衝突したり反目したりせずって意味なんですが」

「わかります。私もお世辞抜きで皆さんだったから、はじめての班長をここまでやり続けられました。でも、まだ道半ば。チームの真価を試されるのはこれからです」

「そうですね」

板東がうなずく。

混み合う歩道の先に目標の生花店が見えてきた。

4

悠宇はガラス越しに身分証を見せながら東晶花壇のドアを叩いた。

うしろには本庶、二瓶、板東。

ドアにはまだクローズの札がかかっているが、フリージア、リューココリーネ、スイートピーなどの季節の花、バラやカーネーションなどの定番の花がそれぞれ花筒、花桶に入れられ、ウインドウの内側にびっしりと置かれていた。レースが終わり、観客がいなくなったら、すぐにいつもの週末のように店頭に並べるのだろう。

店の前の通りでは制服警官がメガホンで呼びかけ、観客や通行人を整理・誘導している。

「TOSHOU KADAN」のロゴが入ったエプロンをつけた中肉中背の中年女性が、不審そうな表情でドアを開けた。

肩までの黒髪の彼女がこの日比谷店の店長だと事前の調査でわかっている。四十一歳、都内江東区で一人暮らし。未婚で子供やパートナーなどはいない。

「お忙しいところ申し訳ありません。今日はお昼からの開店ですか?」

白々しくならない程度に、悠宇はほんの少しだけ口元を緩めた。

「マラソンが終わったら開けます。人通りが多い歩道に花を並べるわけにいきませんから」

「ご配慮いただきありがとうございます」

店内には同じロゴのエプロンをつけ、ブラウンがかった色の髪を結い上げた女性がもうひとり。剪定《せんてい》して床に落ちた葉や茎を掃除している。彼女のほうは、この日比谷店でアルバイトをはじめて九ヵ月、二十四歳で千葉県習志野《ならしの》市在住だった。

さまざまな花の香りが混ざり合い、むせ返るようだが、花を長持ちさせるため店内は外の三月の気候よりも寒いくらいに冷えている。

そのためか店長もアルバイトの女性も厚手のパーカーを着ていた。エプロンだけでなく、ふたりが着ている水色のパーカーもお揃いだ。胸のところにTOSHOU KADANの文字とユリの花の刺繍《ししゅう》が入っている。

店長もアルバイトの女性も表情が硬い。身分証を見せながら私服の捜査員が四人も訪れたら当然こうなるだろう。事前調査で彼女たちがディープスリーパーである可能性は否定されている。今のところ、海外の犯罪組織につながる痕跡なども見つかっていない。ふたりとも前科もなし。だが、それで善人であると証明されたわけでもない。

「あの、御用は?」

店長が訊く。

「先ほど、男性ふたりがこちらに来ましたよね」

「ええ」

「どなたでしょうか」

「うちの他の店舗のスタッフですけれど」

「ひとりは帰られて、まだひとりはこちらに?」

「そうですけど、あの人たちが出入りするのを見てたんですか?」

ふたりの女性店員の表情がさらに曇ってゆく。

「すみません、規則なもので。今日店内で働かれる方は、安全確保のため全員、ご本人が書いた簡単なプロフィールを事前にご提出いただいています。おふたりにも書いていただいたと思いますが、ご存じですよね?」

不審者が店員の中に紛れるのを防ぐため要請した。プライバシー保護の問題もあって、はじめは難航したものの、MIT最高責任者の印南が人脈を使い、丸の内仲通りに並ぶテナントビルのほとんどを管理している三菱地所の協力を取りつけたことで、九割以上の店舗が提出に同意してくれた。

「開店までには帰るんですけど。それでも提出しなきゃいけませんか?」

「はい、できれば」

「彼に新しい無線ルーターを持ってきてもらって、今、奥で古いものとの交換と設定をしてもらっているんですけれど」

事前に見た図面ではバックヤードの広さは十畳ほど。事務室兼、大型のスタンド花や楽屋花の注文が入ったときの製作場に使われている。

「呼んできてくれる？」

店長の言葉に若い店員がうなずき、バックヤードへのドアに向かおうとした瞬間、

「あっ」と悠宇と二瓶が同時に声をかけ、止めた。

ひとりで行かせると、彼女を人質に取られる可能性がある。

「その方、作業中なんですよね、私がお聞きしてきます」

二瓶がいった。

「僕も。これにプロフィールを直接入力していただいたほうが早いので」

板東もバッグからタブレットを出し、二瓶に続いた。

ノックをして声をかけ、ふたりが身分証を見せながらバックヤードに入ってゆく。

もちろんドアは開けたまま。だが、横に長い部屋のようで奥の様子まではわからない。

説明をしている二瓶の声だけが小さく聞こえてくる。

花に囲まれた店内では、店長とアルバイトのふたりはまた開店作業に戻ったが、表情は硬いままだ。居心地の悪い数十秒が過ぎたあと、バックヤードの奥でビュンという音が響いた。直後に「うっ」という二瓶の短い呻《うめ》き声と、がたがたと何かが崩れてゆく音が聞こえた。

「どうかしましたか⁉」

悠宇と本庶は叫び、踏み込んだ。

部屋の奥、大きな作業テーブルの向こうで板東とミトロヴィッチが積み上がった花筒を蹴散らしながら揉み合っている。テーブルの足元には腕に細いものが突き刺さった二瓶が倒れていた。

ボウガンの矢？

すぐさま本庶も飛びかかったが、ミトロヴィッチに蹴り飛ばされた。本庶の背中が事務用のパソコンが置かれたデスクに叩きつけられ、プリンターやモニターが床に落ちる。

身長百八十センチの板東の右手が、自分よりさらに大きなミトロヴィッチの首を摑んでいる。が、ナイフで斬られたようで板東のコートの肩口が血で染まっていた。しかもミトロヴィッチの振りかざすナイフの刃を左の素手で握り、受け止めている。二瓶も倒れたままミトロヴィッチの脛《すね》を蹴った。

「来ないでください」

悠宇はドアからバックヤードを覗き込んだ店長にいうと、腰のホルダーから伸縮式警棒を抜き、ミトロヴィッチに飛びかかろうとした。

しかし、乾の声が聞こえた。

「下がれ」

ブリーフケース型の盾を構えた何人もの男たちがバックヤードになだれ込んでくる。

ＳＡＴか銃対かはわからないが私服の下に防弾衣を着込んだ特殊部隊だ。その中に混じった乾参事官が大声でくり返す。

「下水流、本庶、下がって伏せろ」

直後——

部屋の照明が消え、揉み合う板東とミトロヴィッチのすぐ近くにまばゆい光が広がった。数秒間輝き続け、部屋全体をギラギラと照らす。真夏の太陽を直視してしまったときの数倍のまぶしさが両目を貫く。

無音閃光弾だ。

しかも、二個、三個と投げ込まれた。激しい閃光が部屋を染めてゆく。悠宇は顔を伏せたが、目を閉じてもまぶたを透かして輝きを感じる。

その輝きが収まるとすぐに目を開けた。が、前が霞んで見えない。

しかし、音は聞こえる。

ミトロヴィッチの悶絶する声。いくつもの靴音。男たちの叫び声が交錯し、がんがんと床や壁を打つ音が響く。ようやく目が見えてくると、部屋の照明は戻り、茶色の髪にヘーゼル色の瞳をしたミトロヴィッチが体に銃型スタンガンの針とケーブルを二本つけたまま、床に組み伏せられていた。

その横には乾が立ち、口に布を詰められたミトロヴィッチを見下ろしている。

「これもレーザー照射器のようです」

ミトロヴィッチが持ち込んだ大きなナイロンバッグを、携行式の簡易透過装置を使って調べた隊員が報告した。腕に矢の刺さった二瓶と、手のひらと肩を斬られ出血している板東の応急手当もはじまっていた。二瓶が顔をしかめながら、声に出さず「痛い」と口を動かして見せる。板東もこちらに向けて片手をあげた。悠宇は無言でうなずき返す。

とりあえずふたりとも、命にかかわるほどの重傷ではない。

だが、またもレーザー照射器、そしてボウガン。

――本当にこんなもので？

「行きます」

悠宇は乾に伝えた。

「私はこいつに話を聞きます」

乾が膝を折り、倒れたままのミトロヴィッチの顔を覗き込んだ。この場で尋問をはじめる気だ。

悠宇は本庶とともにバックヤードを出た。

生花店の店内のほうにも私服警官たちがいるが、まだこちらの照明は消えたままだった。ふたりの女性従業員の姿はない、警察が身柄を保護したのだろう。店のウインドウ一面に目隠しの布が張られ、薄暗い。入り口のガラスドアにも布が張られ、外に私服の女性警察官が立って警備している。

布の隙間から外の様子がわずかに見えたが、誰も覗き込んでいない。観衆はこちらに背を向け、まもなく選手たちが駆けてくるコースのほうを見つめている。

騒ぎは外に漏れていない。

イヤホンから聞こえる通信を確認したが、他の場所からの不審者や不審物の発見報告はなかった。花筒が倒され、無数の花や葉が散乱する店内を眺めながら、もう一度考えてみる。

他に可能性があるのは――

事前の逮捕計画では、容疑者確保の現場に無関係の店員や客が居合わせた場合、外傷が認められなくても、いったんこの近くの興進生命ビル一階の空きテナント内に用意された応急処置室に運ばれることになっている。そこで異常なしと確認されてから、近隣署に移動し聴取を行う。

「応急処置室よろしいですか。第七ユニット下水流です」

悠宇はマイクを通じて話しかけた。

『何でしょう？』

「先ほどそちらに向かった女性店員二名は、今どうされていますか？」

『ついさっき到着されましたが、トイレに行きたいといって、同行した警察官につき添われて出て行かれました』

「同行者は制服警官？」

『ええ。制服の女性です』

「わかりました。ありがとうございます」

通信を聞いていた本庶と目で合図を交わし、生花店を出た。

隣のビルへ急ぐ。

こういう直感に頼るようなことは好きではない。

けれど、ミトロヴィッチとの揉み合いが起きたあと、バックヤードを一瞬覗いたときのあの女性店長の目——以前見た元軍人の外国人容疑者、そしてついさっき確保した細身の男に、あまりにも似ていた。

思い過ごしでもいい。悪い可能性が少しでも感じられるなら、確認しなければ。

ただ、もう時間がない。遠くから歓声が聞こえてくる。あとわずかでレースの先頭集団が丸の内仲通りに入ってくる。

走りながら悠宇はまたマイクに話しかけた。

「生花店の店員二名に同行された方、今どちらでしょう？　第七ユニットの女性制服警官の方です。今どこですか？」

返事がない。

「現在地は興進生命ビル一階のトイレでしょうか？　どちらのトイレですか？」

やはり応答はなかった。

あの女性店員たちの身元は確認済みのはずなのに。調査が甘かった？　それほど巧妙に偽装されていた？　正体を探る前に、まずはふたりを見つけなければ。どちらかが人質に取られている可能性もある。

『どうしました?』

乾から通信。

「東晶花壇の店員ふたりの居場所がわかりません。同行した女性警官からの応答もありません」

『店員たちの画像を一斉送信させます』

これでレースの警備をしている全員があの女たちを警戒し、行方を探す。

悠宇と本庶は興進生命ビルのエントランスに入った。

応急処置室周辺を探す? それとも一階の女子トイレ? いや、もういないだろう。女性警官から無線のイヤホンを奪い、こちらの通信を聞いている可能性も高い。だが、トイレから遠くに離れられるほどの時間もないはずだ。

まだこのビル内にいる。

「乾参事官、興進生命ビルの各出入り口に人を回してください」

『わかりました』

画面の割れた携帯がアラートを鳴らしている。警戒ランクがもっとも危険度の高いAに上がった合図だ。

「興進生命ビル警備室、先ほど送られた画像の女性二名の館内所在確認願います。制服の女性警察官が同行している可能性あり」

『わかりました』

丸の内仲通り沿いの各ビル警備室には、ビル側の許可を得て監視カメラチェック用の捜査員が配置されている。

『中年女性らしき一名発見。一階西側エレベーターホールに向かっています』

悠宇はテナントが並ぶ広い通路の中央に立ち、周囲を見回した。

――いた。あの水色のフードだ。

肩までの黒髪に中肉中背のうしろ姿。店長の中年女がエレベーターホールにいる。エプロンは外しているが、制服の水色のパーカーはそのまま。着替える時間も、代わりの上着を用意する時間もなかったのだろう。

本庶も感知し、悠宇とふたり全力で駆けてゆく。

中年女も悠宇たちに気づいた。白いトートバッグを握り締め、到着したエレベーターに慌てて乗り込んでゆく。

ドアが閉まる。しかし、寸前で悠宇と本庶は左右のドアを手で押さえた。

「そのまま動かないでください」

悠宇はいったが、女は無視してトートバッグから銃身の長い拳銃のようなものを取り出した。バスッと小さな破裂音がエレベーター内に響く。

悠宇は避けたものの間に合わない。体が半回転し、右肩に激しい痛みが走った。強い力で肩をうしろに引っ張られたような衝撃。

銃口が今度は本庶を狙う。だが、撃つ前に悠宇は飛びかかった。中年女の背をエレベーターの壁に打ちつけ、パーカーの右袖を摑む。本庶もパーカーの左袖を摑む。そのまま外に引きずり出し、うつ伏せに倒した。女の耳からイヤホンが外れ、飛んでゆく。やはり女性警官から無線機を奪い取っていた。

エレベーターのドアが閉まり、女の落とした拳銃のような武器だけを乗せ、上階に上がってゆく。

倒れても抵抗を続ける女に本庶が手錠をかけた。それでも女は床を這《は》い暴れている。

「行ってください」

本庶が女を押さえながらいった。

悠宇はうなずき、また走り出した。

アルバイトの若い女がいない。女性警官も一緒ではなかった。

若い女はすでに上の階に行った？　いや、その可能性は低い。あの中年女はイヤホンをつけていた。悠宇たちの通信を聞き、短い時間で若い女を逃がすため、あえてエレベーターホールに姿を現した可能性が高い。そしてブラウンの髪を結い上げたあの若い女が、すでに上階に向かったと印象づけようとした。

ミスリードを誘ったのなら、逆に若い女の居場所は――

「警備室」

『はい。今調べています……映像出ました。五分前、一階日比谷通り側南女子トイレ。女性警察官と三名で入って、三分前、出てきたのは先ほどの中年女性一名のみです』

「わかりました」

右肩がすごく痛い。だが、服はそのままで出血もしていない。銃弾を撃ち込まれたと思ったけれど、違った。確かに何かが命中したのに。

あれはゴム弾で、当たったあと、どこかに跳ねていった？　いや、それなら見えたはずだ。何も見えなかったし、何もなかった。でも肩がすごく痛い。

悠宇は女子トイレに駆け込んだ。

——やっぱり。

左右に個室が並ぶ広いトイレの真ん中に制服警官が倒れていた。その向こう、窓が開いている。若い女はあそこから逃走したようだ。

すぐに警官に駆け寄り、声をかけ脈を確認した。意識はないが生きている。同時にトイレ内を再確認する。各個室のドアはすべて開いていて、他に利用者はいない。

「警官負傷、救急班を。興進生命ビル一階、日比谷通り側南女子トイレ。脈、呼吸はありますが、意識がありません」

無線で緊急連絡する。女性警官は額から出血し、床に血痕があるので、ここで襲われ、頭を何度か打ちつけられたのだろう。

「乾参事官」

『聞いています。アルバイトの若い女は？』

「まだ所在不明です」

あの若い女は、巻き込まれたのでも被害者でもない。はじめから計画に加わっていた加害者だ。

「警官の拳銃は奪われていません。制服もそのまま、着衣に乱れはありません」

拳銃が残されているのは、レースに参加している選手たちの殺害が目的ではないので当然か。だが、制服を脱がされていないのは、あの女に奪って着替えるだけの時間がなかったからだ。

『女の逃走経路は？』

「トイレの奥の引き上げ式の窓が開いています。窓の外は隣の東亜ビルとの間の細い通路、ここを通って丸の内仲通り側に出た模様です」

『追尾願います』

「ごめんなさい。すぐに助けが来るから」

悠宇は意識のない警官に背を向け、窓枠に片足をかけた。

直後――

「うしろだ！」

背後で男の叫び声がした。

慌てて振り向くと、ファー付きコートを身につけた小太りの女が右手に構えたスタンガンを悠宇の体に突き立てる寸前だった。

――足音も聞こえず、まったく気づかなかった。

即座にスタンガンを握る女の右手首を摑む。そのまま組み伏せようとしたが、力が強く、悠宇はスーツの襟元を摑まれ、背中を壁に叩きつけられた。

女の足を払うが倒れない。逆に床に倒されそうになったところで、トイレに駆け込んできた三人の男たちが女を悠宇から引き剝がした。

さらに女の握っていたスタンガンを叩き落とし、床に投げ飛ばす。

「馬鹿、油断するな」

倒れた女を組み伏せながら叫んだその男の頭はうっすら禿げている。あのクソ嫌味だった千葉県警捜査一課の江添《えぞえ》、本庶に情報漏洩させようとした野郎だ。女の手足を押さえている他のふたりの男も見覚えがある。ＤＡＩＮＥＸ総合研究所の地下駐車場で嶺川選手に絡んでいた奴らだ。

だが女は抵抗を止めず、コートのポケットから新たに出したスタンガンを江添に押しつけた。バチバチと音が鳴り、江添の体が痙攣《けいれん》する。しかし怯まず、唸《うな》りながら女の顔に頭突きを入れた。さらに頭突きを一回。女の意識が薄れた瞬間、別のひとりが握っていたスタンガンを奪い取った。

「どうして」

悠宇は思わず漏らした。

「焚き付けたのはおまえだろうが」

江添が女が舌を嚙まぬよう口にハンカチを突っ込みながらいった。

確かに悠宇はMITへの参加を呼びかけた。

でも――

「モタモタすんな。早く行け！」

江添が怒鳴る。

こういうアオハル的な展開は正直いって苦手だ。しかし、そんな個人的趣味にこだわっている場合ではないし、間違いなく助けられた。

「ありがとうございました」

悠宇は大声で伝えながらトイレの窓の外に出た。

「すみません、状況説明をお願いします」

隣のビルとの間の狭い通用路を進みつつ、イヤホンを通じて乾に呼びかける。

『ご無事ですか』

乾が確認する。

「はい。江添さんたちに助けられました」

『彼らも役に立ったようですね』

乾は江添たちの参加を悠宇に伝えなかっただけでなく、悠宇を密かに遠距離から監視援護するよう彼らに指示を出していたのだろう。

参事官を問い詰めたい気持ちもあるが、それより自分を戒《いまし》めなければ。

もうひとり仲間がトイレに潜んでいるとは予想していなかった。江添にいわれた通り、油断であり、読みが甘かった。あのファー付きコートの女が握っていたのがスタンガンではなくナイフだったら、そして江添が声をかけてくれなければ、悠宇は殺されていたかもしれない。

乾は状況説明を続けている。

『ミトロヴィッチは何も知らない模様。本庶くんが確保した中年女性の身柄は、すでに車両内に移動させ、尋問を開始しました』

「わかりました。花屋の女の行方を追います」

通用路を抜け丸の内仲通りに戻った。

観客は歩道に二重、三重になりコース側に視線を向けている。

右側、有楽町方面から歓声が上がり、そのざわめきが波のように近づいてくる。レースのトップ集団がこちらに向かっている証拠だ。

観客の手にしている携帯の中継画面を横から覗いた。歓声がさらに大きくなってゆく。ゼッケン1のカイルング選手がほぼ並んでトップを走り、その後方、二十メートルほど離れてゼッケン17の嶺川選手が追いかけている。

テロ実行犯の標的は間違いなく嶺川選手だ。今は何より彼の近くへ行くことを最優先する。コースを横切ることはもう禁止されているので、あの若い女が向こう側の歩道に移ったとは考えにくい。

丸の内仲通りの、こちら側の歩道のどこかに必ずいる。そして至近距離から嶺川選手を狙うはずだ。

目を開き、群衆をつぶさに見ながら全力で有楽町方面へ向かう。

――やばい。

走り通しで右足が動きづらくなってきた。

――お願い、もう少し持って。

今履いているＤＡＩＮＥＸの大園、海老名、権藤の三人がプレゼントしてくれた靴のことを考える。このパンプスには、今レースを走っている嶺川選手が履いている「ちょいグロ」シューズと、ほぼ同じ技術・素材が使われている。

「ランニング・シューズと較べても遜色ない、軽さ、履きやすさだよ。脱げないし、耐久性も高い。何より速く走れる。競技用クラスのポテンシャルを持ってるんだ」

大園総監督はそう説明しながら手渡してくれた。

「前にＤＡＩＮＥＸ《ウチ》でランニングマシンに乗っただろ。実は、あんときにお嬢ちゃんが履いて走ったシューズより性能はいいんだ。あの凄さを、何もアスリートだけのものにしておくことはないだろ?」

権藤シューズ工房責任者は誇らしげだった。

「普通のパンプスと較べて、膝や足首への負担は三分の一以下。特にその負担軽減に一番重点を置いて開発したものなんです。下水流さんの足に限らず、負荷から解放してあげれば、歩行困難になった高齢者や負傷した人間も自分の足で歩く力や喜びを、少しずつ取り戻してくれるのではないかと思っています。自力で歩けるという自信は、何より人の潜在能力や行動欲求を引き出してくれますからね」

海老名研究部門責任者は説明してくれた。

ランニングとシューズに関しては日本最高峰の知識、技術、経験を持つ三人が作ったパンプスだ。私の足への負担も疲労度も三分の一以下になっているはず。総合研究所のランニングマシンに乗って全力で走ったときは、七分二十二秒が限界だった。そこで私の右足はロックしたように膝から下が動かなくなった。

だが、このパンプスなら私はいつもより速く、そして三倍長い距離を走れる。三倍長い時間走れる。

――きっとだいじょうぶ。

歓声が絶叫に変わり、さらに近づいてくる。

トップ集団が来た。まだトラブルは起きていない。妨害はされていない。あのブラウンの髪の若い女は、これから必ず仕掛けてくる。

選手たちと並走していれば見つかるはずだ。

二重三重に並ぶ観客の向こうに背の高いルツーリ選手の頭が見えた。観客の隙間から小柄なカイルング選手の姿も確認できた。このあとに嶺川選手がやってくる。

観客の人垣を挟み、先頭のふたりと悠宇は並んで走った。だが、全力で走らなければ、すぐに置いて行かれてしまう。

すでに四十キロ以上走ったふたりなのに、本当に速い。

悠宇の息が上がる。心臓が激しく打つ。右足の感覚が少しずつ消えてゆく。

しかし——やはり女はいた。

見つけた。

水色のパーカーを着た彼女が肩にかけたトートバッグに片手を入れながら、並ぶ観衆に背後から近づいてゆく。

「動くな！」

悠宇は駆け寄りながら叫んだ。

「別动《ビィエドン》」「Freeze」

同じ意味の言葉を、中国語、英語でくり返す。

あの若い女、事前調査では日本人だったが、本当は違う可能性がある。叫び続ける悠宇に観客の何人かが気がつき、振り返った。

若い女も気づき、こちらを一瞬見たが、また前を向き、バッグから先ほどの女が持っていたのと似た形状の銃身の長い銃を取り出した。

重なる観客たちの隙間に向かって構える。

何があっても撃つ気だ。

「嶺川」「頑張れ」の歓声が沸き起こる。

彼が来る。でも絶対にあの女には撃たせない。

悠宇は女に飛びかかった。構えていた銃を掴み引き寄せる。ほぼ同時に銃がバスッと音を発した。悠宇の顔のすぐ横、銃口から何かが飛び出し、頬を掠《かす》めてゆく。

嶺川選手には――

歓声は聞こえるが、悲鳴は聞こえない。彼には当たっていない。

女が撃ったのはエアガン？　いや違う。銃弾ではなく、高圧縮した空気そのものを撃ち出している。衝撃波を標的に撃ち込むエグゾーストキャノンと呼ばれるものだ。

路上に倒れた悠宇と女はそのまま転がった。観客から少しでも遠くに離れなければ。

だが、組み伏せようとするものの、女も悠宇の腹や足を蹴りつけてくる。

「嶺川！」の歓声が遠ざかってゆく。

彼は駆け抜けていった。

それでも女は抵抗を続け、揉み合いながらまたコースの方向に銃を向けた。

嶺川選手は走り去っていったが、観客に命中し負傷者が出れば混乱が起きる。逃げる人々がコースを塞げば、東京ＷＣＣＲは中断、レースそのものが壊される。

悠宇は体を目一杯伸ばし銃口を右手で塞いだ。またもバスッと音がして、手のひらに錐《きり》で突かれたような激痛が走り、吹き飛ばされた。右手が銃口から離れてゆく。さっき撃たれた右肩にも痺れるような痛みが走る。

しかし女は続けて三発目を撃たず、銃床を悠宇の頭に振り下ろした。弾切れ？　悠宇は銃を握る女の腕を受け止めると、同時に女の左膝裏を蹴った。

頽《くずお》れてゆく女の腕を捻《ね》じ上げ、手から銃を落とさせる。

だが、女は左手で折り畳み式のナイフを取り出した。

そして背を向け、またも走り出す。

悠宇も女の落とした銃を拾い、すぐに追いかける。ナイフを持ったあの女に、観客や通行人を人質にされることは何としても回避しなければならない。

「止まって。抵抗はやめなさい」「Stop. Don’t resist」「停止《ティンジー》、不要抵抗《ブゥーヤオディーカァン》」

追いながら三つの言語で呼びかける。

だが、右足がやばい。膝下が痺れ、地面を捉える足裏の感覚が少しずつ消えはじめた。

走る悠宇のうしろを、騒ぎに気づいた私服の捜査員が追ってくる。ずっと遠く、逃げる若い女の前方からも、ふたりの制服警官がこちらに駆けてくる。

観客たちも気づき、振り返り、女に視線を送る。

行き場のない彼女は立ち止まり、一瞬沿道に並ぶ観客を見た。

――まずい。

と思ったが、女はその反対側、紳士服の高級セレクトショップに駆け込んだ。

観客を巻き込むのを避けた?

なぜ? ついさっきまで、あのエグゾーストキャノンで撃とうとしていたのに。

悠宇も腰のホルダーから伸縮式警棒を出しセレクトショップに駆け込む。目の前の丸の内仲通りで行われているレースは最終盤、やはり店内に客はいない。

「下がって。離れてください」

驚いている男性店員ふたりに呼びかける。そして警棒を前に出し、半身になりフェンシングスタイルで構えた。

若い女もナイフを右手に持ち替え、構える。

「ナイフを離して。抵抗せず、ゆっくりこちらに来て」

悠宇は呼びかけた。

彼女は他人の命を奪いたくない？

あの銃で観客を撃とうとしたのは、致命傷にはならないとわかっていたからだ。誰かが少しばかり傷つき、騒ぎが起きてレースが中断されることを狙っていた。圧縮空気が命中しても死なないのは、実際に肩と手のひらを撃たれた悠宇自身の体が証明している。

だが、観客にナイフの刃を向け、人質に取れば、ほんの些細なきっかけで刺し、殺してしまう可能性がある。しかし一方で抵抗をやめない。絶対に投降するなと誰かに強要されているのか？　だから悪あがきと見せかけて、他人を巻き込みにくい店内に駆け込んだ？

「ここでやめれば、まだ助けることができる」

話しながら距離を詰めてゆく。

「日本の警察が、あなたのことを守るから」

同じ内容をまた英語、中国語でくり返そうとしたが、ふいに彼女が口を開いた。

「我不相信任何人《ウオブゥーシァンシンレンホーレン》」

私は誰も信じない——直後、彼女は右手のナイフを自分の首に向けた。

瞬間、悠宇は前に飛んだ。

彼女が自分の肌を斬り裂くより速く、胸、首を警棒の先で突き、間を空けず右手に握ったナイフを叩き落とす。

悠宇は警棒を捨て、崩れるように倒れてゆく彼女を抱きとめた。私服の捜査員、制服警官も店に駆け込んでくる。悠宇と若い女を囲み、外の視線から守りつつ、女の身柄を確保した。

気づくと店のウインドウの外から十人ほどがこちらを覗き込み、携帯を向けようとしていた。しかし、また警察官たちが店の前に素早く目隠しの布を広げてゆく。

その布で外から完全に見えなくなってから、悠宇は床に座り込んだままの女に手錠をかけた。

「置き引きです。窃盗の現行犯です」

唖然《あぜん》としている男性店員たちに悠宇は告げた。

これは事実隠蔽ではない。騒ぎを最小限に収め、レースを安全に続けさせ、観客たちの身を守るための処置。そう、方便だ。

悠宇の言葉に捜査員や制服警官たちも同調する。「窃盗犯逮捕、時間は——」「確保した窃盗犯を移動させますので、支援を」などと無線報告している。

こんなことは合同訓練の項目になかった。同調してくれた皆に心の中で感謝する。

すぐに女性警官ふたりがやって来て、朦朧《もうろう》としている若い女の口に布を咥《くわ》えさせた。

そして大きな不織布マスクを口につけて顔の半分を隠し、両側から支えて立たせると連行していった。

――レースは？

東京駅の方向から新たな歓声が聞こえてきた。継続している。

――無事だった⁉

状況を確認しようとポケットに入れた携帯を探るが、見つからない。周囲を確認したが、やはりない。落としてしまった。

「ああ」とため息を漏らし、立ち上がろうとしたけれど、右足に力が入らない。

膝下の感覚がない。エグゾーストキャノンを撃ち込まれた右肩と右の手のひらもズキズキする。意識したとたん、さらに痛みが増してきた。

「ありがとうございました」

もはやすっかり聞き慣れた声に顔を上げると、目の前に乾参事官がいた。

「レースは？」

悠宇は訊いた。

「もう上位の選手たちはゴールしました」

「防げたんですね」

「ええ。先に東晶花壇を出た日本人の男も確保しました。他に丸の内仲通りで不審な行動を取っていた三名の身柄も確保。妨害を企てていましたが、いずれも未遂に終わりました」

――よかった。

やはりテロ計画は複数が同時進行していた。

それで――嶺川選手の結果は？

5

悠宇はマンションの玄関でパンプスを脱ぐと、きちんと揃え、「ありがとう」と声をかけた。この一足も間違いなく今日の功労者だ。自分の警棒をロッカーに入れるときも、ちゃんとお礼を伝えてきた。

右足を引きずりながら廊下を進み、リビングのヒーターのスイッチを入れ、コートとジャケットを床に落とすとソファーに倒れ込んだ。

本当に疲れた。

しかも、痛み止めを打ってもらった右の肩と手のひらが痛い。

レース最終盤、悠宇が若い女を追っていたのと同時刻、丸の内仲通り沿いでは他三件の銃器を使った不審な行動が発見されていた。だが、三件とも周囲に知られることなく、実行犯の身柄は確保された。

他のチームが静かに任務を達成した中、悠宇たち下水流班だけは、走り回り、揉み合い、観客にも気づかれた末に、ようやく犯人を捕らえることができた。

あの銃は、やはり圧縮空気そのものを撃ち出すエグゾーストキャノンだった。詳しい鑑定前だが、射程は七メートル前後と短く殺傷能力も低いものの、命中した体の部位によっては人を歩行不能にしたり、動けなくさせるのに十分な威力があるという。製造元は不明。しかし、一般のエグゾーストキャノンより遥かに高出力で、高度な消音機構が組み込まれていたため、軍や警察の特殊任務用に造られたことはほぼ間違いないそうだ。

威力の高さは撃たれた悠宇自身の体が証明していた、右の鎖骨と右手のひらの中手骨《ちゅうしゅこつ》三本が折れ、今はサポーターとギプスで固定している。

嶺川選手のふくらはぎを狙うつもりだったのだろうと、SATや銃対の連中は話している。格闘技にカーフキックという技があり、脛（脛骨《けいこつ》）のうしろのふくらはぎ（カーフ）周辺部分を狙って蹴るのだそうだ。骨で守られていない上に、長腓骨筋《ちょうひこつきん》・短腓骨筋などの筋肉の厚さが薄い部分なので、鍛えても防御力を上げるのに限度があり、人体の構造上、ここを攻められると一流格闘家でも行動不能になるらしい。しかもエグゾーストキャノンなら中継映像に弾丸が映ってしまうこともなく、証拠が残らない。

ただ、実弾の銃と同じく、標的を正しく撃ち抜くには高い技術が必要だ。

高速で走っているマラソンランナーのふくらはぎ部分を狙い、命中させられるだけの能力を、東晶花壇の従業員に扮していたあの若い女は持っていたのだろう。もし嶺川が被弾していたら、間違いなく選手生命に関わる事態になっていた。

彼女の身元はまだ不明だ。

かばう気などないが、逮捕直前に彼女が取った行動については、先ほど乾参事官と印南総括審議官に報告してきた。

「観客を人質に取らなかったのは、悪あがきをしてもメリットはないと思ったからだろう」

と、乾、印南の近くに座っていた他の警察庁高官にはいわれた。

「逮捕が避けられないとわかって、今後の心証を少しでもよくしようとしただけだ」

と、以前、印南の執務室で会った外務省の官僚（やはりそうだった）は話した。

その場にいる偉い方々の半数以上が、計略を含んだスタンドプレーに若い警官が騙されたのだと感じているようだった。

だが、悠宇は計略的な行動だとは思っていない。

彼女が他人を傷つけるよりも、自分を傷つけてすべてを終わらせようとしたのは間違いないことだ。悠宇が警棒で突いて止めなければ、彼女はもう生きていなかった。

まだ午後七時半。

手のギプスがじゃまだけれど、シャワーだけは浴びたい。歩道に転がったせいで髪が埃っぽくなってしまった。

だが、その前に録画しておいた東京ＷＣＣＲの中継を見よう。

音声は消したまま、走る選手たちの姿だけを眺めた。

結果はもちろんもう知っている。

一位はゼッケン1、優勝候補だったクリア・カイルング選手。記録は一時間五十九分三十八秒。世界新記録であり、三月四日はマラソン界にとって、これまで未到の一時間台に人類が突入した記念すべき日となった。

二位はゼッケン24、もうひとりの優勝候補だったカウボ・ルツーリ選手。終始レースを牽引したものの、最後でカイルング選手に振り切られた。だが、彼の記録も一時間五十九分三十九秒。

一位と二位が二時間を切る驚異的なタイムの死闘に、コース周辺に集まっていた観衆もテレビやネットで観た視聴者も興奮した。日本だけでなく世界中のテレビニュース、ネットニュースがこの快挙を伝えている。ふたりが身につけていた「UNLEASHED《アンリーシュド》」「Rapide《ラピッド》」のウエアとシューズも、レース直後から世界中のショッピングサイトで爆発的に売り上げを伸ばしていた。

ゼッケン17、嶺川蒼《あおい》選手は三位だった。

記録は二時間〇分二秒。彼も昨日までの世界記録を更新した。もちろんアジア人としては歴代最速記録で、彼が身につけていたＤＡＩＮＥＸのウエアとシューズも、アジアを中心にネットショッピングで売り上げを伸ばしている。

三位、二時間〇分二秒。

素晴らしい結果だ。

今、彼自身はどう思っているのだろう。彼と一緒にレースに挑んだ大園、海老名、権藤は何を感じているのだろう。

テレビやネットの称賛の声を聞くまでもなく、悠宇も快挙だと心から思っている。

——彼は求めていた光景を見ることができたのだろうか？

嶺川選手がウォーマーのボレロ型上着とトランクスを脱ぎ去るシーンの動画が、「東京WCCR中、もっとも美しい光景」のタイトルでネットに上げられている。世界中ですでに五百万回の再生回数を記録していた。しかし、「東京WCCR中、もっとも世界を驚かせた場面」のタイトルで上げられた、ルツーリ選手のシューズ交換シーンの動画は再生回数三千二百七十万回を突破していた。

このレースの「ランベット」での投票券売上額は七百二十億円を超えた。財務省やスポーツ庁、各スポーツ団体は歓喜しているそうだが、地方公務員の悠宇には関係ないことだ。一位二位三位の選手をすべて当てる連勝式投票券の払戻金額も聞いたが、もう忘れてしまった。とりあえず悠宇の買った嶺川蒼選手一位の単勝投票券は外れた。

そんなことより、やはり彼が見られたのかどうかが気になる。

疲れと痛みがまた押し寄せてきた。それでも化粧は落とさなければ。

バッグの中で携帯が鳴った。

誰だ？　ひび割れた画面を見て、すぐに出た。

『こんばんは』

「どうしたの？」

神戸の父からだった。

『テレビのニュースで見たんだ。それでちょっと心配になってね』

悠宇が今日、犯人を追尾している際の姿が東京WCCR中継カメラに撮られ、ほんの短い間だが全国放送されてしまった。

「歴史的レースの裏で窃盗犯逮捕」のタイトルでネットニュースにもなっている。報道カメラマンや観客が携帯で撮影した、悠宇が犯人と揉み合う姿もネットにアップされ、もうかなりの再生回数になっているらしい。

「だいじょうぶ。置き引き犯を見つけたから、追いかけて逮捕しただけ」

警察庁からプロバイダーに削除要請してくれと乾参事官に頼んだが、今のところそのつもりはないといわれた。どの動画も容疑者――あの若い女――の顔は映っていないか、修整が入っていてプライバシーと人権は守られているため、削除の根拠となる理由がないのだという。

一方で、捜査員である悠宇の顔はバッチリ映っている。

警察庁は余計な依頼などをして、レースの裏で本当はどんな事件が進行していたのか、マスコミやネット界隈で騒がれ、探られたくないのだろう。

『怪我はなかった？』

父が訊いた。

「うん。いつもやってることだしね」

『あんなこといつもやってるのか？　あんなって言い方は、ちょっと失礼だけど』

「いや、犯人逮捕って意味。街中を走り回ったり、道で犯人を組み伏せたりなんて、何年かに一回あるかないかだから」

『そうか、ならよかった。元気かい？』

「元気だよ」

『仕事のほうは？　順調かい？』

「まあまあかな。でも、どうにかやってる」

『あの人とは？　揉めずにやれてるかい？』

あの人——母のことだ。

「うん、どうにか。今日は旅行でいないし」

『また旅行か。まあ筆頭株主のなさることに文句をいうつもりはないけど』

「マラソンで混んでいる東京が嫌なんだって。だから明日の夜には帰ってきちゃうけど」

『苦しくなったら、無理しないでそこを出ていいんだぞ。引っ越し代くらい貸すから』

「どうしてもってときは、お願いする」

『あの人、元気にしてるのか？』

「元気だから、あちこち旅行して遊び歩いてるんじゃない？」

『確かにそうだ。今日な――』

父が言い淀む。

「何？」

『テレビで悠宇の姿を見て、少し嬉しかった』

テレビに出ていたのが嬉しいという意味ではない。

「ちゃんと歩けてるし、走れてるよ」

『そうみたいだな。よかったよ』

「だから、だいじょうぶ」

『何度もだいじょうぶっていわれると、逆に不安になるんだよ。親ってのは』

「じゃ、何ていえばいい？」

『返事に困るな』

「お父さんは元気？　仕事しすぎてない？」

『この歳になると、したくてもできないよ。周りも気を遣って、渡されるのは簡単な事務作業ばかりだし』

「それでいいんじゃない？　社長なんだし」

『そうだな。物足らないくらいがいいのかもな。とにかくよかった』

父は足のことをずっと心配してくれていた。だが、そのことになぜか素直に「ありがとう」と返せず、言葉に詰まった。

『やっぱり心配なんだよ。子供のことは』

「もう二十九歳なのに」

『いくつになっても僕の娘であることに変わりはないだろ』

「そうだけど」

『それに君は優しすぎるから』

「優しい？　私が？」

『感情を隠すことで自分を守っているような人に、必ず手を差し伸べる。幼稚園のときも、小学校のときもそんな子に、君は優しかったろ』

子供のころのことは覚えてないけれど、なぜだか嶺川選手の顔が頭に浮かんだ。

『強がることで弱い自分を守っている人を、放ってもおけない』

「それって母さんのこと？」

『ああ、そうだよ。それにあの人だけでなく、僕のことも心配してくれている。離婚したとき、独りになる僕を気遣って、自分の名字を下水流にすることで、君は変わらず僕の娘でいてくれた。親思いの素晴らしい娘だと思っているよ。でもね、優しすぎて、自分が傷ついてしまうことがなければいいと思っている。誰かの傷や痛みを背負いすぎて、君自身が潰れてしまわないか心配なんだ』

「そんなに優しくないよ。それにもし背負ったとしても、重さに気づかないんじゃない？」

『気づかないから心配なんだよ。知らないうちに許容量を超えてしまっていそうで』

「私そんなに鈍感かな？」

『ああ。自分のことに関しては』

「そうなんだ」

『怒ったかい？』

父が笑う。

「嬉しくはないけど、とにかく気をつけるようにする。ありがとう」

さっきはいえなかった「ありがとう」の一言が、今度は素直に口から出た。

少しの沈黙。

『また電話するよ』

父が先にいった。

「うん」

『君が活躍している姿を見て誇らしかったよ。じゃあな』

「うん」

通話が切れた。

携帯の画面が割れて傷だらけだ。さすがに買い替えなくては。痛い出費だ。

犯人追跡中に落とした任務用の携帯もいちおう見つかった。だが、そちらも画面が派手に割れていて、修理が必要だといわれた。たぶん直すより買い直したほうが安いので、データ消去の上、廃棄処分になるのだろう。

乾参事官からは落としたことを厳しく注意された。

〈漏れてはならない情報が数多く入っています。いくら追跡中でも手放したり、ましてや落とすことなどあってはならない〉

その通りだ。弁明の余地はない。そして明日中に始末書を提出しなければならない。ただ、書くのははじめてで、間明係長に書き方を教えてもらう必要がある。

悠宇のように現場で動いていた末端のＭＩＴ捜査員にとって、今日で東京ＷＣＣＲの妨害テロ行為に関する実動的な捜査は終了する。今後は各自、報告書作成が待っている。警察という「役所」の中では、どんな任務にも大量の書類書きという作業がついて回る。日時は未定だが、数週間後には今回のＭＩＴの解散式と全体打ち上げが行われる。

――けど、行きたくない。

お酌をしつつ受けつつ、皆に感謝を伝え逆に労《ねぎら》いの言葉をいただきながら、広い会場を回る。想像しただけで酷く疲弊してしまい、暗いままのテレビ画面をしばらく見つめていた。

シャワーを浴びて、東京ＷＣＣＲの任務が一段落したお祝いにビールを飲みたい。

だが、ソファーから重い腰を上げ、立った瞬間、「いっ」と思わず声が漏れた。折れた右の鎖骨がまたズキズキと痛み出す。あくびをしようと、ほんの少し背筋を伸ばしただけなのに。

ビールの代わりに痛み止めを出し、キッチンに立った。錠剤ふたつをグラスに入れた水道水で喉に流し込む。

でも――誇らしかった、か。

ついさっき父から聞いた言葉が頭をよぎった。悠宇の中にぼんやり漂っていた思いがかたちになってゆく。

――私、自分のやったことを誇っていいんだ。

ようやく任務が終了した実感が湧き、さっきまでの憂いが晴れてゆく。

飲み込んだ錠剤のせいだろうか、気分がよくなってきた。

今なら面倒な作業もかたづけてしまえそうだ。

ちょっと考えたあと、もう一度携帯を手に取り、千葉県警の江添に宛てた感謝のメッセージを打ち込んでゆく。あいつに助けられたのは確かだが、あらためてお礼をいうのも何か違うというか、気が進まなかった。間明係長からも『すぐに送れ』と忠告されたのに、この時間までずるずると先送りにしてしまった
書き上げた文章を一度読み返す。そしてすぐに送信した。

――よし。

飛び回る小虫みたいに煩《わずら》わしかったものが消え、またちょっと心が軽くなる。

今日の負傷に対して支払われる保険の見舞金を何に使おうか、などと考えながら風呂のお湯張りボタンを押すと、携帯が震えた。

江添からの返信。レスポンスの速さに驚きながらも読んでみる。

〈こちらこそありがとうございます。今回のMITに加わるきっかけを与えてくださったこと、大変感謝しております。ここで得ることのできた経験を生かし、今後もさらに精進を重ねてゆく所存です〉

馬鹿丁寧な文面を見て、遠回しに嫌味をいわれているような気分になった。

──なんかちょっと、腹立つ。

曲解し過ぎだろうか。でも、胸の中の楽しい気持ちがしぼんでゆく。

暗転した携帯画面に映った悠宇の顔は、いつもの少し不機嫌な表情に戻っていた。

七章　マイ・ディア

1

三月十一日　東京WCCR終了から七日

「奥様に大変な怪我をさせてしまい、申し訳ありませんでした」

乾《いぬい》参事官とともに悠宇《ゆう》は頭を深く下げた。

「いやいや、そんな。とんでもない」

出迎えてくれたご主人も、恐縮したように何度も頭を下げた。

横にいる二瓶《にへい》本人はニヤニヤしている。

「参事官に頭を下げていただくなんて、一生に一度くらいの出来事なんで、何か笑っちゃいますね」

「もう、失礼なこといわないで。とにかくどうぞお上がりください」

ご主人に促され、玄関で靴を脱いだ。リビングへ進んでゆく。

埼玉県和光市にある二瓶夫妻の自宅マンション。

部下の家に来るのは初経験だ。まあ、今回はじめて部下を持ったのだから、当然だけれど。任務中に負傷し、休暇療養中の部下を上司が訪ねるのは、警察では半ば慣例化している。わだかまりが残らないよう、本人だけでなく家族にもしっかり謝罪をしておくという一種の儀式だった。

「上野うさぎやのどらやきですか。さすが参事官と班長、センスがいい」

見舞いに差し出した緑色の紙袋を見ながら二瓶がいった。

「だから失礼だよ。本当にすみません」

横のご主人がまた頭を下げる。

〈ダンナともども祭り好きなの。神輿《みこし》も担ぐけど、大太鼓、桶胴太鼓、締太鼓、やらせてもらえるなら何でも叩く〉

以前二瓶は話していた。ご主人からは和太鼓を乱れ打ちするような荒々しさは感じないが、ただのおっとりした人というのとも違う。

会話が一段落したところで、ご主人はお茶を注ぎ足すために立ち上がった。そのまま「花に水をやる時間なので」と、ひとりベランダに出て窓を閉めた。

いいチームワークというか、バランスの取れたご夫婦だ。

マンションは高台にあり陽当たりがとてもいい。

昨日の三月十日、東京WCCR実行委員会は日本中の人々の協力に感謝するとともに、レースを「大成功」と表現し、来年に加え再来年も開催されることを正式発表した。

「でも、正直こりごりだな。参事官の前ですけど」

二瓶がいった。

悠宇も同じ気持ちだ。

レース妨害テロの実行犯の捜査も、レースの警備も二度としたくない。不慣れなことの連続で本当に疲れたし、班の四人中三人が負傷した。

「申し訳ありませんでした」

悠宇はあらためて謝罪した。

「あのとき二瓶さんに任せず、私自身がバックヤードに入るべきでした」

「そんなこといわないでください。班長の指示を受けたからじゃありません。バックヤードに入ったのは、私がそうしたかったからです。で、自分の判断を今でも間違っていなかったと思っています」

二瓶の左腕は、骨や筋肉に加え腱も傷ついていたため、指先の動作が少し不自由になっている。元通りにするため、これからしばらくリハビリを続けなければならない。

「それより動画、見ましたよ」

二瓶が含み笑いを浮かべる。

「いやもう、その話はいいですから」

悠宇は渋い顔で返した。

レース当日の悠宇の走る姿や逮捕時の動画は、今も再生回数を伸ばしていた。動画をコピーし、「キレイすぎる」とか「ビューティコップ」とか、信じられないくらい古くて寒いタイトルをつけてアップロードし、拡散させている連中もいて、心底迷惑している。

「でも、班長は鎖骨と手のひらを骨折したのに一日もお休みにならなかったし、あちこち斬られて入院してた板東《ばんどう》君も、もう退院して一昨日から出勤してるっていうし。私だけ怪我にかこつけて傷病休暇に有給まで絡めて二週間も休んじゃって、何か気まずいです」

「いえ、休めるときに体を休めて、有給もしっかり消化するべきだと思いますよ」

「本当は班長みたいな、がんばりやさんにこそ、休んでいただきたかったんですけれど。自分でも気づかないうちに頑張りすぎちゃう方ですから」

「いえそんな、ありがとうございます」

悠宇はまだギプスがついたままの右手を横に振った。

「褒め言葉じゃないんです」

二瓶も手を振った。

「こんな機会もないだろうから話しちゃいますけど、班長ががんばりやさんだから、レース当日、私は東晶花壇のバックヤードに進んで入ったんです。班長に任せていたら、危険度が高いと気づいていても、指揮官なのに率先して入っていって、みんなを守ろうと体を張ってしまう。私だから左腕だけで、板東くんだから何ヵ所か斬られただけで済んだ。班長だったら危険をひとりで受け止め、自分が一番はじめに傷ついて行動不能になってしまった。そして指揮官を失った班全体を危険に晒《さら》していた」

反論できない。

自分でも能力不足な班長だと気づいていた。だからレース当日、東晶花壇に揺さぶりをかけに行くときも、下水流《おりづる》班四人揃って無事に任務をまっとうできるよう、全力で臨もうとした。

——でも、失格だ。

この前、板東に褒められて少しいい気になっていたけれど、やはりあの場面で正しい判断を下せていなかった。自分が皆の盾になるべきだと勘違いし、空回りしていた。

「同感です」

乾参事官も口を開いた。

「下水流さんは圧縮空気を撃ち出すエグゾーストキャノンで二度撃たれた。一度目は避け切れなかったにしても、二度目は銃口を自分の手のひらで押さえ、撃たれた。犯人が構えたものが一度目と同じエグゾーストキャノンだという思い込みで行動してしまった。もし犯人が、外見は似ているものの本物の弾丸が装填されている口径の大きな拳銃に持ち替えていたら、どうなっていたでしょう？　今ごろあなたの右手が吹き飛んでなくなっていただけでなく、観客にも犠牲者が出ていたかもしれない」

乾が悠宇に目を向ける。

「市民を守るためだったとしても、献身ではなく、ただの暴挙、馬鹿な行いでした。憶測で行動した上、後先考えず自分を犠牲にする人間は指揮官には不適格です。あなたは、あの容疑者の女が観客を巻き込むことを避けたからと、彼女の保護と情状酌量を私に願い出た。でも、それは警察官としての温情ではなく、彼女に自分とわずかながら近いものを感じたが故の、同情のように私は感じました」

2

和光市まで行きは電車だったが、帰りは乾の公用車で送ってもらうことになった。レクサスのハンドルを握るのは専門の訓練を受けた警護官。悠宇は乾と並んで後部座席に座っている。

レース妨害テロを防いだＭＩＴの幹部たちは、そのテロ依頼者から報復を受ける可能性があるということで、しばらく警護下に置かれることとなった。

「下水流さんも、わずかでもおかしなところを感じたら遠慮なく報告してください。すぐに警護を手配しますから」

確かに最終的にテロ実行犯を逮捕したのは悠宇だ。

「でも、私になんて」

「あなたはもう世界中に顔も身分も知られていますから。早めに警護対象リストに入れたほうがいいと、警察庁内でも心配する声が出ていますよ」

「でしたら、まず動画の削除依頼を正式に出していただきたいのですが」

「いや、それは難しいですね」

——何その矛盾。またも政治的配慮ってやつか。

だが、半分は悠宇自身のせいでもある。

レース当日の他の班のように、観客に知られず、カメラにも映らずテロ実行犯確保に成功していれば、映像をネットに上げられて、注目を浴びることもなかった。

——自分の力不足が巡り巡って生んだ結果だ。

「質問してもよろしいですか」

悠宇は乾を見た。

「答えられる範囲のことでしたら」

「今回ＭＩＴでの私の働きはいかがだったでしょうか」

「採点してほしいということですか」

「はい」

乾は少し考え、点数を発表した。

「百点満点で四十点。有能な部下を十分に活かしきれず、逆に助けられていたので本来ならば三十点です。が、本庶《ほんじょ》くんの機密漏洩を防いだ一連の対応は的確だったのと、千葉県警の江添《えぞえ》さんらをＭＩＴに参加させたことでプラス十点。ただ、点数化できない何かが下水流さんにはあるようですよ」

「明確に評価するのが難しい部分という意味ですか」

「ええ。皆に支えたいと思わせる不思議なところがあるようです。以前、本庶くんに、あなたについて訊いたとき、『言動が一貫していて裏表がないと感じました。信じたいと思わせる魅力を持った方だと思います』と答えていました」

「そんなリサーチもしていたんですね」

「本人に知られないようその人の価値を探り、評定するのも、私の大事な仕事ですから」

「でも、本庶くんのいう『言動が一貫していて裏表がない』って、それはいい評価なんでしょうか」

――馬鹿正直で駆け引きができない、といわれている気がする。

「好意的な評価だと思います。板東くんも似たようなことを話していましたし。二瓶さんも、さっきはああいう言葉になりましたが、あなたを上司として認めているでしょうから。平凡な表現ですが、あなたの真摯《しんし》さには他人を巻き込み、動かす力があるのでしょう」

――真摯か。思っていた自分の姿とはずいぶん違う。

「でも意外でした。あなたが採点を希望するなんて」

乾がこちらを見る。

「不安だったんです」

「評価が低いことが？」

「逆です。班長として四十点なら、次にＭＩＴが立ち上がっても召集されることはないでしょうから。ほっとしました」

「いやその逆ですよ。現在四十点なら、まだ六十点分の伸びしろ——可能性を持っているということです」

嫌な顔をする悠宇の横で、乾がはじめて歯を見せ笑った。

「そう、お伝えすることがあるんです。あなたがレース当日に逮捕した容疑者、本当の名前と歳が判明しました」

彼女は今も勾留中で、取り調べが続いている。

乾が続ける。

「王花琳《ワンファリン》、二十一歳」

偽のプロフィールには二十四歳と書かれていた。

「国籍は中国でしょうか」

悠宇は訊いた。

「それが少し複雑なんです。その点も含めて、彼女に会って話してみませんか」

「私が？　接見に行ってこいという意味でしょうか」

「違います。あなたに取り調べをしていただきたいんです。これは我々だけでなく、王容疑者自身の希望でもあります」

「彼女が望んだのですか」

「ええ。取り調べでは口が重いのですが、あなたになら少しは話してもいいそうです。ただ、無理にとはいいません。断ってくださっても結構です。ただ、先ほどお話ししたように、王容疑者の逮捕直後、あなたは私を含むMIT首脳部に、『彼女は観客を危険に晒さぬよう、自ら逮捕される道を選んだ』と報告しました。しかし、首脳陣の大半は否定的でしたよね。悪い言い方をすると、あなたの意見は一笑に付された」

乾は悠宇から視線を外し、車窓に向けた。

流れてゆく平凡な街並みを眺めながら、また口を開く。

「ですが、あなたが取り調べをすれば、王容疑者の真意を聞き出せるかもしれない。彼女の心情を正しく読み解いていたのは、あなたか？　我々か？　それを証明する絶好の機会だと私は思いますが」

「私は自分の正しさを証明したいわけでは――」

「わかっています。でも、それを明確にすることで事件の真相により近づける。もしかしたら、王容疑者も救われることになるかもしれない」

悠宇も黙り、車外に目を向ける。

――ムカつく男。

見え透いた挑発に苛立ちながらも、悠宇は口を開いた。

「わかりました。会いに行きます」

3

お台場にある東京湾岸警察署。

その狭い応接室で悠宇は待っている。東京WCCRの妨害を画策し逮捕された王花琳容疑者は、ここの留置場に勾留されていた。本来の管轄である丸の内警察署が現在建て替え工事中ということもあり、周辺に民家やオフィスビルがほとんどなく容疑者の安全をより確保しやすい湾岸署への移送は、レース開始前からの決定事項でもあった。

警察庁や警視庁の首脳陣がこの事件の扱いに神経質になっていることが窺える。彼らにとって本件の山場はむしろ、政治や外交が大きく絡んでくるこれからなのだろう。

職員に呼ばれ、悠宇は取調室に向かった。

ドアの前には制服警官や私服の捜査員らが立ち、警戒は厳重だ。

本来所轄で使われている三畳ほどの狭い取調室ではなく、刑事ドラマに出てくるような鉄格子つきの窓のある広めの部屋が用意されていた。

先に部屋に入っていた中国語通訳の方と挨拶を交わす。だが、彼女に手伝ってもらう機会は少ないだろう。レース当日の東晶花壇内で確認済みのように、王容疑者は日本語が話せる。

室内には三台のカメラが設置されていた。記録用であると同時に、この映像を乾たち警察庁の上層部がリアルタイムで見ている。

ノックが響き、捜査員に連れられた王容疑者が入室した。

彼女はパイプ椅子に腰縄で厳重に固定され、手錠が外される。捜査員が出て行き、悠宇と通訳、王の三人が残された。

ここから先は悠宇に委ねられている、というより誰も口出ししないなら会うと条件を出したからだ。

「何か飲みますか？」

悠宇は口を開いた。

王はうつむき、悠宇と彼女との間に置かれた机の上を眺めている。

「何か飲み物は？　いりませんか？」

再度訊く。

しかし、彼女は黙ったまま。

悠宇はそこからしばらく待ち、また口を開いた。

「あと一分待って、何も話さないなら帰ります」

壁の高い位置につけられた丸い時計の秒針に目を遣る。

「コーラ、頼めますか？」

三十秒ほど過ぎたところで王がいった。

「ええ」

悠宇は返し、カメラのレンズに向かって「すみませんが、コーラを持ってきていただけますか」と告げた
「生意気なんですね」

王がぼそりといった。

「何がですか？」

悠宇は尋ねる。

「帰るとか強気なこといって。嫌味ですか、挑発ですか」

「どちらでもありません。あなたは話したいことがあるから私を呼んだのですよね。なのに黙ったままでは、来た意味がないですから」

「私にしゃべらせないと偉い人から怒られるんじゃないですか？」

「内情に詳しいですね。あなたに狙撃指示を出した人たちから、日本の警察について事前に詳しく聞かされたんですか」

「ただの想像です」

王が素っ気なく返したところでノックが響いた。

捜査員がコーラのペットボトルを持って入ってきて、先にキャップを外してから王の前に置いた。キャップは彼女が飲み込まないよう、そのまま捜査員が持ち去る。

「ありがとう」

彼女は運んできた若い捜査員にいった。

その捜査員が通訳の女性に近づき、耳打ちする。

通訳はうなずいたあと、「必要があれば呼んでください」といって立ち上がり、捜査員とともに退出した。

ふたりきりになった。

乾参事官が指示を出し、この状況を演出したのだろう。

「いつもは飲み物を頼んでも水かお茶しか出てこないのに。コーラも飲めるんですね」

「今日は特別だと思います。持ってきてとお願いした私は、悪い先例を作ったとあとでこちらの署の方に怒られるかもしれません」

「貴重だな。大事に飲もう」

王がペットボトルに口をつける。

彼女は注意力が散漫で動作にも隙が多い。容姿も含め一般的な二十代女子といった印象で、訓練を受けたテロリストのイメージとは程遠かった。

だからテロを計画した連中は王を実行犯のひとりに加えたのだろう。

実際、東京WCCR中に悠宇が遭遇した、外国人観光客を装った男女のテロリストからは遠目にもその怪しさを感じ取れた。歩き方からふたりが元軍人であることも推測できた。だが、あの東晶花壇店長の女と王の怪しさは嗅ぎ分けられなかった。もしふたりが心身ともに十分な訓練を受けたプロだったら、その目つきや動きから、下水流班を含む監視を続けていた捜査員の誰かしらが不穏さを感じ取ったはずだ。

王がまたコーラを一口飲み、「美味しい」とつぶやいてから、机に落としていた視線を上げた。

「なぜ呼ばれたかわかりますか？」

彼女が訊く。

悠宇はうなずいた。

「私にはここに来る責任があるから」

悠宇の言葉に今度は王がうなずく。

「そう。あなたがじゃましなかったら、私たちはここで話す必要もなかった」

逮捕直前、自殺しようとした彼女を、悠宇が強引に止めたことをいっている。

「私を責めたかったんですか」

「責めたかったし、何で止めたのかも知りたかった。警察官の仕事だから？」

「もちろんそれもあります。でも一番は、あなたが観客や私を傷つけることを避けたから。誰かを道連れにすることもできたのに、あなたはしなかった。無関係の人を巻き込まない優しさを示したあなたが傷つくのを、私は放っておけなかった」

「いい迷惑。放っておいてほしかった」

彼女が悠宇を見る。ペットボトルの中でシュワシュワと弾ける炭酸の音がかすかに聞こえてくる。

「これまで、嫌ってくらい傷つくことだらけだった。ずっと誰も助けてくれなかった。なのに、最後に助けられちゃうなんて、すごい皮肉」

反発しつつも、少しずつ本心を吐露《とろ》している。

――やっぱりこの子、話したがっている。

「最後になるとは限りません。この先、さらにあなたを助けられるかもしれない」

悠宇は少しだけ彼女に寄り添った。

「無理」

王が嘲《あざけ》る。

構わない。大切なのは、どんな反応をされても安易に態度を変えず、うそをつかずにいることだ。

「そうとは言い切れないですよ。あなたのお母さまの身柄を保護しました」

「どうやって？」

彼女が馬鹿にした声で訊いた。

「所在地を特定して迎えに行き、一緒にいらしてくださいとお願いし、同意を得て来ていただいたんです」

「できっこない。だって――」

「常に監視されていて、お母様自身も度重なる刷り込みで日本の警察を敵視しているから？　私は現場にはいませんでしたが、五十人以上を動員して大規模な作戦を敢行したそうです。まずお母様を監視している連中を一時的に遠ざけ、その隙にあなたの逮捕時や逮捕後に取り調べを受けている映像をお見せしつつ、中国語と日本語で説得した。半信半疑ですが、娘のあなたの身を案じて同行を了承してくださったそうです。日本の警察が極秘作戦を行ったなんて、あまりに不似合いだから疑う気持ちもわかります。でも、お母様は現在間違いなく警察の保護下にいます。ただし、中国国内にいるあなたのお父様に関しては、我々には手出しができません。救うことはできないという意味です」

「あいつのことはどうでもいい。どうせ中国《あっち》にいる家族と一緒だろうし。むしろ痛い目に遭えって思う。でも、妈妈《マーマ》――私の母のことは」

彼女はそこで一度言葉を区切った。

「絶対に守りたい？」

悠宇は尋ねる。

彼女が半ば睨みながらうなずく。

「だけど、日本の警察の保護なんて当てにならない」

「それはあなたの思い込みかもしれませんよ」

「役に立つと証明できる？　母を保護したのだってうそかもしれない」

「確認したいのなら、まずはなぜあなたがレースの妨害を企てたのか話してください。正直に話してくだされば、接見禁止も解けます。お母さんと直接お会いして、今無事でいることをあなた自身の目で確認できるようになるはずです」

「交換条件を出す気？　呼ばれたから来たっていったけど、本当は私を脅しに来たの？」

「私は自分の言動に責任を持つため、ここに来たんです。先ほどお話ししたように、私はあなたが死のうとするのを止めた。もうひとつ、私はあなたを逮捕する直前に、『日本の警察が、あなたのことを守るから』といいました。それに対して、あなたは『我不《ウォブー》相信任何人《シァンシンレンホーレン》』――私は誰も信じないと返した。信じてくれなくても結構です。あなたが自分に何が起き、どうして一連の行動を取ったのか、少しずつ話してくだされば」

「話すとどうなるの？」

「次第に状況が変わっていくのを実感できるようになります。自分やお母様の安全を確認できたら、また少し話してください。そうした事実の積み重ねの中で、あなたなりに今後の生きる道を探していってください。望まれれば、私もお手伝いします」

「探すのを手助けしてくれるんですか？　あなたが？」

「はい」

「私を守るといってしまったから？　有言実行？　馬鹿正直なんですね」

――父や二瓶、乾に続き、事件の容疑者にまで似たようなことをいわれた。

「うそ臭い」

王は見下すようにいった。が、心は間違いなく揺れはじめている。

「くり返しますが、私の言葉をどう受け取っていただいても構いません。それに話すも話さないも最終的にはあなた次第です。話すなら、私は全力であなたをお助けします。今後も一切話す気はないというのなら、もう私が会いにくることはありません」

「事務的だし打算的だし、冷たい」

「ええ。私はあなたを慰めたり、労るために来たのではないので。目的はあなたとお母様を危険から遠ざけ、穏やかに暮らしていけるようにすること」

「ただの刑事さんでしょ？　できるの？」

「私はできませんけれど、私を今日ここに送り込んだ上司たちはできます。その上司たちはあなたが協力的になるのなら助けると確約してくれました」

「確約、それもうそっぽい」

王が黙る。

ペットボトルしか置かれていない机の上をひとしきり見つめ、それから口を開いた。

「でも、私に関することなんか、もう調べてわかってるんでしょ？」

「調べてはいますが、あなた自身に話していただきたいんです。こちらが立てた筋書きに、あなたが『はい』とうなずいて追認しただけでないことを証明したい。あなたの言葉は、あのカメラに撮られ記録として残ります。それは我々の証拠であると同時に、あなた自身を守るための証拠にもなる」

彼女は再度黙った。考えている。

悠宇も黙り、待つ。

ペットボトルの中で弾ける炭酸の音が次第に小さくなり、やがて聞こえなくなる。

王はまた話しはじめた。

「父は中国江蘇《こうそ》省、母は山東《さんとう》省の生まれ。中国国籍で、どちらも三十年近く前、九〇年代に語学留学の名目で訪日した。実態はブローカーにお金を積んで、日本で働き稼ぐために来た。その後、在留期限が過ぎても難民認定申請をくり返しながら日本に残り、その間に不法就労を続けていた。そして父と母は出会って、夫婦として群馬県で暮らすようになり、私が生まれた」

まだ日本の経済力がアジアの中でも突出していたころの話だ。そんな中国人カップルの間に生まれた花琳だが、両親が不法滞在者であったため当初は出生届も出されず、保険証も発行されなかった。

「支援団体の人が働きかけてくれて小学校にはどうにか入学できたし、人道的配慮で保険を使って病院で診てもらえるようにもなった。でも、私が小三のときに父親が偽造パスポートで入国していたことが発覚した。パスポートは盗まれたと父は訴えていたけど、他人になりすましたパスポートでいくつかの詐欺をしていた証拠を次々と突きつけられて、言い逃れができなくなった。父は逮捕、収監されたのち強制送還されることになったけど、そのとき実は父が中国で結婚していて、息子もいることがわかった。父から何も知らされていなかった母はショックを受けていたし、父の収入が途絶えてしまったことで生活もより苦しくなった。そんなとき政治警察の奴らがやってきた」

政治警察——中国の秘密警察のことだ。

海外各地で暮らす在留中国人を厳しく取り締まり、統制する中国政府の秘密組織で、以前はあまりに現実離れした存在ゆえに一般には実在を信じられていなかった。が、ここ日本でも度重なる報道により、国の主権を脅かす危険な組織だとようやく認識されるようになった。在外中国人の反中国政府活動や民主化運動などを弾圧・撲滅するだけでなく、各種の脅しや懐柔により彼らをスパイ活動や各種の違法行為にも加担させている。

中国の秘密警察は日本でも間違いなく活動している。

悠宇のような一刑事でも、窃盗事件の容疑者を追っている途中、外交特権の壁に阻《はば》まれたことが何度かある。一年前、外務省職員の自宅を含む周辺一帯の家屋に侵入者があり、当初は連続空き巣事件として捜査を進めた。その後、犯人グループを絞り込んだものの、突然グループの主犯格が中国総領事館の職員として登録され、不逮捕特権を行使した上で出国してしまった。後日、空き巣ではなくスパイ行為の一環であったことが、警察庁から悠宇の所属する警視庁捜査三課の課長に知らされた。近隣の一般家庭への侵入・窃盗も、外務省職員宅への侵入を金銭目的の空き巣とミスリードさせるための偽装であったことが判明した。

王は淡々と話し続ける。

「母に稼げる仕事を斡旋してくれて、私も奨学金を受けられるよう手配してくれた。でも、ひとつ条件があった。私も母も睡覚的猫《シュイジャオデマオ》になること」

眠っている猫――まさに間明《まぎら》係長が話したディープスリーパーのことだ。

「あの連中の指示があったら、私はそれに従わなくちゃいけない。どうして私なのか聞いたら、中国語も日本語も自然に話せるからだって。怖かったけど、マンガや映画の設定みたいで現実感が薄かった。だから承諾してしまったし、指示が届く日なんて来ないと思ってた。でも、大学受験直前の高三の十一月に来た。ただ、それも設定作りのため。中国の母の地元、山東省の大学に入学することになった。私は日本の大学じゃなく、済南《さいなん》市の山東大学にほぼ無試験で入ったあと、半年後に日本に戻れといわれた。私は杉《すぎ》内佳音《うちかのん》という名前で年も違う日本のパスポートを渡され、再入国したときには日本人になっていた。母は政治警察の奴らにいろんなことを吹き込まれて日本を敵視するようになっていて、私にも『あの人たちに協力するの』って真剣な顔で話した。そのとき、私は母を人質に取られたんだと気づいた。正直、母のことを捨てたいと思ったこともある。それくらい政治警察の奴らに従順になってたから。でも、母はずっと私を支えてくれたし守ってくれた」

そして杉内佳音となった彼女は千葉県習志野市で暮らしはじめる。

「何軒かの花屋で働いて職歴を積み上げながら、狙撃練習の真似事みたいなのをはじめた。それでもまだどこか半信半疑だった。だけど、去年の春に日比谷の店の面接を受けるよう指示が来て、十月からあのエグゾーストキャノンを使った狙撃のトレーニングがはじまった。ただ、実際に何をするか教えられたのは今年の二月二十六日」

東京WCCRが開催される六日前だ。

「これで母は面会に来てくれる？」

王が訊く。

「ええ、来ます」

「約束してくれますか」

彼女が念を押す。

「お母さんはあなたに会いに来ます。参事官、もう約束してしまいましたので、よろしくお願いします」

悠宇はカメラを通じて乾に呼びかけた。

※

取り調べを終えた悠宇はまた狭い応接室に戻った。

ただ、あれが本当に取り調べと呼べるものだったのか、自分でもよくわからない。

出されたお茶を静かに啜る。その温かさが体に染み渡ってゆく。

これから先、王花琳とその母は警察庁により守られることになる。

日本にも捜査協力と引き換えに刑事処分を軽くする司法取引の制度が一応存在する。

だが二〇一八年の導入以降、これまで適用されたのは経済犯罪や薬物犯罪などすべて合わせても十件にも満たない。被告人が罪の軽減のためうその証言をすることを危惧するあまり、適用に異常なほど裁判所が慎重になっているためだといわれている。

だが、その代わりに法的な裏づけのない、ある「しくみ」が存在する。

守られる者は地方の、たとえば北海道の旭川刑務所や月形刑務所など、都市部からは比較的離れた立地の刑務所に一般職員として採用される。そして昼は刑務所内という安全な場所で保護されながら形式的な事務作業などをし、勤務を終えると刑務官などが暮らす官舎に戻り、そこで厳重な警備を受けながら生活する。さらに、何年かごとに各地の刑務所を転々とし、居場所を絞られないようにもする。

警察官の悠宇も今回はじめて知った。

とても快適とはいえないが、対象者の身の安全はほぼ間違いなく守られるそうだ。乾がそこまでいうのだから、この「しくみ」の適応者が過去にも何人かいた――いや、今も配偶者や家族とともに各地の刑務所を巡り、無事に暮らしているのだろう。

どこから財源などが出ているのかわからないが、これらは法律とは無関係な警察庁官僚やそのOBたちの厚意で行われているため、逆に何の法的な縛りも受けず、状況に柔軟に対応することができる。

日本らしいグレーなシステムだとも思った。

携帯が震えた。乾からのメッセージだ。

〈お疲れさまでした。十分です〉

王は自分に指示を出したのは中国政府及び秘密警察だと話してくれたが、その中国の共犯者であるヨーロッパのファッション・コングロマリットについては、やはり何も知らなかった。乾参事官やMITはあれで本当に十分なのだろうか？

とにかく悠宇にできることは、今後も何度か王に会い、彼女の無事を確かめることらいだ。ただ、それにしても数ヵ月の期間ではなく、たぶん何年にもわたる作業になる

——面倒くさい。

そう思いながらも、やらずにはいられない自分に腹が立つ。

「がんばりやさんだから？　それとも、なけなしの正義感のせい？　どっちにしても嫌な性分——」

ひとり愚痴ると、またお茶を啜った。

4

五月十五日　東京WCCR終了から七十二日

スカートとジャケットで羽田空港に来たのは、このほうが目立たないと思ったからだ。

いつもの暗い色のパンツスーツで空港に入ると、悠宇の疑うような目つきのせいなのか、空港警察官やSPに間違えられ、一般客にモノレールの乗り場を訊かれたり、「置

き引きに遭った。どうすればいいですか」と泣きつかれたりする。

ただ、ひとりで来るつもりだったのに、本来の所属に戻った本庶と板東までついてきた。そのくせ、ふたりは手短に別れの挨拶を終えると、「車で待ってます」と残し、さっさと国際線出発ロビーを出て駐車場に戻ってしまった。

結果、悠宇と嶺川《みねかわ》だけが残された。

目の前にいる彼は今日アメリカに旅立つ。

「あの、スーツもお似合いですね」

たぶん緊張しているのだろう。悠宇は自分でもよくわからないうちに口にしていた。ジャージとランニングウエア以外の服装の彼を見るのははじめてだ。

「下水流さんもスカートお似合いですよ」

嶺川が返す。

「ありがとうございます。もっとたくさんお見送りの方がいらっしゃると思っていたんですが」

「一昨日壮行会を開いていただいて、お世話になった方々にはそこでご挨拶できましたから。いろいろ面倒な時期なので、静かに出発したいと思ったんです」

東京WCCR終了後、DAINEXとの専属契約を終えた彼は、契約の更新・延長を切望されていたにもかかわらず断った。ただ、驚異的な記録を残した直後の、予期せぬチーム離脱とアメリカ行きは批判を呼び、嶺川自身も否定的に報道されることが多い。

そんな中、彼は以前から交際していた佐内佳穂《さないかほ》と結婚した。

「奥様は先に出国手続きに行かれたんですか」

「いえ、今日は僕ひとりです。少しでも早く新しいスタッフや施設、システムに慣れたいので。佳穂はビザの関係で遅れて渡米します」

ニューバランスやナイキの開発部門にいたスタッフたちが集結し、アップルが資金提供して新たに設立されたスポーツメーカー「ONE VISION」。このONE VISIONの運営する陸上長距離競技チームと嶺川は先日、選手契約を結んだ。

契約発表は今年四月。だが、実際は半年以上前から新チームとの交渉を続けていたという。大園《おおぞの》、海老名《えびな》、権藤《ごんどう》にも相談し、三人の了承も得ていたそうだ。四人は、東京WCCRが自分たちがひとつになって挑む最後のレースだとわかっていた。

「アイダホにあるチームの施設内でしばらく佳穂と暮らすつもりです。選手用のファミリーハウスがあるんです。他には本当に何もないところですけれど、東京にいて記者に追いかけ回されるよりいいですから」

よくわからない緊張がようやくほどけてきた。

——彼は私の大切な友だち。

それを思い出した。

日本記録保持者から世界歴代第三位の記録保持者になりマラソンランナーとしての位置づけが変わっても、彼自身は何も変わっていない。

「大園さん、海老名さん、権藤さんから伝言があるんです。『同じチームで一緒に悩んだり、苦しんだりできて本当によかった。あの時間は何物にも代え難い財産だ』と」

「嬉しいです。レース以降、お会いできなかったし、一昨日の壮行会にも来ていただけなかったので」

嶺川はそういったあと柔らかな笑みを浮かべ、言葉を付け加えた。

「でも、伝言の内容は平凡ですね。あの三人らしく実直だけれど、工夫も余韻もない」

悠宇も口元を緩めた。

大園、海老名、権藤は賀喜《かき》元副所長の裁判をめぐる考え方の違いでDAINEX本社と対立、三人は迷うことなく辞職を選ぶ。

そして情状証人として裁判に出廷し、事件の背後にはスポーツ庁発足時の官庁とスポーツメーカーとの癒着や、メーカーからスポーツ団体を通じて複数の国会議員への金銭還元構造があったこと、また、賀喜のパートナーだったDAINEX本社元総務部次長の菱木《ひしき》という女性の自殺は、スポーツメーカーの談合が原因だったことも証言した。

この一連の出来事は「DAINEX事変」として括《くく》られ、告発された政治家、スポーツメーカーの息の掛かったマスコミから、三人は連日さまざまなかたちで批判されている。

だが、怯んではいない。

海外資本の援助を受け、新たなスポーツシューズメーカーを立ち上げた。

「もうすぐ試作品が完成するので、アイダホのお宅にお送りするそうです。私にはよくわからないですが、ＡＩと連動した画期的なハイテクシューズらしいですよ。『ＤＡＩＮＥＸで私たちと一緒に作り上げたシューズやウエアと、新しいチームのシューズやウエアではどっちが上か、感想を聞かせてくれ』って」

悠宇はいった。

「お会いする機会があったら、必ず聞かせると伝えてください。僕の新しいチームの機密保持契約に抵触しない範囲で」

「嶺川さんから何かご伝言はありますか」

「第三回のロンドンＷＣＣＲで走る姿を見てくださいと」

「出場されるんですね」

「ええ。次のパリはパスしますが、八月のロンドンには新しいチームとともに、新しいウエアとシューズで必ず出場します。それから――」

嶺川が頭を下げた。

「あらためてお礼をいわせてください。ネットで下水流さんの動画を見たときから気づいてはいたんですが、先週、乾参事官からテロ実行犯を逮捕したのはあなただと教えていただきました」

嶺川を脅迫した犯人の捜査より、テロ実行犯の特定と逮捕が優先されていた事実も、彼はすでに乾から伝えられていた。

「隠し事が多くて申し訳ありませんでした。そして、私のほうこそお礼をいわせてください」

悠宇も頭を下げた。

「嶺川さんの身辺警護やテロ犯の捜査命令を受けたときは、正直嫌でした。どうして私がやらなければいけないんだろうって。でも、あのレースに関する捜査と警備を通して、自分でも思ってもみなかったほど多くのことを学び、気づかせてもらいました」

今の本当の気持ちだ。

「そしてレース自体にとても感動しました。嶺川さん含め出場選手たちが、すごい速さで走って、すごい記録を出した。その快挙に世界の人々が興奮している。子供じみた感想ですけれど、任務を通して知らなかった自分に気づき、レースを通して感じたことのない興奮に触れることができました」

「僕も正直、レース直後は達成感と失望が入り混じっていました。やはり二時間を切れなかったこと、三位だったことに納得していなかった。だから、しばらくは自分が何を得たのかよくわからなかったんです。でも、今は素晴らしい体験だったと思っています」

出発ロビーにいた搭乗客が嶺川選手に気づきはじめた。何人かがこちらを横目で眺め、本人かどうかを囁き合っている。まもなく携帯のレンズを彼に向けてくるだろう。

「最後に聞かせてください。アキレウスの背中を見ることはできましたか」

悠宇は訊いた。

「その答えを聞きにきてくれたんですね」

「はい。そのために来ました」

嶺川はうなずいた。

「ほんの一瞬、ぼんやりとですが見えました。ただ、確信はありません。丸の内仲通りを走っている途中、カイルングともルツーリとも違う背中が、ふたりのずっと前を走っていた。ごく普通の背中だけれど、太陽の下でもそこだけ光り輝いていた。でも、あまりに一瞬で。すぐに遠のいて、ふっと消えてしまった」

悠宇もうなずき、彼の瞳を見た。

「もっと近づきたいですか」

「もちろん。近づいて、あれは本当に自分が見たいと望んでいたものなのか、確かめたい。そして次は、もっと長くあの背中を追いかけて走りたい。追いかけて、誰より早くゴールテープを切りたい」

「だからまた走るんですね」

「はい」

彼の視線も悠宇の瞳に向けられ、少しだけ見つめ合った。

愛情とも同情とも違う、彼と私を細く緩やかに結びつけているもの。それは今も変わらず、ふたりの間にあり、互いの思いをつないでいた。

一生途切れはしないのだろう。この先、もう二度と会うことがなかったとしても。

「お元気で」

「お元気で」

ふたりの言葉が重なり合った。

嶺川選手が背を向け、歩き出す。

セキュリティゲートを通り過ぎた向こうで、彼の新しい挑戦がはじまる。悠宇もこれから戻る警視庁本庁で、昨日までとは違う新しい毎日をはじめる。

ゲートの奥に消えてゆく彼の背中が、かすかに光って見えた。

初出　「別冊文藝春秋」二〇二〇年九月号から二〇二一年七月号。
単行本　二〇二二年二月　文藝春秋刊。文庫化にあたり、大幅に加筆しました。
DTP制作　エヴリ・シンク
本作品はフィクションであり、実在の場所、団体、個人等とは一切関係ありません。

文春文庫

アキレウスの背中《せなか》

定価はカバーに
表示してあります

2024年9月10日　第1刷

著　者　長《なが》浦《うら》　京《きょう》
発行者　大沼貴之
発行所　株式会社 文藝春秋

東京都千代田区紀尾井町 3-23　〒102-8008
TEL 03・3265・1211㈹
文藝春秋ホームページ　http://www.bunshun.co.jp

落丁、乱丁本は、お手数ですが小社製作部宛お送り下さい。送料小社負担でお取替致します。

印刷製本・TOPPANクロレ

Printed in Japan
ISBN978-4-16-792275-7

（　）内は解説者。品切の節はご容赦下さい。

知念実希人
十字架のカルテ
精神鑑定の第一人者・影山司に導かれ、事件の容疑者たちの心の闇に迫る新人医師の弓削凛。彼女にはどうしても精神鑑定医になりたい事情があった――。医療ミステリーの新境地！
ち-11-3

辻村深月
太陽の坐る場所
高校卒業から十年。有名女優になった元同級生キョウコを同窓会に呼ぼうと画策する男女六人。だが彼女に近づく程に思春期の痛みと挫折が甦り……。注目の著者の傑作長編。（宮下奈都）
つ-18-1

辻村深月
水底フェスタ
彼女は復讐のために村に帰って来た――過疎の村に帰郷した女優・由貴美。彼女との恋に溺れた少年は彼女の企みに引きずり込まれる。待ち受ける破滅を予感しながら…。（千街晶之）
つ-18-2

辻村深月・乾くるみ・米澤穂信
芦沢央・大山誠一郎・有栖川有栖
神様の罠
ミステリー界をリードする六人の作家による、珠玉の「罠」。最愛のひととの別れ、過去がふいに招く破綻、思いがけず露呈するほころび、知的遊戯の結実、コロナ禍でくるった日常……。
つ-18-50

月村了衛
ガンルージュ
韓国特殊部隊に息子を拉致された元公安のシングルマザー・律子。息子を奪還すべく、律子は元ロックシンガーの女性体育教師・美晴とともに、決死の追撃を開始する。（大矢博子）
つ-22-2

堂場瞬一
アナザーフェイス
家庭の事情で、捜査一課から閑職へ移り二年が経過した大友だが、誘拐事件が発生。元上司の福原は強引に捜査本部に彼を投入する……。最も刑事らしくない男の活躍を描く警察小説。
と-24-1

堂場瞬一
ラストライン
定年まで十年の岩倉剛は捜査一課から異動した南大田署で独居老人の殺人事件に遭遇。さらに新聞記者の自殺も発覚し――。行く先々で事件を呼ぶベテラン刑事の新たな警察小説が始動！
と-24-14

偽りの捜査線
誉田哲也・大門剛明・堂場瞬一・鳴神響一
長岡弘樹・沢村　鐵・今野　敏
警察小説アンソロジー

刑事、公安、交番、警察犬……。あの人気シリーズのスピンオフや、文庫オリジナル最新作まで。警察小説界をリードする7人の作家が集結。文庫オリジナルで贈る、豪華すぎる一冊。

と-24-70

最後の相棒
永瀬隼介
歌舞伎町麻薬捜査

伝説のカリスマ捜査官・桜井に導かれ、新米刑事・高木は新宿歌舞伎町を舞台にした命がけの麻薬捜査にのめり込んでいく。予想外の展開で読者を翻弄する異形の警察小説。（村上貴史）

な-48-6

静おばあちゃんにおまかせ
中山七里

警視庁の新米刑事・葛城は女子大生・円に難事件解決のヒントをもらう。円のブレーンは元裁判官の静おばあちゃん。イッキ読み必至の暮らし系社会派ミステリー。（佳多山大地）

な-71-1

静おばあちゃんと要介護探偵
中山七里

静の女学校時代の同級生が密室で死亡。事故か、自殺か、他殺か？　元判事で現役捜査陣の信頼も篤い静と、経済界のドン・玄太郎の〝迷〟コンビが五つの難事件に挑む！（瀧井朝世）

な-71-4

119
長岡弘樹

消防司令の今垣は川べりを歩くある女性と出会って……（「石を拾う女」）。他人を救うことはできるのか――短篇の名手が贈る、和佐見市消防署消防官たちの9つの物語。（西上心太）

な-84-1

鎌倉署・小笠原亜澄の事件簿
鳴神響一
稲村ヶ崎の落日

鎌倉山にある豪邸で文豪の死体が発見された。捜査一課の吉川は、鎌倉署の小笠原亜澄とコンビを組まされ捜査にあたるが……。謎の死と消えた原稿、凸凹コンビは無事に解決できるのか？

な-86-1

山が見ていた
新田次郎

夫を山へ行かせたくない妻が登山靴を隠す。その恐ろしい結末とは。少年をひき逃げした男が山へ向かうと。切れ味鋭く人間の業を抉る初期傑作ミステリー短篇集。新装版。（武蔵野次郎）

に-1-46

（　）内は解説者。品切の節はご容赦下さい。

西村京太郎
「ななつ星」極秘作戦
十津川警部シリーズ

太平洋戦争末期、幻の日中和平工作。歴史の真相を探ろうと豪華クルーズ列車「ななつ星」に集った当事者の子孫や歴史学者らに、魔の手が迫る。絶体絶命の危機に十津川警部が奔る！

に-3-52

西澤保彦
黄金色《きんいろ》の祈り

他人の目を気にし、人をうらやみ、成功することばかり考えている「僕」は、人生の一発逆転を狙って作家になるが……。作者の実人生を思わせる、異色の青春ミステリー小説。（小野不由美）

に-13-1

似鳥《にたどり》　鶏《けい》
午後からはワニ日和

「怪盗ソロモン」の貼り紙と共にイリエワニ、続いてミニブタが盗まれた。飼育員の僕は獣医の鴇《とき》先生と事件解決に乗り出す。個性豊かなメンバーが活躍するキュートな動物園ミステリー。

に-19-1

似鳥　鶏
ダチョウは軽車両に該当します

ダチョウと焼死体がつながる？――楓ヶ丘動物園の飼育員「桃くん」と変態（？）「服部くん」、アイドル飼育員「七森さん」、そしてツンデレ女王の「鴇先生」たちが解決に乗り出す。

に-19-2

貫井徳郎
追憶のかけら

失意の只中にある松嶋は、物故作家の未発表手記を入手するが、彼の行く手には得体の知れない悪意が横たわっていた。二転三転する物語の結末は？　著者渾身の傑作巨篇。（池上冬樹）

ぬ-1-2

貫井徳郎
夜想

事故で妻子を亡くした雪藤が出会った女性・遥。彼女は、人の心に安らぎを与える能力を持っていた。名作『慟哭』の著者が、「新興宗教」というテーマに再び挑む傑作長篇。（北上次郎）

ぬ-1-3

貫井徳郎
空白の叫び
（全三冊）

外界へ違和感を抱く少年達の心の叫びは、どこへ向かうのか。殺人を犯した中学生たちの姿を描き、少年犯罪に正面から取り組んだ、驚愕と衝撃のミステリー巨篇。（羽住典子・友清　哲）

ぬ-1-4

貫井徳郎
壁の男
北関東の集落の家々の壁に絵を描き続ける男。彼自身は語らないが、「私」が周辺取材をするうちに男の孤独な半生と悲しい真実が明らかに。読了後、感動に包まれる傑作。（末國善己）
ぬ-1-8

乃南アサ
紫蘭の花嫁
謎の男から逃亡を続けるヒロイン、三田村夏季。同じ頃、神奈川県下で連続婦女暴行殺人事件が……。追う者と追われる者の心理が複雑に絡み合う、傑作長篇ミステリー。（谷崎　光）
の-7-1

乃南アサ
暗鬼
嫁いだ先は大家族。温かい人々に囲まれ何不自由ない生活が始まったが……。一見理想的な家に潜む奇妙な謎に主人公が気付いた時、呪われた血の絆が闇に浮かび上がる。（中村うさぎ）
の-7-3

早坂　吝《やぶさか》
ドローン探偵と世界の終わりの館
ドローン遣いの名探偵、飛鷹六騎が挑むのは奇妙な連続殺人。廃墟ヴァルハラで繰り広げられる命がけの知恵比べとは？　定石破りの天才が贈る、意表を突く傑作ミステリ。（細谷正充）
は-56-1

東野圭吾
秘密
妻と娘を乗せたバスが崖から転落。妻の葬儀の夜、意識を取り戻した娘の体に宿っていたのは、死んだ筈の妻だった。日本推理作家協会賞受賞。（広末涼子・皆川博子）
ひ-13-1

東野圭吾
予知夢
十六歳の少女の部屋に男が侵入し、母親が猟銃を発砲。逮捕された男は、少女と結ばれる夢を十七年前に見たという。天才物理学者が事件を解明する、人気連作ミステリー第二弾。（三橋　暁）
ひ-13-3

東野圭吾
ガリレオの苦悩
〝悪魔の手〟と名乗る人物から、警視庁に送りつけられた怪文書。そこには、連続殺人の犯行予告と、湯川学を名指しで挑発する文面が記されていた。ガリレオを標的とする犯人の狙いは？
ひ-13-8

（　）内は解説者。品切の節はご容赦下さい。

東川篤哉
魔法使いは完全犯罪の夢を見るか？
殺人現場に現れる謎の少女は、実は魔法使いだった!?　婚活中の女警部、ドMな若手刑事といった愉快な面々と魔法の力で事件を解決する人気ミステリーシリーズ第一弾。（中江有里）
ひ-23-2

東川篤哉
魔法使いと刑事たちの夏
切れ者だがドMの刑事、小山田聡介の家に住み込む家政婦マリィは、実は魔法使い。魔法で犯人が分かっちゃったけど、どうやって逮捕する？　キャラ萌え必至のシリーズ第二弾。
ひ-23-3

東川篤哉
さらば愛しき魔法使い
八王子署のヘタレ刑事・聡介の家政婦兼魔法使いのマリィは、数々の難解な事件を解決してきた。そんなマリィの秘密を、オカルト雑誌が嗅ぎつけた？　急展開のシリーズ第三弾。
ひ-23-4

東川篤哉
魔法使いと最後の事件
小山田刑事の家で働く家政婦兼魔法使いのマリィが突然姿を消した!?　だが、事件現場には三角帽に箒を持った少女の目撃情報が……。ミステリと魔法の融合が話題の人気シリーズ完結編！
ひ-23-5

藤原伊織
テロリストのパラソル
爆弾テロ事件の容疑者となったバーテンダーが、過去と対峙しながら事件の真相に迫る。乱歩賞&直木賞をダブル受賞した不朽の名作。逢坂剛・黒川博行両氏による追悼対談を特別収録。
ふ-16-7

福田和代
バベル
ある日突然、悠希の恋人が高熱で意識不明となってしまう。感染爆発が始まった原因不明の新型ウイルスに、人間が立ち向かう術はあるのか？　近未来の日本を襲うバイオクライシスノベル。
ふ-45-1

誉田哲也
妖《あやかし》の華
ヤクザに襲われたヒモのヨシキが、妖艶な女性・紅鈴に助けられたのと同じ頃、池袋で、完全に失血した謎の死体が発見された——。人気警察小説の原点となるデビュー作。（杉江松恋）
ほ-15-2

松本清張
風の視線（上下）
津軽の砂の村、十三潟の荒涼たる風景は都会にうごめく人間の心を映していた。愛のない結婚から愛のある結びつきへ。〝美しき囚人〟亜矢子をめぐる男女の憂愁のロマン。（権田萬治）
ま-1-17

松本清張
事故 別冊黒い画集(1)
村の断崖で発見された血まみれの死体。五日前の東京のトラック事故。事件と事故をつなぐものは？　併録の「熱い空気」はTVドラマ「家政婦は見た！」第一回の原作。（酒井順子）
ま-1-109

松本清張
疑惑
海中に転落した車から妻は脱出し、夫は死んだ。妻・鬼塚球磨子が殺ったと事件を扇情的に書き立てる記者と、国選弁護人の闘いをスリリングに描く。「不運な名前」収録。（白井佳夫）
ま-1-133

麻耶雄嵩
隻眼の少女
隻眼の少女探偵・御陵みかげは連続殺人事件を解決するが、18年後に再び悪夢が襲う。日本推理作家協会賞と本格ミステリ大賞をダブル受賞した、超絶ミステリの決定版！（巽　昌章）
ま-32-1

麻耶雄嵩
さよなら神様
「犯人は○○だよ」。鈴木の情報は絶対に正しい。やつは神様なのだから。冒頭で真犯人の名を明かす衝撃的な展開と後味の悪さが話題の超問題作。本格ミステリ大賞受賞！（福井健太）
ま-32-2

丸山正樹
デフ・ヴォイス 法廷の手話通訳士
荒井尚人は生活のため手話通訳士になる。彼の法廷通訳ぶりを目にし、福祉団体の若く美しい女性が接近してきた。知られざるろう者の世界を描く感動の社会派ミステリ。（三宮麻由子）
ま-34-1

宮部みゆき
とり残されて
婚約者を自動車事故で喪った女性教師は「あそぼ」とささやく子供の幻にあう。そしてプールに変死体が……。他に「いつも二人で」「囁く」など心にしみいるミステリー全七篇。（北上次郎）
み-17-2

（　）内は解説者。品切の節はご容赦下さい。

宮部みゆき
人質カノン
深夜のコンビニにピストル強盗！　そのとき、犯人が落とした意外な物とは？　街の片隅の小さな大事件と都会人の孤独な肖像を描いたよりすぐりの都市ミステリー七篇。（西上心太）
み-17-4

宮部みゆき
ペテロの葬列（上下）
「皆さん、お静かに」。拳銃を持った老人が企てたバスジャック。呆気なく解決したと思われたその事件は、巨大な闇への入り口にすぎなかった——。杉村シリーズ第三作。（杉江松恋）
み-17-10

道尾秀介
ソロモンの犬
飼い犬が引き起こした少年の事故死に疑問を感じた秋内は動物生態学に詳しい間宮助教授に相談する。そして予想不可能の結末が！　道尾ファン必読の傑作青春ミステリー。（瀧井朝世）
み-38-1

道尾秀介
いけない
各章の最終ページに挿入された一枚の写真。その意味が解った瞬間、読んでいた物語は一変する——。騙されては〝いけない〟、けれど、絶対に騙される。二度読み必至の驚愕ミステリ。
み-38-5

湊　かなえ
花の鎖
元英語講師の梨花、結婚後に子供ができずに悩む美雪、絵画講師の紗月。彼女たちの人生に影を落とす謎の男K……。三人の女性たちを結ぶものとは？　感動の傑作ミステリ。（加藤　泉）
み-44-1

湊　かなえ
望郷
島に生まれ育った私たちが抱える故郷への愛、憎しみ、そして憧憬……屈折した心が生む六つの事件。日本推理作家協会賞・短編部門を受賞した「海の星」ほか全六編を収める短編集。（光原百合）
み-44-2

水生大海
きみの正義は　社労士のヒナコ
学習塾と工務店それぞれから持ち込まれた二つの相談事。無関係に見えた問題がやがて繋がり……（表題作）。社労士二年目のヒナコが、労務問題に取り組むシリーズ第二弾！（内田俊明）
み-51-4

水生大海
希望のカケラ
社労士のヒナコ

ワンマン社長からヒナコに、男性社員の育休申請の相談が。転職サイトにも会社を批判する書き込みがあったことがわかり……。労務問題×ミステリー、シリーズ第三弾！　（藤田香織）

み-51-5

水生大海
熱望

31歳、独身、派遣OLの春菜は、男に騙され、仕事も切られ、騙す側になろうと決めた。順調に男から金を毟り取っていたが、一転、逃亡生活に。春菜に安住の地はあるか？　（瀧井朝世）

み-51-3

三津田信三
黒面の狐

敗戦に志を折られた青年・物理波矢多が炭鉱で起きる連続怪死事件に挑む！　密室の変死体、落盤事故、黒い狐面の女……。ホラーミステリーの名手による新シリーズ開幕。　（辻　真先）

み-58-1

三津田信三
白魔の塔

炭坑夫の次は海運の要から戦後復興を支えようと灯台守の職を選んだ物理波矢多。二十年の時を超える怪異が待ち受けるとも知らず……。大胆な構成に驚くシリーズ第二弾。　（杉江松恋）

み-58-2

山口恵以子
月下上海

昭和十七年。財閥令嬢にして人気画家の多江子は上海に招かれたが、過去のある事件をネタに脅される。謀略に巻き込まれた彼女の運命は……。松本清張賞受賞作。　（西木正明）

や-53-3

薬丸　岳
死命

若くしてデイトレードで成功しながら、自身に秘められた殺人衝動に悩む榊信一。余命僅かと宣告された彼は欲望に忠実に生きると決意する。それは連続殺人の始まりだった。　（郷原　宏）

や-61-1

矢月秀作
刑事学校

大分県警刑事研修所・通称刑事学校の教官である畑中圭介は、小中学校時代の同級生の死を探るうちに、カジノリゾート構想の闇にぶち当たる。警察アクション小説の雄が文春文庫初登場。

や-68-1